La legión de escritores
Pía Bolatto

Título original: La legión de escritores
Primera edición: Enero 2016

Corrección literaria: Analía Monti y Rosario Correro
Ilustración de la cubierta de Florencia Beneditto
Diseño de portada: Ana Revello

ISBN: Tapa Blanda 978-84-608-8206-0

Para mis padres, Cecilia y Alberto

y mi hermi, Florencia

CAPÍTULO I

Era un fantasma como los que aparecían en cualquier película. Transparente, flotando en el aire y de una agilidad envidiable. Durante los pocos segundos en que Paty lo tuvo frente a ella, vio su rostro, que era igual al de un ser humano de unos treinta años. Hasta su cuerpo parecía de lo más normal, dejando de lado el hecho de que no usaba sus piernas para caminar, sino que iba volando. No tenía densidad; se podía ver a través de él, y una extraña luz, como un aura azul, lo rodeaba. En ese mismo momento la chica sintió una energía extraña y poderosa que la atraía hacia aquel ser que la hipnotizaba. Instantes después de que aquel espectro luminoso pasara junto a Patricia, siguió el mismo camino una especie de flecha de iguales condiciones inmateriales. Al término de la procesión surreal, surgió de la oscuridad un muchacho —de carne y hueso, de eso no había duda— que esquivó a Paty y siguió su camino corriendo detrás del espectro.

Cuando Paty estuvo otra vez sola en el pasillo que llevaba al baño del bar, se quedó un instante paralizada antes de decidir si seguir al chico. Volvió a la sala oscura donde todo el mundo bailaba o hacía que bailaba al ritmo del rock and roll. No había señales del ser fantástico ni del muchacho que iba detrás de él.

Estaba claro que lo que acababa de ver era producto de su imaginación, pensó Paty volviendo por el corredor hacia el baño. Había tomado más de la cuenta; después de lo que creía haber visto, podía afirmar que estaba borracha. Era momento de dejar de tomar margaritas. Entró al baño del bar que era pequeño, con sólo un cubículo, una pileta y un gran espejo.

Miró contrariada su reflejo. Aquello no podía ser real. Los fantasmas no existían, estaba segura de eso… o casi segura. Observó la imagen que el espejo le devolvía preguntándose si estaba bien de la cabeza. Lo que vio fue un físico delgado, su pelo entre rubio y rojo que le pasaba los hombros, y sus ojos, grandes y marrones, que eran su mejor rasgo, según su madre. Pero ningún indicador de si todavía conservaba su juicio sano o no.

Quizás la razón por la que no se había sorprendido tanto al ver aquel fantasma era que solía escuchar aquellas voces. Todo había empezado cuatro años atrás, cuando tenía apenas quince. En un comienzo fue de forma muy esporádica. Una vez cada cuatro meses, o algo así. Es más: hasta el día de la fecha se negaba a aceptar que las voces fueran reales.

En un principio ni siquiera eran voces. Alguna que otra noche se había despertado sorprendida, creyendo escuchar que alguien respiraba dentro de su habitación. Nunca le había dado mucha importancia, suponiendo que se confundía y que era sólo el ruido de la ciudad. Había comenzado a preocuparse cuando empezó a escuchar palabras y frases enteras. De todas formas eso no había sido hacía tanto, y no tenía pruebas de nada. Temía que la trataran de loca si decía que escuchaba voces; entonces, por el momento, nunca lo había comentado con nadie.

Le hubiera gustado ir detrás de aquel muchacho, hacerle todo tipo de preguntas, pero había sido muy lenta y ahora no tendría sentido vagar por ahí, yendo detrás de alguien a quien ni siquiera había visto bien. Así que se lavó la cara, acomodó su vestido negro y volvió con sus amigas. Sus tres compañeras de clase seguían en el mismo lugar de siempre, en un rincón, junto a la barra. La luz parpadeante hacía que sus caras se vieran raras. Aun así era un alivio ver un rostro conocido. Sin comentar lo que había pasado, Paty se puso a bailar con sus amigas.

Para hacer la velada aún más tensa y rara, en determinado momento comenzó a sentir cómo alguien la observaba. No es que fuera una sensación inusual en un bar; ya le había pasado otras veces, y al darse vuelta siempre se había encontrado con un borracho de sonrisa torcida que la miraba con cariño. Aunque aquella mirada era distinta; era más penetrante y no parecía venir de alguien que buscara sólo una pareja. Se sentía analizada. Era ese tipo de miradas que tienen cierta materialidad, que hace que las personas que son observadas se vuelvan.

Y así lo hizo Patricia. Por supuesto que al darse vuelta se cruzó con un montón de pares de ojos, un chico apoyado en una columna le hizo una guiñada, otro levantó su vaso en forma de brindis imaginario. Ninguna de las personas que observó en un primer momento le dio la sensación de ser el responsable del intenso análisis al que se sentía sometida. Al mirar más detenidamente le pareció dar con él. Desde la oscuridad, un joven la observaba.

Debido a la escasa luz y a la distancia que había entre ellos, Patricia no podía distinguir con claridad sus facciones. Al parecer era un muchacho mayor que ella y un poco más alto que el promedio. No parecía ser nada feo. Sin embargo, la chica desvió la vista y volvió a mirar hacia donde estaban sus amigas. Pero no podía sacar de su mente la idea de que alguien la estuviera mirándola. Todo aquello había sido demasiado raro. Se reprochó la falta de coraje. Después de todo, la situación era tan extravagante que cualquiera en su lugar hubiese exigido una explicación. Algo. Pero cuando se dio vuelta, decidida a enfrentar a aquel misterioso sujeto, este ya había desaparecido.

La noche ya estaba terminando. Enseguida Patricia se despidió de sus amigas y caminaba sola las pocas cuadras que la separaban de su casa. La cabeza le zumbaba, no tanto debido al alcohol, sino a la gran confusión que habitaba en su mente. Pese a lo distraída que estaba, tuvo la vaga noción de que era observada otra vez, y oyó unos pasos que se le acercaban cada vez más. Alguien la estaba siguiendo.

Patricia sentía que el corazón estaba a punto de escapársele del pecho. La cuadra en donde ella vivía no estaba muy iluminada, y no había nadie caminando por allí a esas horas de la madrugada. Aunque intentó conservar la calma, percibía que sus pies iban aumentando la velocidad por voluntad propia. Porque la criatura que venía siguiéndola la alcanzaría en cualquier momento.

Cuando estaba a punto de empezar a correr, un hombre la tomó del brazo. Gritó ignorando a quien estaba reteniéndola e intentó seguir. Pero todo era inútil, estaba perdida. Fuera quien fuera el que la había atrapado no estaba dispuesto a dejarla ir, y con una fuerza que superaba la suya, la acorraló contra la pared.

CAPÍTULO II

—¿Podés calmarte? No voy a hacerte nada.

Respirando hondo Paty miró al muchacho que la tenía prisionera. Era un hombre, no un espectro, y tampoco tenía apariencia amenazante. Vestía de forma prolija y casual, con un jean claro y una camiseta azul oscuro. Su pelo era corto, castaño casi negro. Le sacaba dos cabezas de altura y su aspecto físico era fuerte, sin embargo no intimidaba a la chica.

—Está bien —dijo Patricia—. ¿Me dejarías por lo menos despegarme de la pared?

—¿No vas a volver a correr? —preguntó el chico, desconfiado—. Ya tuve que correr bastante por hoy.

De repente todas las ideas parecieron acomodarse dentro de la mente de Patricia. Aquel era el chico del bar, el que perseguía al espectro, quien había estado observándola.

—Vos… vos sos el cazafantasmas.

—Por supuesto que no soy eso. Lo bueno es que ahora no estás escapando de mí —dijo él, alejándose un poco de ella—. Digo, supongo que te interesará saber lo que pasó hoy más temprano, ¿no?

A Patricia le interesaba saber lo que había pasado mucho más de lo que estaba dispuesta a admitir. Así que, sin dudarlo, aceptó la propuesta del desconocido. Aquel muchacho podía tener la respuesta a algo que venía perturbándola hacía años. Caminaron un poco en silencio, hasta que llegaron a una plaza cerca de allí y se sentaron en un banco de madera. Ella se ubicó en una punta, intentando estar lo más lejos posible del chico. Estaba bien que fuera muy lindo, pero todavía no confiaba en él. Era de madrugada, el sol estaba a punto de salir y pese a que la joven estaba cansada, su curiosidad podía más que cualquier otra cosa, ya fuera su miedo al desconocido o las ganas de dormir.

—Bueno, antes que nada —dijo el muchacho una vez que estuvieron sentados— yo soy Julián.

—Patricia —respodió ella, mirándolo con intensidad—. Así que vos me vas a explicar por qué veo fantasmas.

—O sea que sí, que estoy en lo cierto; que la impresión que tuve de que lo habías visto es verdadera, ¿no?

—Se puede decir que sí, no estoy muy segura de qué, pero algo sé que vi —dijo Patricia divertida—. Si tuviera que decirte lo que puedo sacar en blanco de esta noche es que hace un ratito vi un fantasma, y ahora estoy charlando con un cazafantasmas que los persigue.

—Y a veces los atrapa —dijo Julián riendo—. Pero no te confundas. Primero voy a aclararte algunas cosas. Lo que viste en el bar no es un fantasma como vos creés. Es otra cosa.

—Entonces, ¿qué es?

—Eso que había en el bar no es un muerto vagando entre los vivos —dijo Julián, juntando fuerzas—. Lo que vos viste es un personaje.

—¿Lo qué?

—A ver, sé que va a ser difícil de entender y hay ciertas cosas que no te las voy a poder explicar yo. De todas formas, voy a hacer un intento de que entiendas algunas nociones básicas —continuó Julián—. Decime: ¿cuál era tu cuento preferido cuando eras chica?

—No sé. No tenía muchos, mi madre nunca me compró muchos libros. Creo que Hansel y Gretel.

—Perfecto. Veamos el caso de ellos. Antes de que los hermanitos tuvieran una razón de ser en su libro, fueron dos espectros, como los que viste esta noche. Los hermanos Grimm, al igual que yo, eran legionarios. O sea, cazadores de personajes que se dedicaban a perseguirlos, atraparlos y darles vida en sus historias. Miembros de un grupo llamado *La legión de escritores*.

—¿Lo que querés decirme es que hay personajes sueltos por ahí dando vueltas?

—Sí y no. Por ejemplo, no hay ninguno por acá. Y si ellos no quieren ser vistos y no se enamoran son muy difíciles de atrapar. Pero sí. Hay muchos personajes vagando con total libertad por el mundo. En el caso del que viste hoy, al que yo estaba persiguiendo, tiene la peculiaridad de estar enamorado. Aunque no enamorado de una forma romántica, como de la que estamos acostumbrados a hablar. El personaje está enamorado del chico que trabaja en la barra. Él admira su vida, quiere ser él. La misión de un legionario es impedir que eso suceda.

Aquello era mucho para digerir. Julián hizo una pausa intencional para que Paty tuviera tiempo de analizar todo lo que acababa de descubrir. La plaza estaba en aquel momento vacía. No era muy grande y Paty paseó su mirada por ella. La fuente central estaba rodeada de bancos y de árboles, y en aquel momento acababa de encenderse y había empezado a tirar agua.

—¿Y cualquiera puede ver un personaje? —preguntó Patricia, todavía bastante confundida.

—No, solamente los legionarios. O aquellos que están destinados a convertirse en legionarios. A los personajes en esta forma, cuando son espectros, los llamamos *caractum*.

—O sea que yo...

—No lo sé. Eso es algo que no puedo responder. Si vos naciste para ser una de nosotros es algo que vas a tener que averiguar vos misma. Para empezar, vas a tener que hablar con la jefa. Una cosa que es casi segura, o que por lo menos se da en casi todos los casos, es que un legionario suele ser descendiente de otro.

—Pero eso no puede ser, mis padres son personas muy racionales, no creen en nada que no pueda ser probado por la ciencia, y tampoco los veo escribiendo nada que no sean números.

Patricia se quedó pensativa unos segundos.

—Aunque en verdad, no sé.

—Bueno, no importa —respondió Julián, que ofreciéndole una tarjeta a Paty agregó—: Eso es sólo algo para que pienses. Sobre todo te recomendaría que llamaras a este número de teléfono y que pidieras para hablar con la jefa. Seguro que ahí vas a poder sacarte todas tus dudas.

Se despidieron y Patricia caminó de vuelta hacia su casa. Si antes había estado confundida, ahora lo estaba todavía más. ¿Así que aquello era lo que había estado escuchando durante tanto tiempo? ¿Personajes? Ella siempre pensó que salían sólo de la imaginación de los escritores, y no que existían de antemano.

Por más raro que pareciera, que los legionarios fueran reales no era lo que más la perturbaba de toda aquella situación. Ella siempre había estado abierta a las cosas extrañas. Nada parecía sorprenderla nunca o inmutarla mucho. Menos, después de haber tomado el hecho de escuchar voces como algo normal. Lo que acababa de contarle Julián parecía ser sólo una explicación muy racional de algo que ella no entendía hacía mucho. Lo que en realidad la dejó pensando era lo que el muchacho había dicho sobre un posible pariente legionario. Sin lugar a duda no podía ser ninguno de sus padres. Su madre, que era ingeniera civil, sólo se preocupaba por los números. En cuanto a su padre, pensándolo bien, le había pasado lo que ocurría con frecuencia: Patricia se había olvidado de que Marcos no era su padre. Su papá biológico había muerto cuando ella era demasiado pequeña como para recordarlo. Y como Marcos siempre la había tratado como una hija, a veces se olvidaba de que en verdad no lo era.

Aquella noche Patricia tuvo pesadillas terribles. Se imaginaba a los personajes como monstruos horrorosos, que venían a buscarla e intentaban adueñarse de su vida. En sus sueños también veía una imagen borrosa de su padre, una imagen que ella se había creado en base a las únicas tres fotos que había visto de él. Su padre había sido huérfano y si tenía algún pariente de ese lado, ella no lo conocía. Su madre, Carla, se había vuelto a casar cuando ella tenía apenas tres años. Ahora los cinco, su mamá, Marcos, sus dos hermanos menores y ella, formaban una familia bastante típica, de buen pasar y que a Patricia le parecía feliz.

CAPÍTULO III

Se despertó el domingo decidida a enfrentar a su madre. Ya había respetado su silencio durante diecinueve años y ahora ella quería algunas respuestas, pensó mientras se levantaba. Su habitación era pequeña pero cómoda. Tenía una cama individual en el medio cubierta por una colcha verde, a tono con las cortinas que cubrían un ventanal hacia la calle. En la pared opuesta a la ventana, un armario, y debajo de esta un escritorio y una silla que solían estar tapados de cosas. Frente a la pared en la que se apoyaba la cabecera de la cama, había un espejo mediano.

Mientras se vestía con unos jeans gastados y una camiseta verde como su colcha, pensaba en cuál sería el momento propicio para enfrentar a su madre y qué era lo que iba a decirle. Hablaría con ella después del almuerzo, mientras su hermano jugaba al fútbol. El más chico, Manuel, de once años, tenía un partido aquella tarde. Marcos y su otro hermano, Mateo, irían a verlo jugar. Su madre se quedaría trabajando porque tenía cosas que hacer. Cuando estuvieran las dos solas sería la ocasión más propicia.

Durante el almuerzo Patricia estuvo intentando establecer un diagnóstico del estado de ánimo de su progenitora. Por lo que percibió, estaba de buen humor. Aquel domingo le había tocado a Marcos hacer el asado y estaban los cinco en el comedor que daba al patio, comiendo. Era una habitación muy luminosa y sin mucha decoración. Sólo ocupada por la mesa, las seis sillas y un par de cuadros.

—¿No me quedó bueno el asado? —preguntó Marcos sonriendo.

El padrastro de Paty tenía el cabello poblado y moreno, medio ondulado, y su piel contrastaba un poco con la de Carla, la mamá de Paty, que era muy blanca y tenía el cabello rubio claro.

—¿Qué? —preguntó Paty nerviosa mirando su plato por primera vez.

La carne asada se veía deliciosa y el acompañamiento de tomate y lechuga fresca congeniaban a la perfección. Pero los nervios de hablar con su madre hacían que el estómago se le cerrara. Aun así, le contestó a su padrastro:

—Sí, sí, claro que está muy bueno.

—Mira que si vos no lo querés me lo como sin ningún problema —dijo su hermano Mateo, que estiraba su brazo hacia el plato de Paty.

Ambos hermanos eran la copia en miniatura de su padre, con sus cabellos y piel morena, y un cuerpo delgado y atlético.

—¡Epa! —dijo Paty entre risas, pinchando los dedos de su hermano suavemente con un tenedor.

En el mismo comedor, un rato más tarde jugaban a las cartas. Paty seguía dudando. Por un lado le daba pena empañar el buen humor de su madre hablando de algo que sabía que era muy doloroso para ella. Pero por el otro, tenía todo el derecho del mundo a saber la verdad. Ese día ella tendría que responder sus preguntas.

Sin embargo, ninguna preparación le pareció suficiente. Su madre era una persona bastante fría y poco comunicativa. Rato más tarde encontró a Carla en el salón, donde estaban los sillones, la televisión y una mesa ratona. Al verla sentada, tan concentrada sobre uno de sus planos, pensó que nunca tendría el valor suficiente para enfrentarla, y se hubiera ido de no ser que, justo en el momento en el que estaba arrepintiéndose, su madre la miró.

—¿Qué pasa, Paty? —preguntó—. ¿Necesitabas algo?

Patricia se movió por el cuarto, nerviosa; respiró todo lo que sus pulmones le permitieron y se sentó con decisión frente a su madre, en uno de los sillones individuales.

—Sí, mamá. Necesito hablar contigo.

—Soy toda oídos, nena —dijo su madre sonriendo—. ¿Algo relacionado con un chico?

—No mamá, nada que ver —Patricia tragó saliva—. Tiene que ver con papá.

—¿Qué pasa con Marcos? —preguntó su madre sorprendida.

—No, mamá. No te hablo de Marcos. Quiero hablar sobre mi padre biológico.

—¿Qué? —preguntó su madre moviéndose nerviosa—. Mi amor, vos ya sabés que a mí no me gusta hablar de eso.

—Sí, ma, ya sé que es difícil. Pero "eso" era mi padre y creo que soy bastante grande y tengo todo el derecho del mundo a querer saber algo más sobre él.

—Sí, nena —dijo Carla—. Y tengo la obligación como madre de protegerte. Nada de lo que pueda decirte sobre tu padre puede hacerte ningún bien. Él era una persona desequilibrada. Creéme: que Marcos se haya convertido en tu papá es lo mejor que puede haberte pasado.

—Pero mamá —se quejó Patricia, que conociendo a su madre, sabía que no podría sacarle más nada. Igual decidió jugar su última carta.

—Al menos decime si le gustaba escribir.

En ese momento su mamá ya se había parado y estaba ordenando sus útiles de trabajo en un mueble que había contra la pared. Cuando oyó que Patricia le preguntaba aquello se quedó congelada por unos segundos. Volvió enfurecida hacia la mesa y apoyó ambas manos sobre ella. Miró a su hija fijamente.

—Escuchame bien, Patricia, porque lo que voy a decirte es importante. Con quien sea que hayas hablado y sin importar lo que pueda haberte dicho de tu padre, eso no va a traerte nada bueno. Confío en vos, sé que vas a hacerme caso y que no vas a volver a hablar con esa persona sobre él, ¿está claro?

—Sí, mamá —respondió resignada la chica.

Mentirle a su madre no era algo que a Patricia le gustara hacer; sin embargo no le había mentido del todo. Ella no tenía ninguna intención en especial de volver a hablar con Julián. Por otro lado, no había forma de que alguien la detuviera en su intento de hablar con "la jefa". La situación en general la hacía sentir un poco nerviosa, pero tantas veces se había preguntado cosas con respecto a su padre, que ahora que tenía la posibilidad de saber algo más, no estaba dispuesta a dejarla pasar.

El lunes Patricia no pudo prestar atención a nada. Su cuerpo estaba en la clase, pero su mente divagaba por cualquier lado. Su madre la había educado para no perderse una clase nunca, así que no tendría la conciencia tranquila si faltaba a aquel curso de Física, que era parte de la carrera de ingeniería que estudiaba. Además ese día tenía muchas cosas que hacer y no podría llamar al número que le había dado Julián. Lo haría al día siguiente, que contaba con toda la tarde disponible. Sabía que debía ser precavida y tratar de que su madre no se enterara de lo que se traía entre manos. Esperaría a estar sola en casa para poder llamar.

Al otro día se levantó temprano aprovechando que no tenía clases: tomó el teléfono inalámbrico, se acomodó en el sillón marrón del salón, y mientras jugaba con un lápiz, marcó el número.

—Hola, buenas tardes —respondió una voz de mujer al saludo de Patricia—. ¿Con quién desea hablar?

En ese momento Patricia se dio cuenta de que no sabía el nombre de la persona con la que quería comunicarse. Le pareció que no era apropiado pedir por "la jefa" y, desilusionada, estaba a punto de cortar cuando la mujer le habló.

—¿Patricia, eres tú? —dijo la señora, de voz muy tranquila y pausada—. No te asustes y no me cortes. Julián me contó todo sobre el encuentro de ustedes dos.

—Eh… Sí… Yo quería hablar con "la jefa" —respondió Patricia confundida.

—Y podrás hablar con "la jefa". Pero mejor sería que lo hicieras en persona. Si quieres puedes venir mañana de tarde por aquí y quizás respondamos a la mayoría de tus dudas.

Una vez que hubo arreglado el encuentro, un montón de sentimientos diferentes la golpearon. ¿Y si su madre tuviera razón y capaz que había cosas de las que no tenía que enterarse? ¿Debía saber la verdad sobre su padre? Sin embargo, el descubrir más cosas sobre los legionarios era muy tentador. Todo aquello sonaba mágico y excitante. ¿Volvería alguna vez a ver un personaje? Durante los últimos dos días lo había intentado, pero sin éxito. Su mayor duda era: ¿había alguna relación entre la supuesta legión y la muerte de su padre?

CAPÍTULO IV

El miércoles Patricia estaba todavía más distraída que el día anterior. Le asustaba un poco tener que afrontar sola aquella situación. Pero a pesar del miedo que sentía, no había vuelta atrás. Estaban esperándola y ella concurriría a la cita. Lo peor era tener que esperar a que se hiciera la hora. Por suerte, el lugar a donde tenía que ir no era muy lejos de su facultad y conocía esas calles; por lo menos sabía que no iba a perderse.

Según sus cálculos, el tiempo le daría justo para ir caminando hasta esa dirección una vez terminada su última clase. Quince minutos después de salir llegó al lugar que le habían indicado. El tiempo estaba ya un poco más fresco, pero suficientemente agradable como para caminar bajo el sol, vistiendo sólo una chaqueta fina sobre su camiseta y unos jeans.

El lugar indicado era una casa grande, antigua, y a juzgar por la apariencia externa parecía ser una bella pero simple casa de familia. Lo único que resaltaba era un escudo sobre la puerta. Era un dibujo de un arco y una flecha, pero en vez de terminar en una punta, la flecha se convertía en una pluma. Debajo de la ilustración se podía leer una frase que parecía estar escrita en latín. No se había formado una idea de lo que esperaba encontrar, pero aquella casa tenía una apariencia cálida que invitaba a entrar.

Así que a la hora exacta a la que había sido citada, Patricia tocó el timbre. No tuvo que esperar más que unos segundos hasta que la puerta se abrió. Una mujer de unos setenta años muy bien llevados la recibió. Vestía semiformal, con un pantalón de tela y una camisa clara. Era apenas más alta que ella y tenía un poco de sobrepeso. Pero se notaba que había sido una mujer muy atractiva. Tenía el cabello rojizo, poblado de canas y unos ojos muy cálidos.

—Una jovencita puntual —dijo haciéndola entrar—. Me gusta. Indica que valora el tiempo propio y ajeno. Bien.

Aquel paso era muy importante para Paty. Su ingreso en la sede, su primer acercamiento a la legión. El hall era espacioso y estaba decorado con buen gusto, de forma clásica y conservadora. Había un par de sillones color crema, que combinaban con las paredes claras con una guarda de formas asimétricas. Una mesa pequeña con libros sobre ella, una lámpara de pie y un par de cuadros eran toda la decoración.

—Soy Patricia Nova —dijo la chica, nerviosa, que obedeciendo a los gestos de la mujer continuó caminando y atravesó el hall—. Y gracias.

—Ah, sí, claro, las presentaciones —dijo la mujer, mientras se encaminaban por un corredor, saludaba a otra mujer que estaba sentada en su escritorio frente a una puerta e ingresaban a otro escritorio cuyas paredes estaban repletas de libros—. Mi nombre es Norah Benatriz. Siéntate por aquí, por favor.

—Muchas gracias —dijo Patricia, que se sentó y observó cómo Norah se acomodaba en la silla opuesta—. Me gustaría hablar con "la jefa".

—¡Este Julián y los títulos! —dijo la mujer—. Esa vendría a ser yo. La jefa. Mucho gusto.

Sin intención de ser irrespetuosa e intentando con todo su esfuerzo concentrarse en lo que Norah estaba diciéndole, Patricia no podía evitar que su pensamiento estuviera en otro lado. Fueron unas fotos que estaban colgadas en la pared detrás de la jefa las que acaparaban toda su atención. En las imágenes se veían varios grupos de personas vestidas de gala. El instinto le dijo a la chica que si miraba con detenimiento aquellas fotos, podría reconocer la cara de su padre en alguna de ellas. Norah se percató de la dirección de su mirada.

—Patricia, en este momento es necesario que me prestes atención y que entiendas con claridad lo que voy a explicarte. Sé muy bien que quieres saber más sobre tu padre y que esa es la razón primordial por la que estás aquí. A pesar de eso, quiero que estés preparada para tener paciencia. De nada te serviría que te contara todo ahora porque hay muchas cosas que no podrías entender. Vas a necesitar tiempo para ir descubriendo la verdad a medida que vayas aprendiendo todo, y puedas entender lo que le pasó a tu padre y lo que te va a pasar a ti sin que una cosa influya de forma negativa sobre la otra. Lo que sí puedo decirte ahora es que tu padre era, al igual que espero lo seas tú algún día, un legionario.

La muchacha miró a Norah, incrédula y admirada de que aquella desconocida supiera tanto de su vida, y a la vez intentó contener su indignación. Aquella mujer no tenía ningún derecho a ocultarle la verdad sobre su padre. Ella merecía saber todo acerca de él, era su única hija. La mirada de Norah la suavizó. Patricia se sabía en desventaja, consciente de que toda aquella situación era nueva para ella y no entendía siquiera en dónde estaba parada. Había otras cosas que necesitaba saber antes de conseguir más información sobre su padre. Debía ser paciente, su historia personal podía esperar un poco más. Pero antes había algunas respuestas que tenía que obtener.

—Está bien. Todo a su tiempo —dijo la chica resignada—. Ahora, una cosa: ¿qué es un legionario?

—Un legionario es una persona que forma parte de una agrupación. Nosotros somos miembros de *La legión de escritores*. La legión, y cada uno de los legionarios, tienen una doble misión. Por un lado, proteger a las personas de los personajes. Por el otro, darles una vida dentro de una historia. La razón por la que un legionario debe proteger a los humanos de los personajes es algo un poco complejo de entender y lo comprenderás mejor con tu entrenamiento. Lo único que voy a decirte ahora es que los personajes pueden poseer a los humanos, creándoles serios conflictos. Y bueno, la segunda función tiene que ver nada más con las historias que tú, yo y el resto del mundo lee.

—¿Esto quiere decir que todos los escritores son legionarios? –preguntó Patricia.

—No, no siempre lo son. Hay gente que puede escribir sin los personajes. No los necesitan, o prefieren usar otro método.

—Pero, ¿cualquiera puede ser un legionario?

—Claro que sí, si una persona de verdad está interesada en escribir, va a comenzar a ver a los personajes. Es parte del destino de cada uno, pero un destino que las personas escogen sin saber —explicó Norah—. Tal vez uno no piensa de forma consciente que quiere ser un escritor. Muchas veces la verdad se oculta en el inconsciente de la gente.

La paz que había en aquella habitación no coincidía con el torbellino de emociones que habitaba en la cabeza de Paty. Miró por la ventana, donde se veían unos árboles y un banco que componían el jardín interno de la legión y creaban una imagen de tranquilidad. Así que una parte de ella quería ser escritora, pensó Paty. Nunca se le hubiera ocurrido.

—¿Y de dónde salen los personajes?

—Los personajes nacen de la imaginación de los humanos. Pero por alguna razón, quienes los crean en sus mentes, no les dan vida en papel, por lo que se dedican a vagar libres por el mundo —explicó Norah con paciencia—. Igual, querida, hay muchísimas cosas que no vas a poder entender ahora. El tiempo y nosotros iremos enseñándote todo lo que tienes que aprender sobre la legión y cómo ser una buena legionaria.

Un montón de preguntas más venían a la cabeza de Patricia. Tantas, que, la verdad, no tenía idea de por cuál empezar. De todas formas, antes de que tuviera tiempo de abrir la boca y efectuar cualquier interrogante, la puerta se abrió de forma estrepitosa, cortando la calma que reinaba en la habitación. Sin alterarse por su presencia o la de Norah, entraron discutiendo de forma acalorada Julián y una muchacha que Patricia no conocía. La chica, de unos veintipocos años, tenía el pelo cortito, negro y un cerquillo muy simpático. Vestía de negro con una onda gótica. Ambos hablaban de forma atropellada y parecían estar muy enojados.

—Esto es una total falta de respeto hacia mi persona —le gritó la chica enfadada, tanto a Norah como a Julián—. ¡No voy a permitir que este idiota me siga tratando de esa manera! No tiene ningún derecho.

—Es muy injusto. ¿Por qué no podemos elegir nosotros mismos a quién queremos entrenar? —preguntó el muchacho.

Norah miró a los dos en silencio. Estaban ambos jóvenes de pie detrás de Paty, quien se veía forzada a darse vuelta de un lado al otro para mirarlos. Patricia, a pesar de su confusión y sorpresa, entendió que aquella señora imponía respeto sólo con la mirada. Podía no saber muy bien lo que estaba pasando ni qué era la legión, pero no hacía falta mucho para descubrir que, para esas tres personas, ser un legionario era algo de gran importancia. Después de un minuto de silencio ambos chicos parecían un poco arrepentidos de su actitud.

—Julián —dijo Norah con seriedad—: Tú más que nadie deberías entender la nueva regla. Sabes que ya hace un tiempo se aplicó la norma de que un hombre no entrenará más a una mujer y viceversa. Además, estás entrenando a Gerónimo Infans.

—Ya sabés como me siento con respecto a él —dijo Julián, enfadado.

—Y tú sabes muy bien que tienes que aprender a controlar tus sentimientos y ser el mejor entrenador que puedas —dijo Norah con tranquilidad.

—Lo que pasa es que Julián no quiere alguien para entrenar, quiere una novia —dijo la extraña de forma sarcástica.

—A mí me parece que vos estás buscando a alguien para que sea tu amiga, nada más —dijo Julián, más enfadado.

—Anita, Julián —dijo Norah, irritada—: Si tienen algunas diferencias personales chárlenlas afuera de la sede. Tómense un café o lo que sea, pero no discutan aquí. Con respecto a los entrenamientos ya no hay nada de qué hablar. Julián, podés retirarte. Anita, Patricia y yo tenemos cosas que hablar.

El entrenador miró a la otra joven con cara de resentimiento. Esta, que ya se había sentado junto a Patricia, le respondió con una sonrisa de satisfacción. El chico les dedicó un gesto simpático a modo de despedida a las otras dos mujeres y salió de la habitación.

—Norah —dijo Anita ya más calmada—: Perdón por toda esta escena, pero me molesta mucho que Julián me trate como si yo no fuera capaz de entrenar a alguien.

—Lo que en realidad importa Anita —dijo Norah con tranquilidad— es que yo sí tengo fe en tus capacidades. Esta es tu oportunidad de demostrar que tú y yo estamos en lo cierto y que eres perfectamente capaz de hacerlo. Y para eso te presento a tu futura entrenada. Ella es Patricia.

—Mucho gusto —dijo Anita saludándola a la vez que la analizaba con la mirada—. Soy Anita Entinor y perdón a vos también.

—Un placer conocerte —dijo Patricia, aliviada, porque al parecer había aprobado el análisis de Anita—. No pasa nada.

—Bueno, una vez hechas las presentaciones formales a mí ya no me queda más nada que decir por hoy —dijo Norah—. Ahora Anita va a ser responsable de tu entrenamiento y de enseñarte todo lo que necesitás para ser una legionaria.

—¿Podrías empezar mañana mismo a las cinco de la tarde? —preguntó la entrenadora.

—Sí… creo que puedo —dijo Patricia, sintiendo que las cosas se daban a una velocidad vertiginosa.

—Entonces empezamos mañana.

CAPÍTULO V

Había pasado menos de una semana desde que había conocido a Julián y Patricia sentía que esos pocos días habían cambiado todo. La experiencia de la tarde había sido una de las más singulares de su vida. Cuando volvió a su casa, tirada en su cama, mirando el techo, pudo pensar con tranquilidad sobre lo que había pasado y se dio cuenta de que en realidad nadie le había preguntado si ella estaba interesada en ser una legionaria. No es que lo sintiera como una imposición ni nada por el estilo, y pensándolo bien, le gustaba la idea de ser como ellos, al menos basándose en lo poco que los conocía. Pero le sorprendió la certeza que parecían tener de que ella aceptaría entrenarse.

Iba a ser una legionaria. Significara lo que significara, ya lo había decidido. Además, suponía que en algún momento iba a cruzarse con un espectro y ahora ya no podía simplemente ignorarlo. Otra ventaja sería que de esta forma estaría un poco más unida a su padre. Sin dejar por fuera la posibilidad obvia de obtener más información sobre él. Seguro que a medida que avanzara en su entrenamiento descubriría algo más sobre su papá.

Nadie le había hecho hacer promesas de confidencialidad de ningún tipo. Es más: ni siquiera le habían pedido la más mínima discreción. Pero no hacía falta. Ella no le contaría nada a nadie sobre la legión. Lo más importante era buscar una buena excusa para su madre. Algo que explicara lo que supuestamente estaría haciendo durante el tiempo de entrenamiento. Su madre era la última persona en el mundo que debía enterarse de lo que iba a hacer. Porque cuanto más lo pensaba, más saltaba a la vista que la legión había tenido algo que ver con la supuesta locura y muerte de su padre. Pero eso a Patricia ahora no le preocupaba. Confiaba estar en el camino correcto. Tarde o temprano se enteraría de todo lo que quería saber de aquel misterioso hombre.

Ese jueves a la cinco Patricia estaba casi preparada para comenzar su entrenamiento. Le dijo a su madre que estaban preparándose con una amiga para correr una maratón. Por lo que le había dicho Anita el día anterior, lo que iban a hacer aquella tarde era bastante físico, así que no había mentido tanto. Vestida con unas calzas negras y una camiseta rosada, Paty estaba preparada para comenzar. Lo que más la intrigaba era saber, aparte de la preparación física, en qué más consistiría su entrenamiento.

Habían decidido con Anita el mejor lugar para juntarse teniendo en cuenta donde vivían ambas: era un parque que quedaba a unas cuadras de la casa de Paty y allí se encontraron las dos de forma puntual, equipadas para empezar. El parque era amplio, muy verde e ideal para hacer deporte.

—¿Qué tan fuera de forma estás? —preguntó Anita, como siempre vestida de negro de pies a cabeza, mientras se preparaban, estirando sobre un banco.

—Y... más o menos. Ni de lo peor ni fantástica.

—Bueno, quiero que entiendas la razón por la cual es necesario que estés en muy buen estado físico. Antes de que empecemos con nada, te voy a explicar todo lo que creo que es necesario que sepas en este momento. El entrenamiento cuenta con cinco fases. La primera, a diferencia de algunas otras, no se termina cuando comienza la siguiente. La fase uno es más bien un mantenimiento que sería bueno que aplicaras para siempre. Es necesario que los legionarios estemos en un buen estado físico, porque como cualquier otro cazador, a veces la presa no se deja atrapar con facilidad. Por lo tanto nosotros tenemos que estar preparados para perseguirla.

—Sí —comentó Patricia—. Como el día que conocí a Julián, su personaje casi se le escapa y tuvo que salir corriendo.

—No estuvo a punto de escapársele: se le escapó del todo —dijo Anita con sarcasmo—. Es un pobre tonto.

—Parece que los dos no se llevan muy bien —comentó Paty cuando ya habían comenzado a trotar.

—Es todo culpa de él. Es tan elitista... —dijo Anita enfadada—. Se guía sólo por las conexiones que tiene cada uno. Si tu familia es importante podés ser su amigo, sino no. Pero cuidado: que no sea más importante que la suya.

—¿Qué tan importante es la suya?

—Más o menos. La mayoría son poderosos, y solían ser legionarios —dijo la entrenadora—. Pero no tanto como la de

Gerónimo. Por eso lo odia tanto y no quiere entrenarlo. En la familia de ese chico hubo un escritor famoso.

—¿Y en tu familia hay legionarios? —preguntó Patricia.

—Sólo mi bisabuela. Ella era una gran legionaria, no era famosa, pero era muy buena en lo que hacía —Anita se quedó pensativa y después aclaró—: Ah, y tengo unas cuantas amigas. Hasta un novio. Un músico sexy y hermoso. ¿Vos tenés algún chico en la vuelta?

—No, no, por ahora nada —dijo Patricia riendo.

—Bueno, no te preocupes, mi novio tiene un amigo soltero en la banda que, si querés, podemos presentártelo.

—Gracias, pero voy a pasar —dijo Patricia divertida—. Porque la última vez que me presentaron a alguien fue un desastre total.

El entrenamiento físico fue más leve de lo que Patricia había temido. Aunque le dio la impresión de que Anita estaba siendo benevolente con ella. Su entrenadora parecía ser muchísimo más simpática que la tarde anterior. No era tan conversadora como ella, pero sus silencios no hacían que Patricia se sintiera incómoda. La chica estaba contenta. Si bien todavía había un montón de cosas que debía saber para ser una legionaria, por lo menos una parte de su entrenamiento ya había comenzado.

Los días pasaban cada vez más rápido para Patricia. La facultad consumía gran cantidad de su tiempo, y ahora, con el entrenamiento físico y todo, eran pocos los ratos de dispersión que tenía; momentos que aprovechaba para salir con sus amigas y, claro está, nunca dejaba de respetar los tradicionales domingos en familia.

Y fue un domingo, de esos que disfrutaba libre de culpa, haciendo nada, cuando la tormenta que la llevaría a adentrarse en la segunda etapa de su entrenamiento se desató. Aquel día estaba sola con su madre porque Marcos, que era piloto, estaba viajando lejos de casa y los chicos estaban con su abuela paterna. Patricia nunca había sido una lectora muy asidua. Pero ahora que se convertiría en una legionaria creía que tal vez fuera importante conocer el trabajo de otros legionarios. Sabía que su madre tenía unos cuantos libros en el ático, así que aprovechando que no tenía nada que hacer, subió a buscar alguno interesante.

La habitación era muy pequeña, llena de trastos, polvo y en general cosas inútiles. Pero entre todo eso encontró algunas cajas de apariencia prometedora. Mientras estaba revisando entre los libros y sacando los que le gustaban, escondido debajo de varias novelas descubrió lo que parecía ser un diario. Al verlo su corazón comenzó a latir de forma acelerada. Sabía que su madre jamás había escrito un diario, y Marcos menos que menos.

La idea de que aquel diario pudiera pertenecer a su padre le dio una sensación rara en el estómago, casi náuseas. Las manos le temblaban y se le hacía difícil respirar. De todas formas tomó el diario, se sentó contra la pared y lo abrió. Era una especie de cuaderno de tapa negra y hojas amarillentas. En la cara delantera, en el rincón inferior derecho estaba el emblema de la legión, el arco con la flecha que terminaba en una pluma.

No se había equivocado en el pronóstico. A pesar de que en el diario no aparecía el nombre de su dueño, y que la letra tampoco le era familiar, una especie de corazonada le decía que era de su padre. Incapaz de controlar los nervios, abrió el diario en una página al azar y comenzó a leer.

"Soy consciente de que mi relación con Ivanna debe terminar. Esta situación no es buena ni para mí ni para Carla y menos para el futuro bebé. Tengo que ser fuerte y terminar con esto. Debo hacerlo por mi mujer y mi hijo".

Patricia estaba tan concentrada en la lectura del diario que no escuchó los pasos que subían por la escalera. Tampoco pudo ver la expresión de horror en la cara de su madre cuando vio que estaba leyendo el diario. Lo que sí sintió fue el fuerte tirón que le dio para sacárselo de las manos.

—¿Con qué derecho revisás mis cosas? —preguntó, Carla, roja de indignación.

—Ese diario no es tuyo —dijo Patricia, furiosa—. Ese diario era de mi padre, por lo tanto es mío. ¡Dámelo!

—Nada bueno puede salir de que leas esto Patricia, nada.

—¡Dámelo, mamá! ¡Es mío! —grito la chica furiosa, abalanzándose sobre su madre.

Pero ésta ya estaba en guardia y preparada para recibir el ataque. Empujó con suavidad a su hija con la mano libre y corrió escaleras abajo. Cuando Patricia llegó era demasiado tarde: su madre se había encerrado en el garaje. La chica golpeó y pateó la puerta con todas sus fuerzas y cuando vio que comenzaba a salir humo por debajo de la puerta comprendió que estaba todo perdido. Ya nunca más iba a tener la posibilidad de leer el diario de su padre.

CAPÍTULO VI

El lunes Patricia se levantó agotada, tanto física como emocionalmente. Los entrenamientos con Anita eran cada vez más intensos. Patricia se esforzaba al máximo, porque quería ser una buena legionaria, y más que nada quería avanzar con el entrenamiento para saber cosas sobre su padre. Pero hacía un tiempito que la cuestión no estaba ni cerca de cambiar. Ya había tenido suficiente paciencia y era hora de que le dieran algunas respuestas más concretas. Lo más probable era que Anita se resistiera y le dijera que todavía quedaba mucho entrenamiento físico por delante. Pero ya no le iban a tomar más el pelo. Ella no se dejaría engañar como una tonta. Estaban en un parque cercano a la sede estirando sobre un banco, a punto de empezar con el entrenamiento, cuando Paty se rebeló.

—Está bien —dijo Anita una vez que Patricia hubo descargado toda su frustración sobre ella—. Estás en lo cierto. Es hora de que pasemos a la fase dos.

—Me parece bien —contestó Patricia sorprendida.

—Hoy es un día perfecto. Desde que empezamos el entrenamiento nunca habías estado tan vulnerable y débil como hoy. Así que es el día ideal para avanzar con esto.

—Epa, no estoy ni débil ni vulnerable —pensó Patricia.

Pero no replicó y se quedó callada durante todo el camino. Mientras tanto, Anita iba explicándole en qué consistía la segunda parte del entrenamiento de un legionario.

—La fase que sigue tiene que ver con la relación que debe existir entre un legionario y sus personajes —dijo Anita, mientras se acercaban a la sede de la legión—. Esta relación no es imposible de controlar por los humanos, pero tampoco es algo del todo sencillo. Es una relación dual. La primera parte la trabajaremos ahora. La otra más adelante.

Ni bien hubieron atravesado la puerta de la sede comprendieron que algo raro sucedía. El aire estaba tenso. Se podía sentir un silencio enrarecido por un murmullo colérico que venía del despacho de la jefa. En el hall estaba la secretaria, casi inmóvil; y sentados en un sillón, con la misma actitud estática estaban Julián y un hombre adulto, de unos cuarenta años. A pesar de su edad, el desconocido le pareció a Patricia muy atractivo. Su piel era de un tono oliváceo que combinaba a la perfección con su ojos celeste claro. El pelo era marrón y le llegaba a los hombros. A simple vista se podía apreciar que tenía un muy buen estado físico. Ambos hombres miraban cada tanto la puerta del despacho, expectantes.

El encanto bajo el que parecían haber caído los tres se rompió cuando las dos chicas entraron a la habitación. La secretaria les hizo un gesto con la mano, como para que se mantuvieran calladas. Julián y el hombre que estaba cerca de él se levantaron y entraron a otra habitación. Las jóvenes los siguieron. El cuarto al que habían entrado era un escritorio que al parecer pertenecía al hombre extraño. En una estantería había un montón de libros, como en el escritorio de Norah, y en un rincón había una lámpara extraña. Patricia tuvo la impresión de que su rango dentro de la legión era superior al de Julián y Anita.

—Están los cinco reunidos —dijo el extraño dirigiéndose a Anita.

—¿Otra vez? —preguntó ésta sorprendida—. ¿Volvió a pasar?

—Por desgracia sí —dijo el hombre, con cara de preocupado—. Faltan unos cuantos personajes.

Un silencio llenó toda la habitación. Los tres legionarios se miraron con cara de preocupación. Patricia se sentía perdida. No sabía quién era aquel hombre; no sabía quiénes eran los que estaban en el otro cuarto murmurando enojados, y lo peor de todo era que nadie parecía tener ni ganas ni intenciones de explicarle nada. Todavía podían escucharse las voces amortiguadas que venían de la otra habitación.

—Hola —dijo la chica saludando al extraño, decidida a no quedar del todo por fuera—. Mi nombre es Patricia, mucho gusto. No quiero ser grosera, pero no sé qué está pasando.

—Hola Patricia —dijo el hombre, que parecía estar viéndola por primera vez—. Mi nombre es Álvaro Damción y soy el coordinador de *La legión de narradores y poetas*. Yo me encargo de la parte interna de la legión, mientras que Norah se encarga de la parte externa.

—Un placer conocerte —respondió la joven presintiendo que aquel hombre no le iba a explicar nada en absoluto sobre lo que estaba ocurriendo.

—Anita, necesito hablar contigo sobre un cambio de horario —dijo Álvaro—. Julián, ¿podrías hacerle compañía a Patricia por un ratito?

—Claro, Álvaro —respondió Julián—. Pasemos a la habitación de recreo y nos tomamos un café.

Julián y Patricia se dirigieron hacía una habitación cercana. El murmullo continuaba en el escritorio de la jefa y la secretaria volvió a indicarles que guardaran silencio. Le hizo un gesto de reproche al muchacho por haber pasado por allí y no haber usado la conexión directa entre la sala de recreo y el despacho de Álvaro. Julián le explicó por señas que primero irían a la cocina a preparar un café, por eso estaban en el corredor.

Después fueron al cuarto de recreo. Era un lugar encantador. Tenía las paredes repletas de libros y Patricia se preguntó si dentro de la sede habría libros hasta en el baño. Se ubicaron en un sillón que era tan cómodo que invitaba a las personas a sentarse.

—¿Está mal si pregunto qué es lo que está pasando? —preguntó Patricia con timidez.

—Claro que no —dijo Julián—. Es sólo que estamos todos muy nerviosos a causa de lo que está ocurriendo. Pero también es una situación sobre la que vos tenés que estar al tanto. ¿Qué más querés saber?

—Bueno, muchas cosas —dijo Patricia—. Primero que nada quiénes son los cinco que están reunidos ahí, y segundo: ¿qué quiere decir que están desapareciendo personajes?

—A ver, vayamos por partes —dijo Julián, acomodándose en el sillón—. Como vos bien sabrás, la literatura no es la única forma de arte que requiere la presencia de personajes. Lo cierto es que la literatura comparte, desde siempre, los personajes para escribir prosa y poesía, con quienes escriben canciones, con dramaturgos, con las artes gráficas… y en la actualidad, con los guionistas de cine. Aquí tenemos un representante para las cinco ramas. Omar Cantinez está a cargo de los compositores, Guillermo Arce de los dramaturgos, Hugo Monción de los guionistas, Genoveva Gaudens de las artes gráficas y Norah de los narradores y poetas. Todos son jefes de su sección de la legión.

—¿Se reparten a los personajes entre ellos?

—Sí, algo así. Tenemos marcados los períodos de caza. Una semana les toca a unos y otra semana les toca a otros —dijo Julián—.

El problema es que en el último tiempo muchos personajes han desaparecido.

—O sea…—preguntó Patricia sintiéndose perdida.

—Que alguien se los está llevando a otro lado. Los personajes están en una determinada región del mundo por algo. No es por capricho. Los atrae una fuerza superior que somos incapaces de entender. El problema es cuando una región deja de tener personajes.

—¿Ustedes creen que legionarios de otras regiones están llevándose los personajes de acá?

—No sería la primera vez que pasa —dijo Julián resignado—. Ni la última. En este país hay más personajes que legionarios. Pero en otros no es así. Y los personajes son muy demandados. Esta situación es muy grave. Ellos no tienen ningún derecho a llevarse a nuestros personajes. Está mal que alguien quiera sacar provecho personal de algo que es de todos. No podemos acudir a la policía y demostrar que lo que está pasando es ilegal, pero tenemos nuestras propias reglas. Esto no puede seguir así. Nosotros también queremos tener la oportunidad de escribir nuevas historias. Más en la actualidad, que no hay la cantidad de personajes que solía haber.

Ramas con dirigentes, robo de personajes, intrigas, la mente de Paty hacía lo que podía por entender. Para distraerse un poco de todo aquello, se puso de pie y observó una de las paredes de la sala de recreo donde había un montón de retratos de personas. Acercándose a ellos Paty los miró con atención.

—Ese es Victor Hugo, esa Virginia Woolf, Gabriel García Márquez, Francisco Espínola, Delmira Agustini, J.R.R Tolkien, Jorge Amado —Julián señaló uno a uno los retratos.

—¿Todos fueron legionarios? —preguntó Paty mirando aquellas caras e intentando imaginárselos en su situación actual.

—Sí, es un honor para nosotros pensar que somos parte de algo tan grande que tuvo a estas personas como miembros y a muchos grandes más —Julián se acercó a los retratos, pero no los miraba, tenía la mirada perdida en algo que Paty no podía ver.

—Patricia —Anita había entrado en la habitación—: Es hora de seguir con lo nuestro.

—Claro —dijo Patricia alejándose de la pared—. Gracias por la explicación, Julián.

—No es nada. Fue un placer.

Anita y Patricia salieron de la habitación. La entrenadora parecía estar sumergida en sus pensamientos y la chica decidió respetar su silencio. Pasaron por un corredor hasta que llegaron a una escalera que conectaba con un piso inferior. Anita prendió la luz y comenzaron a bajar. A diferencia de lo que se podía esperar de cualquier sótano, aquel no era oscuro y no tenía para nada apariencia tenebrosa.

—¿Julián te contó todo? —preguntó Anita rompiendo el silencio.

—Sí, bueno, no estoy segura muy bien de lo que puede llegar a ser todo, pero creo que me contó unas cuantas cosas importantes. ¿Están muy preocupados por eso de los personajes?

—Sí, mucho —dijo Anita—. No es bueno para nadie lo que está pasando. Los personajes que son llevados muy lejos tienen serias dificultades para adaptarse a las historias que les escriben y terminan vagando otra vez por el mundo.

—Lamento no entender la gravedad de todo esto —dijo Patricia, contrariada. Después cambió de actitud y puso cara de víctima—. Supongo que no voy a terminar de entender un montón de cosas hasta que no sepa más sobre la legión.

—Por supuesto —dijo Anita de forma enigmática—. No te creas que me olvidé de que ya estás lista para pasar a la próxima etapa. Lo tengo muy presente.

—¿O sea que voy a entrar en la segunda fase del entrenamiento? —preguntó Patricia, ingresando a un cuarto en donde había un televisor y un juego de sillones.

—Exacto, en este mismo momento —dijo Anita, dejando a Patricia sola y encerrada dentro de la habitación.

CAPÍTULO VII

—¡Anita, Anita! —gritó Patricia golpeando la puerta, desesperada—. ¡No puedo creer que me hagas esto! ¡Dejame salir, Anita! No te molesto más con lo de avanzar en el entrenamiento.

Resignada e intentando convencerse de que aquello debía ser sólo parte de su preparación, Patricia se calmó y dejó de golpear la puerta. Al mirar la habitación por segunda vez se dio cuenta de que había algo en el cuarto que no había visto antes. Algo que al parecer había estado escondiéndose en algún lugar hasta ese momento. Ahora estaba visible. En el sillón, de forma relajada y como en casa, estaba sentado un personaje.

A pesar de que había visto un espectro muy similar con anterioridad y que sabía con certeza que existían, el verlo, allí sentado, tan cerca, la impresionó bastante. Era muy parecido a un hombre joven, como de unos veinte años. No parecía ni sorprendido ni asustado debido a la presencia de Patricia. Era casi una persona normal, en la forma del cuerpo y los rasgos de la cara, con la única diferencia de que la consistencia física no era total. A la chica le hizo acordar mucho a los fantasmas que se ven en las películas de bajo presupuesto, con el aura verde.

—Hola, Patricia —dijo el espectro, poniéndose de pie—. Soy X. Por favor, perdoname.

—¡Eh! —consiguió gritar Patricia.

No tuvo tiempo de reaccionar. Sin que tuviera la menor chance de verlo venir, el espectro se abalanzó sobre ella. Al instante la chica percibió una sensación de lo más rara en todo su ser. Sintió como su cuerpo se llenaba de fuerza, que nada era imposible para ella y que todo lo que había parecido difícil y confuso hasta ahora, de repente era claro y feliz. Una enorme sensación de alivio invadió el cuerpo de Patricia. Nunca más estaría sola. De ahora en adelante, todo le saldría mejor.

Sin embargo, era consciente de lo que estaba ocurriendo: se dio cuenta de que esa sensación nueva era por causa del espectro, que era él quien la hacía sentir tan bien. En aquel mismo instante supo que la había poseído: era algo muy raro, sorprendente. El sentimiento placentero fue invadido por la nueva certeza del conocimiento, y ambos se mezclaron en su interior, y generaron un nuevo pensamiento.

Pero una sensación de mareo la invadió; quería que él se fuera, quería que dejara su cuerpo, pero no sabía cómo conseguirlo. Un sudor frío empezó a recorrerle todo el cuerpo. Sentía que le faltaba el aire y por más fuerza que hiciera no podía llenar los pulmones. De repente, todo se volvió negro y lo último que vio fue el piso.

Cuando volvió en sí comprobó que alguien la había movido. Ahora estaba acostada en uno de los sillones. En los otros dos estaban sentadas Norah y Anita que charlaban animadamente con X. Su cabeza todavía le daba vueltas. Por fin, tras un esfuerzo de un par de segundos que le parecieron eternos, consiguió recordarlo todo.

—Él me atacó —balbuceó Patricia, que intentaba sentarse—. Él quería poseerme —dijo señalando a X.

—Te pedí perdón antes de hacerlo —dijo X.

Norah y Anita miraban a Patricia divertidas.

—Tranquila, Paty —dijo Norah, y se sentó junto a ella—. Sabemos todo lo que pasó.

—¿No querías entrar en la fase dos? —preguntó Anita.

—¿Qué? ¿La fase dos es intentar matarme? —preguntó Patricia, exaltada.

—No, eso lo hiciste vos solita —dijo Anita—. Pero por lo menos no te hiciste pis.

—Anita... —rezongó Norah—. Esto no es nada fácil para Patricia.

—Perdón, Norah.

—Bueno, ¿alguien puede explicarme por qué me hicieron esto? —exigió Patricia—. ¿Y quién se hizo pis?

—Es muy simple —dijo Norah—. Lo que te pasó aquí adentro es que, como tú bien dijiste, fuiste poseída por X. Y como ya te habrás dado cuenta también, él es un personaje.

—Sí, hasta ahí vamos bien. Mi gran incógnita es por qué dejaron que lo hiciera.

—¿Cómo te sentiste cuando lo hizo? —preguntó Anita—. Lo del pis Norah no me deja contarlo.

—¿Cómo me sentí? Yo qué sé... Bien.

—¿Sólo bien? —repitió Anita.

—Bueno, no sé, puede ser que me haya sentido un poco mejor que bien —las otras dos mujeres permanecieron en silencio mirando a Patricia—. Está bien, está bien, lo reconozco. Me sentí mucho mejor que bien, me sentí completa. Como que nunca más iba a estar sola, nunca volvería a sentir miedo.

—La razón por la que Anita eligió el día de hoy para traerte aquí —explicó Norah—es que estabas muy vulnerable. Tus defensas están bajas y no estás conforme con la vida que estás viviendo. Un personaje tiene que esperar a que la persona que quiere poseer se sienta de igual modo que tú te sentías hoy. Así, cuando él intente poseerla, la persona no se resiste y le da la bienvenida en su cuerpo. Después, una vez dentro tuyo, el personaje te hace sentir increíble y ya sos suya de por vida.

—Al comienzo está todo bien —siguió Anita—. Un personaje puede convivir con una persona por un periodo razonable. Pero después de un tiempo empieza a haber una especie de conflicto de voluntades. Las personas poseídas pierden el control. Se matan o terminan internadas en un psiquiátrico.

—Por eso —dijo Norah— es tan importante que los legionarios cuiden a los humanos de los personajes.

—Y por esa razón es también que debemos temerles —continuó Anita—. Tenemos que saber de lo que son capaces y aprender a controlarnos hasta en nuestros peores días.

Patricia se tomó un minuto para pensar todo aquello. Sí, era verdad: lo que había sentido cuando X la había poseído era demasiado agradable. Pero ella había sido consciente de lo que estaba sucediendo. Sin embargo, una persona que estuviera en una situación desesperada, por completo vulnerable, que no supiera lo que ocurría, y que de repente una sensación de alivio como aquella invadiera su cuerpo, lógicamente no se resistiría. No lucharía contra ella, se dejaría llevar. Las consecuencias a largo plazo eran fáciles de entender. Muchas veces le resultaba hasta difícil convivir consigo misma, no se podía ni imaginar cómo sería tener a alguien metido dentro, a otro ser en su inconsciente. Nadie sería capaz de soportarlo por mucho tiempo.

—La razón por la que sentiste que te estaban matando —dijo Anita, viendo que Patricia ya había interiorizado lo anterior –es porque te resististe, porque luchaste contra X.

–Lo que importa es que le diste pelea —dijo Norah—. Avanzar es una cuestión de práctica. Cada vez te va a resultar más fácil defenderte sin invertir tanta energía.

—Esta es la fase dos, que está muy conectada con la etapa tres. Ambas tienen que ver con cómo percibimos a los personajes –explicó Anita –. Vamos arriba y sigamos con esto ahí.

—Sí —acordó Norah—. Démosle un respiro a X.

—Y unas buenas vacaciones tampoco me vendrían nada mal— acotó el personaje.

Dejaron a X atrás y se dirigieron otra vez a la parte superior de la sede. Norah se despidió de las chicas y dejó que ambas continuaran solas con el entrenamiento. Anita acompañó a Patricia a la cocina y agarraron unas galletitas y unos jugos, ya que la entrenada necesitaba recuperar fuerzas. Después fueron y se instalaron en el cuartito de recreo, donde ella ya había estado con Julián. Patricia no pudo evitar echar un superficial vistazo a todos los libros que había en la habitación. Después se ubicó delante del retrato de Víctor Hugo.

—Me gusta su cara. Parece buena onda —dijo Paty, observándolo.

—Dicen que Cosette fue su personaje más difícil de cazar — dijo Anita, yendo hacia la estantería.

—¿Quién? —preguntó Paty.

—¿Te gusta leer? —contestó Anita, ignorando la pregunta de Paty mientras sacaba unos libros del estante.

—Sí. Pero no es algo que me encante tampoco —admitió Patricia—. Si tengo que ser sincera, no leo casi nunca.

—Bueno, eso vas a tener que cambiarlo. No es que tampoco pretendamos que te leas todos los libros del mundo, pero para ser un legionario debés entender a los personajes, tenés que conocerlos. Tu meta es descubrir qué tipo de historias te interesa contar, con cuál de ellas estás más afín.

—No entiendo mucho —dijo Patricia—. Eso me parece imposible.

—No es que un legionario conozca a todos los personajes que existen o que puedan llegar a existir en el mundo —dijo Anita mientras sacaba algunos libros de un estante—. Pero la verdad es que algunos personajes tienen más facilidad para formar parte de una historia y no de otra. Por esa misma razón hay que conocer distintos tipos, para saber también cuál de ellos va mejor con las historias que a vos te gustan.

—Y después que conozco a los distintos tipos que hay, ¿qué hago?

—Tenés que descubrir qué te interesa narrar a vos —explicó Anita—. Con qué tipo de personaje te sentís más cómoda trabajando.

—¿No puedo cazar a uno con el que no me sienta cómoda trabajando? —preguntó Patricia.

—Podrías intentarlo, sí. Pero lo más probable es que te parezca mucho más difícil y tal vez hasta imposible atraparlo. Hay como una especie de conexión espiritual. Como una relación casi imposible de explicar por completo entre un legionario y un personaje.

—¿Y vos? ¿Tenés afinidad con un cierto tipo de personaje? —indagó Patricia.

—Por supuesto que sí. Es parte del entrenamiento de un legionario descubrir eso. No podés convertirte en uno sin saber con qué tipo de personaje te sentís más a gusto.

—¿Cuáles son los tuyos? —preguntó Patricia.

—Por tu bien, preferiría no hablarte de eso ahora. No creo que sea beneficioso para tu propio descubrimiento —explicó Anita.

Estaban todavía charlando en la habitación cuando entró una persona muy singular: era un jovencito de unos veinticinco años, más o menos de la altura de Patricia, y demasiado rubio. Cargaba una pila de libros en sus brazos y estaba tan concentrado leyendo el de arriba de todo que no se dio cuenta de que las chicas estaban en la habitación. Cuando Anita lo vio entrar, en su rostro se dibujó primero una expresión de irritación y luego una de diversión.

—Patricia, este es Ismael Gravis; otro legionario —dijo Anita, interrumpiendo la profunda concentración del muchacho.

—Hola Anita, no te había visto —dijo Ismael mirándolas por primera vez. Como todo en su persona, su voz era demasiado suave y melosa—. ¡Qué maleducado que soy! Se lo culpo todo a este libro que es muy atrapante.

Ismael dejó la pila de libros en la mesa y saludó a Patricia con un beso demasiado pegajoso y la chica se sintió un poco invadida. Después abrazó a Anita de una manera todavía más empalagosa y su entrenadora le hizo a Patricia una mueca divertida.

—¿Estás entrenando a una nueva legionaria? —preguntó el chico sin alejarse un solo centímetro de Anita—. ¿Estás en la fase dos-tres?

—Sí —respondió la chica, alejándose un poco de él—. En eso estábamos.

—Ah, es una etapa complicada. Por suerte para mí, la tercera ya la tenía casi cubierta del todo —explicó el muchacho mientras separaba unos libros—. La segunda no fue tan fácil de superar; ese X es un chico difícil.

—Pero yo tengo plena fe en Patricia —dijo Anita—. Aunque le falte un poco de conocimiento en el ámbito literario ella va a encontrar su camino.

—Estoy seguro de que sí —dijo Ismael mientras le daba unos libros a Anita—. Por favor, asegúrate de que lea estos libros. No puede encontrar su estilo sin conocer estas obras de arte: *La odisea*, *Edipo Rey*, *Eneida*.

—Bueno, claro que va a tener que leer literatura variada —dijo Anita, divertida, colocando en otra pila diferente a la que preparaba para Paty los libros que le daba Ismael, con excepción de uno—. De todas formas, Ismael, no te olvides de que es una decisión muy personal, y por más que queramos ayudarla, esta cuestión no es algo que nosotros podamos decidir por ella.

—No, claro que no —dijo Ismael acomodando los libros de forma nerviosa—. De cualquier manera, te aseguro que estos libros te pueden ayudar, y mucho.

—Voy a ver qué puedo hacer —dijo Patricia—. Aunque creo que son demasiados como para poder con todos.

—Lo vas a lograr —dijo Ismael, terminando de guardar los libros—. Ahora me tengo que ir. Chau, chicas.

Cuando el muchacho abandonó la habitación, Patricia y su entrenadora se miraron y ninguna de las dos pudo evitar largar la carcajada. Anita ya lo conocía desde hacía algún tiempo, y sabía que, si bien el muchacho era un tanto peculiar, era cien por ciento leal a la legión, buena persona e inteligente. Su único problema era que tenía dificultades a la hora de relacionarse con la gente que lo rodeaba.

—Al parecer, los libros antiguos no son lo único que le gusta —dijo Patricia mirando los ejemplares que Anita había descartado—. ¿Tragedias griegas?

—No creo que tenga un afecto particular hacia mí, me parece que estaría dispuesto a salir con cualquier chica. Sus dificultades de relacionamiento no se reducen sólo al género femenino. Los hombres también suelen sentirse un poco intimidados por él —le explicó Anita—. Y sí, las tragedias griegas, las historias de héroes y las novelas épicas son lo suyo.

—Ahora estoy empezando a sentir mucha curiosidad sobre qué tipo de personajes voy a cazar yo —dijo Paty mirando los libros.

—Estás destinada a ser una legionaria. Tarde o temprano, darás con esos personajes. Sólo es cuestión de aprender a mirar para encontrarlos —dijo Anita, haciendo una pila de libros para Patricia—. Ahora podés empezar con estos.

—Este de acá parece interesante —Patricia tomó un libro de la estantería y lo miró—. ¿Quién es Lea Fammel?

—Ah, nadie, una exlegionaria —Anita le sacó el libro de las manos a Paty y lo dejó en el estante—. Nada que necesites leer ahora. Por el momento, quedate con los que te di.

La vida de Patricia había cambiado radicalmente en el último tiempo. Antes, todo había girado en torno a la universidad y sus amigos; ahora tenía que balancear su nueva situación con las actividades de siempre. Pero como era una chica inteligente y nunca había tenido dificultades en el estudio, podía dedicarle el tiempo suficiente a continuar con su entrenamiento físico, intentar bloquear con su mente a X y descubrir cuál era el tipo de personaje que tenía que perseguir. Cada día se sentía más parte de la legión. Cada prueba, cada obstáculo que iba superando, la hacía sentir un poco mejor y más segura de lo que estaba haciendo.

CAPÍTULO VIII

El ejercicio físico había dejado de pesarle. Le encantaba correr con Anita y en los ratos libres solían charlar sobre la vida y sobre los distintos avances que iba alcanzando en su entrenamiento. Con X las cosas iban cada vez mejor. En todas las oportunidades que Anita veía que la chica estaba decaída o debilucha, aprovechaba para hacer que su entrenada se enfrentara con X. A diferencia de lo terrible que había sido la primera experiencia, cada día se sentía más a gusto en presencia del personaje. Ya no era tan sencillo para el espectro poseerla, y las veces que lo lograba, Paty se las ingeniaba para hacerlo salir de su cuerpo. Todavía le faltaba, pero estaba cerca.

Mientras su mente y su cuerpo iban fortaleciéndose con rapidez, su nivel de cultura literaria parecía ir aumentando a paso de tortuga. Estaba tan ocupada con las prácticas que tenía poco tiempo libre para sentarse a leer. Y cuando conseguía hacerse un tiempo, tenía muchos libros de estudio que venían antes de la ficción. Algunas de las novelas que le había recomendado Anita se le habían hecho imposibles de entender. Los temas que trataban se le hacían tan aburridos que no lograba pasar las primeras hojas. Le costaba llegar a identificar quiénes eran los personajes, al punto que ni se le ocurría que alguna vez pudiera sentir algo por ellos.

Los domingos solía hacer ejercicio con Anita. Era uno de los días que más tiempo libre tenía disponible. Su único compromiso seguían siendo los almuerzos con su familia. Y así fue que un domingo después de haber almorzado, un rato antes de verse con Anita, decidió llevar a la sede los libros que no había logrado leer y ver qué cosa interesante podía encontrar. No leyó casi ningún libro entero, pero le había dado una hojeada a obras de todo tipo. Recorrió distintos trabajos de escritores actuales y de otros que vivieron hace más de mil años. Pero a pesar de sus esfuerzos, no lograba encontrar lo que estaba buscando.

Como aquel día no había acordado entrenar con Anita, se dirigió a la sede. Había una casera que vivía allí y se encargaba de que las puertas del lugar estuvieran siempre abiertas. Estaba caminando hacia la sala de descanso cuando de repente la puerta del despacho de Álvaro se abrió. En un primer momento, lo único que Patricia vio fue que la puerta se mantenía abierta y escuchó unas risas que venían de la habitación. Después pudo oír el murmullo de un par de voces: una parecía ser la del dueño del despacho y la otra de una chica a quien Patricia no pudo reconocer.

—Va a ser una noche genial —decía la mujer cuando ambos salieron al pasillo.

Álvaro fue el primero en ver a Patricia. Su cara fue de sorpresa con un ligero matiz de horror. Por alguna razón que no logró entender, Paty se sintió como si hubiera estado cometiendo un crimen. Le pareció que la mirada del hombre le recriminaba por estar en aquel lugar. La desconocida era joven y Patricia nunca antes la había visto. Era muy bonita y vestía con mucha elegancia y cuidado. Todo en ella parecía estar en su lugar, nada sobraba ni faltaba. Sus cabellos rubios y lacios le llegaban a la altura de los hombros. Era de estatura mediana y tenía un físico delgado y trabajado. Lo único que parecía desentonar con su apariencia eran sus profundos ojos negros que miraban a Patricia con frialdad.

—Hola Patricia —dijo Álvaro con amabilidad, rompiendo la tensión que se había generado entre los tres—. Ah, veo que estás sumergida de lleno en la fase tres. Te presento a Tamara Prodir, ella también es una legionaria, aunque un poco más grande que tú; se preparó al mismo tiempo que Anita.

—Mucho gusto en conocerte, todos me dicen Tami —dijo Tamara dedicándole a Patricia una sonrisa completamente encantadora—. Esa fue la etapa de mi entrenamiento preferida.

—Un placer —dijo Patricia—. Sí, es una linda etapa.

—Bueno, querida, no te robamos más tiempo —dijo Álvaro—. Suerte.

—Adiós —dijo Patricia, aliviada de que se hubieran ido.

En los últimos tiempos, Patricia había tenido la posibilidad de conocer mejor a los legionarios, en especial a los jóvenes. Pasaba mucho de su tiempo con Anita y había charlado con Ismael y Julián varias veces. Ella sentía que había algo en común entre todos ellos. Aunque no fuera algo concreto, una cosa que se pudiera señalar, la chica sentía que, a pesar de sus obvias diferencias, había cierta noción que los unía a todos. Le sorprendió haber notado que no veía eso en Tamara, que ella parecía distinta: más ausente.

Estaba tan concentrada en guardar los libros y pensado en Tami que no se dio cuenta en un primer momento de que al otro lado de la puerta, dentro del escritorio de Álvaro, parecía haber alguien, o al menos eso indicaba un ligero sonido de pasos.

El corazón comenzó a palpitarle con rapidez. Quien fuera que estuviera allí escondido no quería que se supiera de su presencia. Patricia se acercó aún más a la puerta e intentó escuchar. De forma abrupta los pasos comenzaron a alejarse de forma rápida y después todo quedó en silencio. Alguien había estado allí escondido, espiando vaya uno a saber qué cosa, y ahora se había escapado.

Sus palpitaciones todavía eran muy veloces, pero sintió un enorme alivio de saber que quienquiera que hubiera estado allí, se había ido. Más tranquila continuó ordenando los libros que le habían prestado, colocando cada uno en su estante indicado. Mientras tanto, miraba los lomos de los otros ejemplares, pensando cuál de aquellos le serviría para encontrar lo que buscaba. A pesar del susto anterior, Patricia no consideró la posibilidad de volver a encontrase con alguien aquel día. Así que se sobresaltó mucho cuando una persona le posó una mano en su hombro.

—Parece que te asusté —dijo Julián—. No quise romper tu meditación.

—Qué bobo —dijo Patricia, volviendo a respirar con normalidad—. Es que estaba intentando elegir un libro para probar esta semana, pero todavía no me decido.

—Sí, la etapa tres puede ser un poco complicada si no estás acostumbrada a leer —dijo Julián—. Te veo un poco cansada. ¿Por qué no me dejás invitarte un café y después te recomiendo algún libro que pueda ayudarte?

Fueron a la cocina a buscar café y se acomodaron en los sillones de la sala de recreo. Charlar con Julián fue muy interesante; hablaron sobre él, sobre ella y de libros. También le contó algunas cosas sobre Anita. Le comentó que ella también pertenecía a una familia de legionarios, pero que ahora vivía sola con su madre. Su problema era que, a pesar de tener todo para ser una buena legionaria, nunca había querido serlo. La madre había comenzado a ver espectros como el resto de los legionarios, pero a diferencia de estos, no había querido salir a cazarlos. La legión respetaba su decisión, pero de todas formas para ella misma era muy difícil vivir con eso.

Julián habló también de su propia familia. Sus dos padres eran legionarios, pero pertenecían a la rama de compositores musicales. En su casa todas las formas de arte, así como la lectura, fueron siempre muy importantes. Patricia le confesó que en su casa no lo eran. Se sintió con suficiente confianza como para contarle a Julián qué muchas veces se preguntaba qué tipo de legionario había sido su padre. Hablaron sobre sus respectivas familias y la chica llegó a la conclusión de que había mucho de cierto en lo que le había dicho Anita sobre Julián.

A pesar de eso, él le caía bien. Podía ser un poco *snob*, pero era atento, simpático, y lo pasaba muy bien en su compañía. Tampoco podía dejar de reconocer que tenía un muy buen estado físico.

—Mirá, yo sé que te intriga mucho saber sobre tu padre. Pero en este momento las cosas dentro de la legión no están bien. Necesitamos todas las fuerzas confiables que podamos juntar cuanto antes. Sé que estás haciendo tu mejor esfuerzo, pero es necesario que te concentres lo más que puedas —dijo Julián, una vez que llegaron a la puerta de la casa de Paty. Él se había ofrecido a llevarla en su auto y ella había aceptado encantada.

—Está bien —dijo Patricia mientras se bajaba del auto—. Te prometo que voy a hacer el mayor esfuerzo posible.

—Gracias Paty, nos vemos.

CAPÍTULO IX

Quería hacer las cosas bien, pero estaba muy confundida. Sentía que su padre era la pieza perdida de un puzzle que tenía que armar. Hasta que no pudiera entender un poco más sobre su pasado, difícilmente lograse lo que ansiaba. Se sabía en desventaja. El resto de los legionarios que había conocido tenía una familia, o al menos algún pariente que se preocupaba para que ellos siguieran sus pasos. Pero ella no podía decir lo mismo de su madre. Estaba más decidida que nunca a convertirse en una buena legionaria, pero cada día caminaba por un terreno más resbaladizo. Esa noche, antes de irse a dormir, miró esos libros que no lograba descifrar, frustrada, y se dijo que aunque fuese lo último que hiciera, se convertiría en una legionaria.

El lunes no quería levantarse, no recordaba sentirse tan mal en años. Afuera ya empezaba a hacer un frío que invitaba a quedarse en casa. Su madre le insistió en que se tomara la fiebre, y a pesar de no tener ni una rayita de temperatura, le sugirió que no fuera a la facultad. Como aquel día tenía unas materias que no le quitaban el sueño, accedió a la petición de su madre, pero no había chance de que no fuera a la sede por la tarde. Se durmió una buena siesta con la esperanza de levantarse más energizada.

Por desgracia, se levantó peor de lo que se había acostado. Haciendo caso omiso al cuerpo, se abrigó con varias capas de ropa, tomó sus cosas y siguió adelante con el plan. Cuando llegó se encontró con que Anita estaba teniendo una acalorada conversación con Ismael.

—Te digo que no es un plagio, Anita, ¿me vas a decir que todas las historias trágicas de amor que vinieron después de *Romeo y Julieta* son una copia de Shakespeare? —una vena roja resaltaba sobre la piel blanca de Ismael, que estaba junto a una mesa de la sala de recreo.

—Pero esto es mucho más obvio. La misma escena, casi copiada del otro libro.

Los ojos de Anita echaban fuego, se apoyaba en la mesa, del lado opuesto a Ismael.

—No podés negar lo que es tan evidente.

—¡No entiendo por qué no podés verlo como un homenaje al autor original!

El ingreso de Paty a la sala de recreo hizo que la discusión terminara en aquel instante. Por suerte para Ismael, porque Anita había agarrado un libro y lo blandía de forma amenazante hacia el chico.

—¡Patricia! —dijo la muchacha, sorprendida—. ¿Qué te pasó? ¿Un camión te usó de calle?

—¡Qué mal educada! —la rezongó Ismael—. Parece un poco cansada, pero nada más.

—¿Un poco cansada? —dijo la entrenadora divertida, dejando un libro en la mesa junto a la que estaba parada—. Tiene una cara de demacración total.

—Sos tan cruel, mujer —dijo Ismael, que se había acercado a Patricia y la abrazaba—. Lo que pasa es que vos sos una entrenadora muy exigente y no le das ni un descanso. No entiendo, ¿por qué sos así con ella? Estoy seguro de que Álvaro no fue ni la mitad de cruel contigo.

—Bueno, dejame el entrenamiento de esta chica a mí —dijo Anita, liberando a su entrenada de las manos del muchacho—. Creo que debido a tu estado de ánimo hoy es un día ideal…

—No, no, no… —protestó Patricia agotada—. Hoy no es justo, no vale.

—Dale, no seas así. Hoy es un día ideal para que hagas otra prueba con X. No seas peleadora. Está yéndote cada vez mejor. Sólo tenés que seguir entrenando un poco más.

—Pero no me da la vida…

Cada escalón que bajaba para llegar al sótano significaba un esfuerzo sobrehumano para Patricia. Estaba harta de sentirse cansada, aburrida de soportar a Anita, enojada con todos aquellos escritores que escribían pero que parecían no querer que ella los leyera. La frustración la abrumaba y la hacía odiar a todos: a su padre por haber muerto, a su madre por no querer contarle la verdad, a Anita por empujarla a ser alguien que tal vez no era, a X por poseerla. Y más que nada se odiaba a sí misma por no poder hacerles frente a todos ellos.

De repente, justo antes de entrar en la habitación, se acordó de Julián. No sabía bien por qué razón pero él le daba seguridad. El chico tenía confianza en sí mismo y en ella. Sabía muy bien qué era ser un legionario y se lo había enseñado a ella. Por más que quisiera, ya no podría olvidarlo. Independientemente de lo que pasara, de cuánto tiempo estuviera entrenándose para lograrlo, nadie podría sacarle aquello. Ella era una más: una legionaria. No importaba cuánto intentara ocultarle su madre, cuánto la peleara Anita o lo mal que la hiciera sentir X. No quería ser la mejor legionaria del mundo, sólo quería ser capaz de hacerlo. Y lo iba a conseguir.

Entró a la habitación más decidida que nunca; una extraña confianza en sí misma la invadía a pesar del cansancio. Sí. X bien podría ser encantador, ofrecerle una seguridad que jamás conocería en su vida, pero él también la haría perder una parte esencial de lo que ella era. Él la convertiría en una simple mitad. Ya no sería una persona entera, sólo el 50 % de una persona cuya otra mitad era un personaje. Lo miró furiosa, con cierto egoísmo y enfadada pensó:

—Este cuerpo es sólo mío y no pienso darte ni una parte para que vivas en él.

Patricia sintió al condenado personaje arremeter contra ella, sintió cómo hacía presión para poseerla. Sin embargo no lo dejó. Se concentró en su egoísmo y lo repelió. Él luchó con fuerza, reculó y volvió a atacar. Otra vez Patricia se mantuvo firme y lo mantuvo fuera de ella. Pudo notar que quien se llenaba de frustración esta vez era el personaje. También la fortaleza de ella se iba debilitando, de todas formas no lo dejaría entrar; costara lo que costara no se rendiría.

X atacó otra vez. En esa oportunidad Patricia estuvo a punto de ceder. De golpe la imagen de un libro se le vino a la cabeza. No recordaba cuál era, ni quién lo había escrito, y menos todavía de qué se trataba. Sentía que había algo en todos los libros en general que imponía respeto. Lo había escrito un legionario, se había enfrentado a un personaje, lo había cazado y le había dado vida. Y ella quería ser parte de eso. Por última vez repelió a X con toda la fuerza de su alma y el personaje se tiró al piso, rendido.

—¡Ésa es mi alumna! —gritó Anita, entrando en la habitación— . ¡Bien, Paty, bien! ¡Lo conseguiste! Superaste la etapa dos.

—¿En serio? —preguntó Patricia, un poco confundida todavía.

—Claro que sí, nena. Pobre X, ¡mira cómo lo dejaste!

—No, todo bien, por mí que nadie se preocupe —dijo X, sentándose en el sillón con cara de pena.

—Vamos, X —dijo Anita tirándole un almohadón—. No te pongas sensible. Dentro de poco vas a poder volver a jugar con ella.

—¡Qué alegría! —dijo el personaje con sarcasmo.

—Sí, X, no te preocupes que vuelvo —dijo Patricia tratando de ayudar, y acotó pensándolo mejor—: ¿Vuelvo?

—Sí, querida —dijo Anita, abrazándola contenta y saliendo de la habitación—. Vas a volver a verlo, pero no te preocupes: con otra misión. Aunque falta un poco, todavía tenés que superar la etapa tres.

Subieron al despacho de Álvaro y Anita le explicó que aquello era una formalidad, que cada entrenador debía informarle del avance de sus entrenados al coordinador. Y en este caso, como Patricia ya había superado la etapa dos, ahora lo que necesitaba era una especie de permiso para seguir con el paso tres. Anita le dijo a Patricia que estuviera tranquila, que ella se encargaría de todo, que lo único que debía hacer era decirle todo que sí a Álvaro.

—Hola chicas —dijo Álvaro, poniéndose de pie para saludarlas—. Qué sorpresa verlas por aquí tan pronto.

—Hola —dijo Anita con una expresión de orgullo en su cara. Ambas jóvenes se sentaron en las sillas que había frente a la de Álvaro, al otro lado de su escritorio—. Vinimos a verte porque Patricia ya superó el paso dos.

—¡Qué alegría! Bueno, mis felicitaciones —dijo Álvaro dedicándole una de sus hermosas sonrisas—. ¿Qué tal estuvo eso?

—Sí —dijo Patricia, un poco asustada ante la presencia de Álvaro—. Digo, fue difícil, pero Anita me ayudó mucho y por fin fui capaz de evitar que X me poseyera.

—Ah, ese pobre de X —dijo Álvaro riendo—. Es todo un personaje.

Anita rio y Patricia la imitó. No era muy difícil darse cuenta de que, a pesar de toda la buena onda que parecía haber entre ellos, se ocultaban sentimientos más profundos. Álvaro tenía todas las características de esas personas de quienes, por lo general, Patricia sentía miedo. Era muy carismático y seguro de sí mismo, hasta quizás un poco avasallante. Patricia se daba cuenta de que si Anita tenía algún otro tipo de sentimiento hacia él, lo escondía, y con todo, parecía sentir mucho respeto por su persona.

—El muchacho a quien Julián está entrenando va un poco más atrasado que Patricia. Todavía no ha superado el segundo paso y no parece que esté muy cerca de hacerlo —dijo Álvaro sonriendo como si recordara algo gracioso—. Pero para él va a ser muchísimo más sencilla la fase tres, a diferencia de lo que será para ti.

—Ella está bastante encaminada —mintió Anita.

—Bien, lo que importa es que la supere. Una vez que lo haya hecho podrá empezar con la parte cuatro y más adelante unirse a los preparativos para la graduación.

—Claro que sí —afirmó Anita.

—Bueno, Patricia —dijo Álvaro a modo de conclusión—. Al parecer todo marcha viento en popa. Felicitaciones otra vez y te deseo la mejor de las suertes con el resto de tu entrenamiento.

Cuando abandonaron el despacho de Álvaro, Patricia notó que Anita se veía de a ratos contenta y por momentos malhumorada. La chica aceptó la sugerencia de su entrenadora de ir a dar una vuelta y esperó a que se hubieran alejado para preguntarle qué le pasaba.

—Bueno, por un lado estoy muy contenta por vos —dijo Anita cuando ambas se hubieron ubicado en un bar cercano—. Además, el zoquete de Julián todavía no logró que el nene de sangre real superara la prueba.

—Entonces, ¿qué te tiene de mal humor?

—Es Álvaro —dijo Anita, cabizbaja—. Se cree que nos va a ganar. Piensa que Julián y yo no somos bastante buenos para entrenar legionarios. Está esperando vernos fracasar para poder decirle a Norah: "Te lo dije".

—¿Por qué cree que vamos a fracasar? —preguntó Patricia asustada.

—Tiene distintas razones para creer que no vamos a lograrlo —explicó Anita—. En el caso de Julián, él cree que Gerónimo nunca va a superar la fase dos. Piensa que como él está tan acostumbrado a los personajes, nunca les va a temer lo suficiente y que jamás va a ser capaz de dominarlos.

—¿Y en tu caso? —preguntó Patricia, con temor a escuchar la respuesta.

—Tu carencia es a simple vista tu falta de pasado. En mayor o menor escala todos nos basamos en lo que nos enseñaron nuestros padres o parientes para llegar a hacer nuestras elecciones —dijo Anita apenada—. En el caso de tu madre, a ella nunca le interesó enseñarte nada sobre la literatura. Ahora vos estás pagando las consecuencias. Álvaro cree que va a ser imposible que descubras cuáles son tus personajes.

—Pero si cualquiera puede ser un legionario, ¿por qué no podría lograrlo yo? Puede que me lleve más tiempo, pero estoy dispuesta a entrenarme de por vida.

—No, no funciona así —explicó Anita después de beber un sorbo de su café—. Convertirse en un legionario es un proceso muy personal y cambia según cada individuo, pero en algunas excepciones lo que ocurre es que si quien se está entrenando no lo logra después de un cierto tiempo, esa persona pierde interés y con eso su capacidad de ver personajes.

—¿Y Álvaro cree que me va a pasar eso a mí? —preguntó Patricia.

—No, no lo creo. Su problema con Julián y conmigo es más bien personal. Él nos entrenó a todos nosotros. A mí, a Julián, a Ismael, a Tami y a muchos más. Era un buen entrenador, tengo que reconocerlo. El problema fue cuando le tocó el turno de entrenar a Tami. Al parecer todo marchaba bien en un principio. En aquel entonces la chica y Julián eran novios. Pero un día, sin ninguna razón aparente, ella lo dejó. Julián sospechaba que había algo entre ella y Álvaro, y me pidió a mí que lo respaldara cuando fuera a decirle a Norah lo que pensaba. Nada fue comprobado, pero la jefa también tenía sus sospechas y decidió que era tiempo de que Álvaro dejara de entrenar. Se tomó la medida de dividir el trabajo en dos, y que a partir de ese momento el futuro legionario y su entrenador fueran del mismo sexo.

—¿Creés que voy a lograrlo? —preguntó Patricia sin poder alejar el pensamiento de su mente.

—En verdad no lo sé —dijo Anita con sinceridad—. Tengo fe en ti, pero tu madre te hizo mucho daño ocultándote la verdad. Bueno, ella tampoco lo sabía todo, aunque te perjudicó alejándote de la literatura. Pero no estás sola, tenés una gran posibilidad de conseguirlo, y yo estoy acá para ayudarte.

—Gracias Anita. No sé qué tan buen entrenador sería Álvaro, pero me siento mucho más cómoda contigo.

CAPÍTULO X

La situación en aquel entonces no podía ser peor para Patricia. No quería fallarle a Anita, ni defraudar a Norah, ni darle la razón a Álvaro. Además, a pesar de que Julián era una buena persona, su instinto competitivo hacía que quisiera ganarle y convertirse en una legionaria antes que el chico entrenado por él. Era una lástima que estuviera en período de exámenes en la facultad, y como abandonar su entrenamiento físico no era una opción, tenía cada vez menos tiempo para dedicarle a la lectura.

En su cuarto, escondidos en una caja debajo de la cama para que su madre no sospechara nada, cobijaba todos los libros que Anita, Ismael y Julián le habían prestado, más los que había sacado de la sede. Cuando estaba cansada de estudiar, tomaba algunos de ellos. No sabía qué esperaba encontrar, pero era muy tentador pegarles una hojeada de vez en cuando.

El tiempo parecía avanzar a una velocidad rapidísima y las cosas no mejoraban. Además, el clima estaba cada vez más tenso dentro de la sede, los personajes seguían desapareciendo y los dirigentes no sabían qué hacer. Un sábado por la noche, después de decirle que se vistiera con ropa cómoda, Anita pasó a buscar a Paty por su casa.

—Paty, nos pasaron —dijo Anita cuando Patricia hubo subido en su auto.

—¿Qué? —preguntó Patricia confundida, mientras abría un poco su chaqueta para no asfixiarse con el calor del auto. Ambas chicas vestían ropa deportiva. Anita, negra como siempre, y Paty llevaba una camiseta celeste.

—Julián y Gerónimo lo lograron. El chico pudo dominar a X —
Anita se rio—. Esto tiene la ventaja de que por lo menos uno de nosotros
pudo taparle la boca a Álvaro.

—Bueno, Anita —dijo Patricia, intentando ocultar su propia
decepción—. No todo está perdido todavía, ¿no?

—¿Hiciste algún avance? —preguntó Anita, esperanzada.
Patricia no contestó.

—Eso me temía.

—Anita, vamos a lograrlo —dijo Patricia, sin lograr
convencerse siquiera a sí misma—. Ya se lo demostraremos a todos
ellos.

—No pasa nada Paty, creo que lo que necesitás es un poco de
motivación y eso te voy a dar —dijo Anita sonriendo de forma
enigmática.

—¿A dónde vamos? —preguntó Paty un poco sorprendida—.
¿Tiene algo que ver con mi entrenamiento?

—No, para nada —contestó Anita divertida, mientras manejaba
hacia las afueras de la ciudad.

—¿Vamos al cine? ¿A tomar una cerveza?—insistió Paty con
curiosidad.

—Ay, ¡vos y tus preguntas! —dijo Anita.

—No hay nada malo en querer saber cosas —refunfuñó Paty.

Pronto llegaron a lo que parecía ser un parque de diversiones,
no muy grande. Anita saludó a un hombre que había en una casilla, quien
les abrió un portón metálico y entraron al lugar sin ningún problema.
Aquella situación le parecía muy extraña a Paty, pero sabía que podía
confiar en Anita en lo que fuera, así que se mantuvo callada. Llegaron a
un pequeño estacionamiento y la entrenadora paró allí. Una vez que se
bajaron, Anita sacó del maletero del auto su kit de cazadora.

—Dijiste que esto no tenía nada que ver con mi entrenamiento
—dijo Paty asombrada.

—Y es verdad. Esto no es parte de eso, es algo mío que quiero
mostrarte —dijo Anita, y ambas comenzaron a alejarse del auto—.

No es algo que los entrenadores deban hacer con sus entrenados,
pero yo quiero que veas lo que es cazar un personaje. Me dijeron que
acá hay uno, así que vas a poder experimentar de primera mano lo que
es una cacería.

Estaba claro que aquello era un millón de veces mejor que ir al
cine o a tomar una cerveza. Era el momento que todo legionario
esperaba: la oportunidad de poner en práctica lo que había aprendido,
de marcar la diferencia protegiendo a alguien, de darle vida a un

personaje. Bueno, era verdad que era Anita quien haría esas cosas, pero verla en acción era bastante bueno.

Mientras se movían por el parque abandonado, Anita fue explicándole cómo funcionaban los distintos instrumentos, cómo veía la frecuencia del personaje en su radar y sus propios trucos para dar con él con mayor rapidez. De momento, el personaje no aparecía en escena, pero Anita le explicó a Paty que aquello era normal, que ya aparecería. El invierno ya había empezado y el frío calaba en los huesos. Paty levantó el cuello de su chaqueta y se frotó las manos intentando entrar en calor.

De un segundo a otro todo cambió. El aire se puso tenso de forma abrupta y Paty sintió en su piel la presencia de una energía sobrenatural. La emoción le recorrió todo el cuerpo y observó a Anita, quien también se había percatado de que no estaban solas, y miraba el receptor con más atención que nunca.

—¿Lo ves? —susurró Paty, que intentaba observar la pantalla sobre el hombro de su entrenadora.

—No muy claro, pero creo que está por aquí —dijo Anita, enseñándole su brazo a Paty.

Las dos chicas se encontraban en aquel momento en un pasillo un poco espeluznante de juegos cerrados, carruseles, autos chocadores y puestos de comida, todos cubiertos por unos toldos verdes que hacía que parecía que estuvieran siempre en el mismo lugar. De acuerdo con lo que señalaba el sensor, el personaje estaba un poco más lejos, detrás de una rueda gigante.

Anita y Paty se movieron con rapidez hacia allí, pero cuando parecía que lo alcanzarían, se movió de lugar sin dejar rastros. Ahora, paradas junto a lo que parecía ser un juego de ranas que subían y bajaban, no les quedaba más remedio que seguir esperando.

—Anita, perdón que comente algo evidente, pero estamos en un lugar casi desierto —dijo Paty que no podía sacudirse la sensación de que alguien la observaba—. ¿A quién quiere este personaje?

—A la hija del cuidador; vive en una caravana allí atrás —otra vez una sonrisa pícara se formó en la cara de Anita—. Te sorprendería de las formas extrañas con la que la gente da con nosotros para solicitar nuestra ayuda.

Siguieron deambulando por el parque e intentaron acercarse a la caravana. Por un momento no vieron nada y creyeron que no tendrían suerte. Estaban a punto de dar otra vuelta entre los juegos cuando Anita percibió algo en su sensor. Esta vez, la visión del personaje era más nítida. Estaba allí, del otro lado, junto a unos árboles que había al costado de la caravana.

—Vamos por él —dijo Anita, comenzando a correr en dirección al personaje.

Una vez que la entrenadora lo tuvo frente a ella le disparó, pero salió volando en dirección al parque y ambas mujeres fueron detrás de él. Anita era más veloz que Paty, y en un momento la dejó atrás y se separaron. Perdida entre los juegos, Paty podía escuchar a la cazadora disparando flechas en la tranquilidad de la noche, pero no tenía claro en dónde estaba y no quería interferir en su actividad llamándola por teléfono. Por lo tanto, se dedicó a vagar sola por el parque, intentando seguir los disparos de flechas.

Una sensación extraña invadió a Paty. La idea de que alguien o algo la observaba se volvió más palpable. Ya no le quedaba duda. La pregunta era qué sería: ¿otro personaje? ¿Un ser humano? Intentó descubrir de dónde venía esa sensación, en qué lugar se escondía quien la acechaba, pero no logró nada.

El grito de triunfo de Anita sobresaltó a Paty, quien supuso que su entrenadora había por fin cazado a aquel personaje. Ahora tenía una idea más clara de donde estaba su entrenadora, y había comenzado a dirigirse hacia allí cuando la sensación de que no estaba sola se hizo más intensa. Algo estaba detrás de ella y se acercaba cada vez más rápido.

La curiosidad hizo que Paty se diera vuelta para encontrarse con una ráfaga de luz que se movía a una velocidad vertiginosa, que dio de lleno contra ella y la hizo caer al suelo. Entonces la luz azul se paró sobre ella y le rugió en la cara.

Era un personaje, o al menos estaba casi segura de que se trataba de uno con intención de poseerla. Pero no era como ninguno de los espectros que había visto con anterioridad. Hasta ahora todos habían tenido forma humana, pero aquel personaje era muy diferente. Debido a lo cerca que lo tenía, y a que lo único en lo que la chica pensaba en aquel momento era en concentrarse en no ser poseída, sólo pudo distinguir una dentadura rabiosa y unos colmillos muy largos. Podía arriesgarse y decir que se trataba de un lobo, pero no estaba segura.

Tirada en el suelo, Paty pensó que aquella era la situación más extraña que había vivido en su vida, y se asombró de estar reflexionando acerca de cómo podía ver las estrellas a través del lobo. Eso le pareció la clave para sobrevivir a lo que se enfrentaba. Aquel ser se podía pasar una eternidad gruñendo en su cara, pero no podía lastimarla físicamente. Mientras tuviera su mente clara y fuerte, nada malo pasaría.

No tener miedo y sentirse tranquila era toda una ventaja, pero Paty tampoco quería permanecer el resto de la noche allí tirada. Estaba a punto de comenzar a gritar el nombre de su entrenadora cuando otra fuerza sobrenatural rompió el aire y fue a dar al pecho de Paty. A la chica le costó un par de segundos entender qué era lo que había ocurrido. Cuando vio a Anita de pie delante de ella con arco en mano, supo que había cazado al lobo. Levantando la cabeza y mirando su pecho vio como el personaje empezaba a encogerse sobre ella.

—¡No puedo creerlo! —dijo Anita emocionada, agachándose sobre Paty para tomar al personaje y guardarlo en la cajita—. ¡Dos personajes en una misma noche! Esto es algo insólito…

—No, Anita, no tenés porque preocuparte por mí, estoy perfecta —dijo Paty sentándose en el suelo.

—Sé que estás bien Paty, yo te entrené —dijo Anita dándole la mano para ayudarla a ponerse de pie—. ¿Qué te pareció la experiencia?

—¡Fue increíble, Anita! ¡Mil gracias! —dijo Paty entusiasmada, mientas se dirigían al auto—. La adrenalina, ver a los personajes... ¡Es único!

—Me alegro de que te haya gustado —Anita sonreía de forma autocomplaciente—. ¿Creés que te motivó la experiencia?

—¡Claro que sí! —Paty daba saltitos en lugar de caminar—. Quiero ser como vos, Anita. ¡Una gran cazadora!

—Así me gusta. Espero que esto te ayude a encontrar a tu personaje —Anita había guardado sus cosas en el baúl, y antes de entrar al auto le aclaró a Paty—: Y de todo esto, ni una palabra a Norah.

Al día siguiente de la cacería, Patricia se sentía más entusiasmada que nunca. Se terminaron las vueltas, se dijo. No podían existir tantos personajes en el mundo. No podía ser tan difícil encontrar el tipo de personaje que fuera perfecto para ella. Sí, podía ser que su madre no la hubiera ayudado y que corriera con una desventaja. Sin embargo, no permitiría que eso la desanimara. Tenía que encontrar la solución fuera como fuera.

Además, ellos eran sólo personajes. Ni siquiera tenía que cazarlos esta vez. Estaban todos allí, expuestos, a su plena disposición. Lo único que tenía que hacer era leer unos cuantos libros para dar por fin con su propio estilo. Eso no podía ser tan difícil. Su época de exámenes ya había terminado. Tenía más tiempo ahora del que había dispuesto en un par de meses sólo para dedicarse a encontrar a esos benditos personajes. No había un minuto que perder. Sentada en su casa no encontraría nada, así que sin dudarlo, se fue a la sede a buscar nuevos libros.

Cuando llegó, todo parecía en calma. De todas formas los domingos solían ser días bastantes movidos, ya que concurrían muchos legionarios. Algunos se dedicaban a hacer sociales y comentar sobre nuevos libros que habían salido. Ese día, Patricia estaba decidida a hacer sólo una cosa: encontrar el libro que la ayudara.

Estaba determinada a ir a la sala de recreo y no salir de allí hasta no encontrar lo que quería. Al llegar a la puerta se detuvo porque escuchó unas voces. No quería interrumpir nada, pero tampoco quería volver a su casa. Sin tener la intención de hacerlo, mientras decidía si entrar o no, escuchó la conversación que venía de adentro de la sala.

—Bueno, van a empezar ya con la etapa cuatro —le decía Ismael a Julián—. Qué bien. Es una etapa muy divertida.

—Sí, Gerónimo es un chico bastante rebelde. Pero quiere ser un legionario más que cualquier otra cosa y se esfuerza bastante.

—La que me preocupa un poco es Anita —confesó Ismael.

Patricia se puso seria al instante. Le daba la impresión de que lo que estaba a punto de oír le concernía a ella. Sabía que no estaba bien escuchar detrás de las puertas, pero aquello le importaba demasiado como para dejarlo pasar. Quería, no, más bien necesitaba, saber por qué Ismael estaba preocupado por Anita.

—No, no, no hay que preocuparse —dijo Julián—. Sé que lo van a lograr.

—Qué raro, justo vos que creés que la familia es tan importante. El hecho de que Patricia no tenga al padre para guiarla le está jugando muy en contra en la etapa tres. No sé cómo va a hacer para superar ese paso.

La pobre Patricia salió de la sede poco menos que disparada por su propio impulso. ¿Cómo se atrevía Ismael a poner en tela de juicio su capacidad y la de Anita? ¿Quién les daba a ellos dos la autoridad para discutir su futuro? Ella tenía un padre. Que ni ella misma supiera quién había sido y que no conociera cómo había sido su vida no quería decir que no lo tuviera. Es más: él había sido tan legionario como todos ellos, ni más ni menos. Su padre… su padre: le provocaba fuertes dolores de cabeza en el último tiempo. Antes no había representado nada en su vida. Marcos ocupaba a la perfección el lugar que él había dejado vacío y ella pocas veces se había cuestionado cosas sobre él. Pero en estos momentos, gran parte de sus dudas giraban en torno a su misteriosa existencia. De golpe, se dio cuenta de que tal vez la respuesta a esta cuestión sólo podría hallarla con la ayuda de su progenitor.

En ese momento se sintió como una verdadera idiota. Ismael y Julián tenían toda la razón. Ella no iba a poder conseguir nada sin la ayuda de su padre. Su madre, claro está, no le daría una mano. Pero una luz se prendió en la mente de Patricia. Una idea comenzaba a formarse en su cabeza. Sin dudarlo un segundo más, volvió a su casa.

CAPÍTULO XI

Su madre, a pesar de todo, nunca le había ocultado la verdad. Ella se había casado con Marcos cuando Patricia era todavía muy chica. Podría haberle hecho creer a la niña que el hombre era su padre, pero no lo hizo, fue sincera. Cuando Patricia era pequeña, la mejor manera que su madre había encontrado de aplacar la curiosidad de su hija sobre su padre biológico, había sido dándole tres fotos. En una de ellas se veía a su padre con Carla, su madre, y en las otras dos aparecía sólo él. Las fotos eran la solución, intuyó. Seguro que en algunas de esas imágenes podría encontrar las respuestas que tanto había estado buscando.

La clave tenía que estar allí. Aquellas fotos, que hacía años que no miraba, le darían lo que buscaba. En una cajita con recuerdos viejos de su infancia, encontró las fotografías. En una de ellas se veía una amplia biblioteca detrás de su padre sonriente.

Los títulos de los libros no podían leerse a simple vista, pero la chica no desesperó. En el escritorio de su madre encontró una lupa que le serviría a la perfección. Se sentó en la silla y detrás de ella podía sentir como en el patio de su casa la lluvia golpeaba con fuerza. Al examinar la foto, inmensa fue la decepción de Patricia al descubrir que los lomos de los libros seguían ilegibles.

Estaba a punto de desistir de las fotos cuando lo vio: más cerca del lente de la cámara, sobre una mesa, había otro libro que presentaba una doble ventaja: no sólo estaba más cerca, sino que también las letras del lomo eran más grandes. Con la ayuda de la lupa el título del libro podía ser leído a la perfección. Patricia estaba emocionada. Nunca había oído hablar de la obra *Cumbres borrascosas*, aunque tenía que reconocer que tampoco había escuchado hablar de cientos de libros que ahora conocía.

Iba a leer ese libro sí o sí. Bueno, si no le servía para nada no importaba. Por lo menos era un intento nuevo. Así que salió de su casa casi corriendo hacia una librería y después de mucho buscar, en una casa de libros usados, encontró la novela de Emily Brontë a un precio muy accesible. Con el ejemplar debajo del brazo volvió a su casa con la firme decisión de leerlo hasta el final. Llovía cada vez con más fuerza, así que no tenía razón para salir de casa.

Se sentó en el sillón más cómodo de la sala y aprontó unos chocolates para tener a mano, por si le picaba el hambre en algún momento. Aquel era el rincón más tranquilo de su casa, a pesar de la lluvia que golpeaba el ventanal. Aun así le costó muchísimo concentrarse para leer las primeras hojas. Tenía la sensación de que estaba frente a un libro que podía ser muy importante en su vida. Sin embargo, cuando logró dejar de lado la realidad, pensó que aquel libro, como tantos otros que había intentado leer esas semanas, la mataría del aburrimiento. Había leído sólo dos tediosas hojas, cuando su madre la llamó para que la ayudara a bajar del auto las bolsas del supermercado.

Patricia dejó el libro un tanto aliviada de no tener que enfrentarse todavía a la desilusión de que aquel libro tampoco fuera el correcto. Mientras ayudaba a sacar las las compras de las bolsas, no podía dejar de pensar en que una vez que desechara la novela volvería a estar otra vez en cero. Podía probar preguntarle a su madre cuáles habían sido los libros preferidos de su padre, aunque sabía muy bien que era una pérdida de tiempo. De todas formas aún no se daría por vencida con *Cumbres borrascosas*. No podía juzgar un libro por sus primeras dos hojas. Tenía que leerlo hasta el final.

Volvió a acomodarse en el sillón y se enfrascó en la lectura. Una vez que hubo superado los primeros capítulos todo cambió. La historia se había vuelto muy atrapante, ya no podía soltar el libro. Era, sin lugar a dudas, el tipo de historias que ella había estado buscando. La novela la fascinó por completo. No necesitaba terminarla para saber que era la historia correcta. De todos modos no dejaría aquel libro sin terminarlo.

El resto del día lo pasó leyendo. Tuvo que cenar con su familia para que su madre, que ya estaba bastante sensible con sus numerosas ausencias, no sospechara todavía más que algo raro estaba pasando. Esa media hora significó un calvario para ella. A pesar de todo, ese momento le sirvió para reflexionar cuánto la había afectado todo aquello. Por primera vez en mucho tiempo, ya no tenía que preocuparse por encontrar la historia perfecta.

Cuando terminó de comer, lo primero que hizo fue volver a sumergirse en la novela. Finalmente el sueño le ganó y para disfrutar de la lectura como se lo merecía, optó por dormir y seguir al día siguiente.

Al otro día, cuando se levantó, lo primero que hizo fue seguir con la novela sin salir siquiera de la cama. Con cada hoja que pasaba y cada párrafo que leía, sentía más que estaba en la senda correcta. Como no tenía ningún apuro por terminar el libro, aparte de saber cómo se desenlazaba la trama, decidió hacer una pequeña pausa y darse una vuelta por la sede.

Al entrar al lugar, Patricia se sentía como una persona nueva. Tenía la confianza por completo renovada. Fue a la sala de descanso con la esperanza de encontrar allí otro libro del mismo estilo de *Cumbres borrascosas*. El problema que le surgió al enfrentarse a la pila de libros fue saber cuáles eran las novelas que podían ser del mismo estilo que la de Emily Brontë. Encontró un libro de Charlote Brontë y decidió llevarlo, pero fuera de eso, no tenía la más mínima idea. Por suerte Norah, quien entró en la habitación en ese momento, acudió en su ayuda.

—Parece que estás por superar la fase tres —dijo Norah contenta, colocándose junto a Paty que estaba frente a un estante lleno de libros.

—Bueno, no lo sé en realidad —dijo Patricia moviendo unos libros—. ¿Cuándo se supone que descubrimos cuáles son los personajes que nos motivan? ¿Cuándo estamos seguros de las historias que queremos contar?

—Hay cosas, Patricia, que no se pueden medir del modo en que estamos acostumbrados a hacerlo —explicó Norah sentándose cerca de Patricia—. Por ejemplo, no necesito ningún instrumento de medida para saber que ya superaste la etapa tres. Sólo lo sé. De todas formas nos gustaría hacer un pequeño experimento, Anita te lo explicará.

—Pensé que nunca iba a conseguirlo —admitió Patricia.

—A mí no me cabía la más mínima duda —dijo Norah—. Siempre supe que lo lograrías.

—Gracias —dijo Patricia con timidez, mientras jugaba con los libros.

—Lo que te pasa ahora —dijo Norah, notando la preocupación de Patricia—, es pura y simple ignorancia. No es culpa tuya, querida, no saber qué otro libro es del estilo que estás buscando. Pero no te preocupes, estoy aquí para ayudarte.

El apoyo que le dio Norah aquella tarde fue invaluable. Con toda la paciencia del mundo ayudó a Patricia a entender qué era lo que le atraía de aquellos personajes de *Cumbres borrascosas*, por qué ella quería contar sus historias. Fue un verdadero placer para Patricia escuchar a qué época histórica habían pertenecido las hermanas Brontë, quién era Jane Austen y Louis .M Alcott y por qué sus historias podían llegar a interesarle tanto. La admiración que la joven sentía por Norah era inmensa.

—Una última cosa —dijo Norah cuando Patricia ya estaba pronta para irse—. No sientas vergüenza de defender a tus personajes. Hay gente que no acepta con facilidad que a otras personas les gusten cosas diferentes. No escuches a los que traten de decirte qué es lo que está bien leer y que no.

—Muchísimas gracias, Norah —dijo Patricia—. Tu ayuda el día de hoy fue inmensa.

La casualidad hizo que justo la semana siguiente a su descubrimiento Patricia la tuviera libre de facultad y pudiera tomarse todo el tiempo que quisiera para leer. Anita se había enterado del avance de Patricia por medio de Norah y se mostraba bastante reservada al respecto. Paty sabía que una parte de su reserva se debía a que aún no era oficial que hubiese superado la etapa tres. Y por otro lado, la joven creía que su entrenadora no apoyaba del todo su elección.

Pero cualquier duda que Patricia pudiera tener con respecto a lo que había elegido se fue disipando a medida que pasaban los días, y ella se iba familiarizando con las historias de Jane Eyre, Lizzie Bennet y tantos más. Norah le había dicho que ahora era sólo una cuestión de tiempo. Mientras ella seguía leyendo aquellas historias, la presidenta de los legionarios y los pesos pesados de la legión se encargaban de aprobar o no su superación de la etapa dos-tres y al fin, dentro de un tiempo, le dirían si podía seguir adelante con su entrenamiento.

De todas formas, Norah le había dado permiso a Anita para realizar un pequeño experimento, así que aquel jueves su entrenadora citó a Paty en la sede. Vistiendo unos clásicos jeans y camiseta verde, cubierta con un impermeable, ya que otra vez llovía, Paty fue hacia allí.

Una vez que entró a la casona, siguiendo a Anita, Paty bajo las escaleras que llevaban al sótano de la legión, donde todo parecía más tranquilo, lejos de la lluvia. A esa altura ya estaba acostumbrada al misterio y a la teatralidad de su entrenadora. Sabía que se traía alguna cosa entre manos aprobada por Norah y, por esta razón, era probable que no pusiera la integridad física de Paty en peligro. De todas formas confiaba en su amiga y sabía que si tenía algo preparado para ella, era sólo con el fin de hacerla crecer como legionaria. Anita tenía en sus manos una caja de tamaño mediano que apoyó en el piso.

—¿Tenés miedo? —preguntó Anita, una vez que se detuvieron delante de una puerta cerrada—. ¿Estás segura de que no tenés miedo?

—Tengo miedo de vos, pero de nada más —dijo Paty divertida—. Con todo este misterio creo que estoy preparada para cualquier cosa. ¿Entramos?

—Después de vos —dijo Anita, abrió la puerta y permitió que Paty entrara.

La habitación era de tamaño mediano, con las paredes y el piso blancos y unos tubos de luz fría que hacían que el lugar pareciera más vacío. No había ningún mueble ni decoración, olía a productos de limpieza y Paty se preguntó para que utilizaría la legión aquel lugar. Parada en el medio de la habitación esperó que Anita le diera más indicaciones.

—Ahora te voy a tapar los ojos —dijo Anita colocándole una venda a Paty—. Este es momento de que explores con todos tus otros sentidos, menos con la vista.

—Ok, no es que tenga miedo, pero, ¿qué vas a hacer Anita? —la voz de Paty tembló de forma involuntaria.

—Sabés que nunca haría nada que te pusiera en peligro... de muerte, por lo menos.

Anita había comenzado a moverse por la habitación y hacía ruidos raros, como de abrir cajas.

—Ahora concentrate en sentir.

Para que aquel ejercicio, o lo que fuera tuviera, sentido, Paty tenía que hacer caso a su entrenadora y concentrarse en sus instrucciones. Intentó apagar su mente y buscar conectar con el lugar donde estaba. Dejar aflorar sus instintos y que fueran estos los que la dominaran y no su mente. Poco a poco fue relajándose y se olvidó de la existencia de su entrenadora.

En un primer momento no sintió nada fuera de lo normal. Pasados unos minutos empezó a percibir algo. Ya no estaba sola con su entrenadora allí dentro. Numerosas fuerzas diferentes la rodeaban. Intentó separarlas en su mente, descubrir dónde comenzaba una y terminaba la otra. Sentía que alguna de esas fuerzas la atraían y otras todo lo contrario. Unas eran dominantes, densas, lo llenaban todo, mientras que otras parecían ser apenas una ráfaga de viento suave.

—Son diferentes personajes, ¿no? —preguntó Paty sin sacarse la venda.

—Exacto —Anita estaba parada en algún rincón de la habitación detrás de ella—. ¿Podrías decirme cuál de estos personajes te atrae más?

—Creo que tendría que ser alguna cosa que hay por este lado —dijo Paty acercándose al lugar donde sentía que venía la fuerza con más potencia, que poco menos que la impulsaba a moverse sin salida, no dejando margen a su voluntad.

—Perfecto, ¿por qué no te sacas el antifaz y ves lo que hay? —preguntó Anita.

Aquel era un momento clave para ella. Era verdad que, tal como le había explicado su entrenadora, aquello no era parte de nada oficial. Era un tema personal, del todo opuesto a enfrentarse a sus miedos. Aquello era estar de pie delante de sus sueños. Conocer cara a cara lo que quería contar. Acercarse a su futuro. No tenía miedo de lo que podía ser, presentía que ya sabía lo que se iba a encontrar. Sólo quería saborear aquel momento de magia. Disfrutar de la expectativa. Con lentitud se levantó la venda, mantuvo cerrados los ojos por un segundo y los abrió.

—¡Gggrrrrrrr! —gruñó un bicho horroroso en su cara. Era una mezcla de ave con branquias de peces y muchos cuernos. Tenía la densidad normal en un personaje, sólo que su aura era verde. Le mostraba los dientes y le rugía en la cara.

—¡Salí de acá, criatura espantosa! ¿No ves que la conexión es conmigo no contigo? —dijo una joven de unos veintipocos años que llevaba un vestido sencillo que le cubría todo el cuerpo y un gorrito extraño en la cabeza. Compartía la inmaterialidad y el color del otro personaje

—¿Qué tal? Soy Norma, estoy en busca de un escritor —la chica se acercó a Paty con una gran sonrisa.

—Norma, siempre presionando a la gente, dejá en paz a la pobre Paty —dijo Anita, acercándose a su entrenada que seguía parada en el medio de la sala, y pasando un brazo sobre su hombro le preguntó —: ¿Cómo estás?

—Bastante abrumada. El bicho ese no era mi personaje, ¿no? —dijo Paty señalando al otro personaje que ahora se dedicaba a subir y bajar en el aire, rodeando al resto de los espectros que había en la habitación.

—No, tranquila, a Pimpón Brillante le gusta molestar, es mi personaje —Anita hizo que Paty mirara al resto de los seres presentes—. Y el resto de ellos son característicos de gente que conocés.

Mirando a su alrededor, Paty se quedó sorprendida al descubrir la variedad de personajes que allí había. Más allá de Pimpón Brillante, en un rincón vio a un *cowboy* que le hacía guiñadas a su jovencita, y cerca de esta había un soldado de guerra, ensangrentado y taciturno que se mantenía sumergido en sus propios pensamientos. En la otra punta de la habitación, un joven de la antigua Grecia tocaba un arpa, mientras que a su lado un extraterrestre alto, cabezón y de brazos largos miraba perplejo cómo frente a él un pequeño niño andaba en un triciclo.

—A Julián le gustan las historias del lejano Oeste, a Álvaro los dramas bélicos, a Ismael le apasiona la antigua Grecia. ¿Predecible, no? Pero me imagino que no pensabas que a Gerónimo le gustaría escribir cuentos infantiles y a Norah las cosas de marcianos.

—¿En serio? —Paty largó una carcajada que hizo que todos los personajes la miraran—. ¿Por qué son todos verdes? El extraterrestre lo entiendo, ¿pero el resto? ¿No eran azules?

—Ese es el color que tiene un personaje antes de ser cazado. Una vez que es atrapado, cambia de color y se vuelve verde.

—¿Serías tan amable de dejar de mirar a la chica de forma tan irrespetuosa? —preguntó el soldado con seriedad.

—Amigo, amigo, no hay necesidad de ser tan serio —dijo el *cowboy* arrastrando las letras mientras mascaba un palito—. Hay suficiente chica para los dos.

—Muchachos, muchachos, los saqué a jugar sólo con la condición de que se comportaran —dijo Anita amenazando al personaje bélico que avanzaba hacia el *cowboy* —. Por hoy es suficiente.

CAPÍTULO XII

El día tan esperado llegó. Era hora de que supiera si podía seguir adelante o no. Anita la llamó y le pidió que se encontrara con ella en la sede un rato antes de la reunión con Norah y Álvaro. Patricia estaba demasiado nerviosa. El camino hasta la sede se le hizo eterno. Por suerte ese día ya no llovía, aunque soplaba un viento fresco y ella vestía una chaqueta roja y unos jeans. Le parecía que el corazón se le iba a salir del pecho en cualquier momento, que las piernas le pesaban varios kilos y que iba a llegar muy tarde, porque el tiempo pasaba muy rápido y ella se movía muy lento.

Cuando estaba apenas a un par de cuadras, le sorprendió mucho ver en un bar a Álvaro junto con otro hombre. Raro, más que nada porque en un rato sería su devolución y él debía estar allí, acompañando a Norah. Se puso tan nerviosa que se concentró sólo en ir lo más rápido posible.

Después de lo que le pareció el camino más largo de su vida, Patricia llegó en tiempo y forma para su reunión con Anita. Esta se mostraba tranquila y segura, pero su entrenada podía ver por momentos que era sólo una fachada para infundirle valor. Con Anita las cosas parecían ser un poco más fáciles, por lo menos no sentía que estaba sola en todo aquello y que alguien se pondría de su lado.

—Paty —dijo Anita, más seria que nunca mientas las dos compartían un café sentadas en el patio interno de la sede. El fresquito que hacía allí infundía valor a Paty —: Quiero que sepas que pase lo que pase, yo estoy segura de vos. Creo que vas a llegar a ser una gran legionaria. No me cabe la más mínima duda.

—¿A pesar de mi elección literaria? —preguntó Patricia.

—A pesar de que te gustan las novelas rosa —dijo Anita con cariño—. Sé que vas a contar grandes historias. Ese es el punto de todo esto. Esa es la razón por la que estamos, además de que tratamos de evitar que toda la humanidad se vuelva loca. Estamos para contar historias.

—¿Aunque sean de amor? —insistió Patricia, testeando a Anita.

—Las de amor son las más lindas —dijo Anita—. Pero la verdad es que ninguna historia o personaje debe ser subestimando. Porque más allá de los gustos, hay momentos en los que queremos escuchar cierto tipo de historias, aunque dé vergüenza admitirlo. A Julián, por ejemplo, de vez en cuando le gusta leer ciertas historias que él considera que no son tan buenas, y le da tanta vergüenza que lo niega, como las de Agatha Christie.

—Lo sé, o al menos lo estoy descubriendo. Gracias a Norah, a las Brontë, gracias a algunos otros, aunque no los entienda; gracias a los que me aburren y hasta gracias a Julián.

—Prestale atención a todos, menos a Julián —dijo Anita medio en broma.

Estuvieron esperando un ratito más, charlando, hasta que se hizo la hora. Norah las hizo pasar a su escritorio a pesar de que Álvaro todavía no había llegado. La señora se comportaba tan tranquila y amable como siempre, lo que infundió un poco más de confianza a Patricia. Conversaron algunos minutos sobre trivialidades; más que nada hablaron Norah y Anita, porque Patricia estaba muy nerviosa para decir nada. Luego llegó Álvaro y empezó la conversación formal.

—Bueno, antes que nada —dijo Norah con amabilidad—: Álvaro, Anita y yo queremos felicitarte por tu exitoso pasaje por la primera parte del entrenamiento.

—Muchas gracias.

—Sabemos que hubo algunos momentos del aprendizaje que fueron un poco difíciles para vos —dijo Álvaro—. Pero estamos orgullosos de que con la ayuda de Anita hayas podido superarlos.

—Pero lamentamos informarte que no todo ha terminado —dijo Anita divertida.

—No nos adelantemos, Anita —dijo Álvaro—. Queremos que seas consciente de lo que has logrado, Patricia. Nosotros apoyamos al tipo de personaje y a las historias que quieres contar. ¿Estás por completo segura de tu decisión?

—Sí —dijo Patricia sin dudarlo—. Tengo que reconocer que hasta ahora no fue un proceso fácil. Y más que nada la última parte me costó mucho. Pero ahora que lo logré sé lo que quiero y estoy por completo segura de que esos son los personajes que me gustaría cazar.

—Bueno, eso es muy importante —dijo Álvaro—. Y no sólo en la teoría. Ya vas a ver que al momento de salir a cazar personajes con los que tienes más afinidad será más natural que los veas, y serán más visibles para ti que para otros.

Todo aquello le puso los pelos de punta a Patricia. La idea de salir a cazar personajes y, conocer seres nuevos, verlos frente a ella, la horrorizaba y la encantaba al mismo tiempo. Sobre todo la idea de ver a un personaje como las hermanas March, le emocionaba.

—La etapa en la que estás a punto de entrar —dijo Norah—, es considerada la fase más divertida de todo el entrenamiento.

—Sin lugar a duda —afirmó Anita—. Pero también la más compleja.

—Lo que tiene de bueno esta etapa es que no es excluyente —explicó Norah—. Es imposible que alguien no se convierta en uno de nosotros sólo por el hecho de ser menos ducho con las flechas.

—¿Las qué? —preguntó Patricia emocionada. Desde el primer día, cuando había conocido a Julián había estado esperando que alguien le explicara cómo funcionaban las flechas y artefactos cazapersonajes, por más que hubiera visto una fracción de cómo era en la cacería en la que había acompañado a Anita.

—Norah tiene una faceta maligna —bromeó Álvaro—. Aunque a simple vista cueste creerlo, este momento es en el que ella disfruta más: cuando puede asustar a los jóvenes legionarios.

—Patricia, no le hagas caso, no hay nada que temer —dijo Norah—. Las flechas son muy fáciles de usar, al igual que los otros elementos. Tal vez algunas veces debas esperar a que un personaje esté más entregado para cazarlo. Pero nada es imposible.

—Antes de volver a dejarte en manos de Anita en lo que se refiere a tu preparación, hay algo más que tenemos que contarte —dijo Álvaro—. Dentro de unos meses, cuando te hayas recibido, se hará un baile de gala formal en honor a vos y a todos los legionarios que se reciban.

—Es una verdadera noche de magia. Hermosa —dijo Norah extasiada.

—Pero la fiesta trae consigo lo que algunos ven como un verdadero castigo —dijo Álvaro.

—Las tres danzas formales y sus interminables ensayos —acotó Anita irritada.

—Exacto —concordó Álvaro—. Para el baile, todos los legionarios, tanto los nuevos como los viejos, deben ejecutar una danza protocolar.

—Estoy segura de que te va a encantar —dijo Norah—. Y ahora es tiempo de que tú y Anita se pongan a trabajar.

¿Baile protocolar? ¿Persecuciones con arco y flecha? Todo aquello tenía a Patricia fascinada. Tanto que le parecía raro que los sufrimientos y las dudas de las últimas semanas hubieran existido siquiera. A diferencia de lo que le había ocurrido en las etapas anteriores, no sentía ninguna duda respecto a lo que estaba por venir. No sabía si era porque se tenía fe con el arco y la flecha o porque Norah y Anita se habían asegurado de que no le temiera, pero lo cierto es que estaba confiada.

—Bueno, como hoy ya es medio tarde, lo único que vamos a hacer es mostrarte los distintos elementos que vamos a utilizar —le explicó Anita.

—¡Ah! —exclamó Patricia entusiasmada cuando ambas salieron del escritorio de Norah y caminaron por el pasillo de legión—. ¡Cuántas cosas nuevas! ¡Un baile! ¡Qué gracioso! ¿Vamos a practicar?

—Sí, sí, la verdad es que todo esto amerita que festejemos —dijo Anita, orgullosa de que Patricia hubiese superado las primeras etapas—. Pero por lo pronto vayamos al sótano.

La parte más mágica y misteriosa de toda la sede era la inferior. Aquel lugar era donde vivía X y donde se guardaban todos los elementos necesarios relacionados a la caza de personajes. De todas formas, Patricia sabía que debido a cuestiones de espacio no era ahí donde se realizaban las prácticas, sino que se utilizaba un sitio al aire libre. Bajar allí y explorar esos rincones del sótano era toda una aventura para ella.

Bajaron y se internaron por el oscuro corredor. Allí reinaba una paz enorme. Entraron en una habitación muy amplia, donde había un montón de instrumentos desplegados en estantes que colgaban de las paredes y seis mesas largas que ocupaban todo el lugar. Todo estaba bien iluminado y las paredes pintadas del verde típico de la legión. Anita se movía con plena confianza entre los artefactos, pero Patricia se sentía cohibida, tenía miedo de que aquellas cosas se rompieran con sólo mirarlas.

—Movete Paty, no seas miedosa —dijo Anita—. No van a morderte.

—Pero todo esto es tan raro… —dijo Patricia, asomándose con timidez a los estantes—. Nunca en mi vida había visto objetos como estos.

—Lo que no me extraña en lo más mínimo —Anita miró a Patricia con un poco de pena—. Es común que la gente que viene por acá ya esté familiarizada con este tipo de cosas a causa de sus padres o tíos.

—¿Todo legionario necesita estos instrumentos? —preguntó Patricia.

—Sí, cada legionario tiene su propio *kit* —explicó Anita—. Al igual que cada sede tiene su propio fabricante. Cada instrumento tiene un nombre tradicional también. Hacer estos objetos no es cosa fácil y hay artes especiales para producirlos.

—¿Qué tipo de artes especiales? ¿Magia?

—Vayamos por partes —dijo Anita—. Primero lo primero: cómo localizar a un personaje. Aquí, en el piso de arriba tenemos una computadora que nos muestra a nivel regional el movimiento de los personajes. Antes, me imagino, que sería mucho más difícil detectarlos. Pero ahora gracias a la tecnología y a los satélites es mucho más fácil. Si un personaje está en la suya y sin intenciones definidas, es casi indetectable, invisible. Pero si está enamorado o intentando poseer a alguien, su materia cambia y produce unas vibraciones que son fáciles de reconocer para la computadora. Nosotros podemos verlos por medio de estos sensores, los *visums* —ahora Anita le mostró una especie de reloj como el que Paty había visto a su entrenadora utilizar el día que la acompañó a la cacería.

—Y ahí es cuando se le dice a un legionario que vaya a cazarlo.

—Eso mismo. Con la información aproximada de dónde está, nosotros nos movemos hacia ahí —explicó Anita—. De todas formas, los personajes son bastantes persistentes y predecibles. Si un día fueron a un lugar y no tuvieron éxito, es posible que vuelvan.

—¿Y es con este tipo especial de arco y flechas que se los caza? —preguntó Patricia, señalando unas flechas de metal gris claro, con tres plumas duras blancas que había sobre una mesa.

—Muy bien Paty, qué atenta —dijo Anita burlándose—. Estas flechas no pueden causar ningún tipo de daño en los seres humanos. Son casi inmateriales. Se llaman *sayetas* y a los arcos les llamamos *brankan*. Y la fuerza clave de estas flechas proviene de la mente de los legionarios. En verdad tenemos que proponernos cazar a un personaje para conseguirlo. Cuanto más decididos estamos a cazarlo, más fácil es atraparlo.

—¿Alguien que no es legionario podría disparar las *sayetas*? —preguntó Patricia animándose por fin a tocar los instrumentos.

—No. Bueno, con la ayuda de un legionario tal vez sí. Y una vez que la hubiera disparado sería como disparar aire. No podría herir a nadie.

—¿Y qué pasa una vez que los cazamos?

—Lo que pasa es que los apretamos un poquito y los metemos aquí adentro, en esta *buxa* —dijo Anita, avanzando hacia una segunda mesa que tenía un montón de cajitas rectangulares alineadas.

—¿Cómo *jíbaros*, los que te achican la cabeza?

—No estás tan errada. Pero en lugar de reducirles sólo la cabeza, le encogemos todo el cuerpo. El disparo de la flecha tiene un doble efecto: por un lado los deja mareados para que podamos agarrarlos, y lo otro que hace es que los encoge —dijo Anita mostrándole una cajita en forma de lapicero—. Y los metemos acá adentro para que no puedan escaparse.

—¿Me estás diciendo que metemos a otros como X acá adentro y nos los llevamos a nuestra casa? —preguntó Patricia entre asombrada y divertida.

—Y sí. Lo peor es cuando por algún tiempo tenés más de uno colgando en aparatos como éste, que se llaman *faxpendre* —dijo Anita, mientras iba hacia una esquina donde había una especie de híbrido entre una lámpara de pie y un perchero—. Hay veces que se ponen a hablar como cotorras y no te dejan en paz. Pero también la forma en que interactúan entre ellos te puede ayudar a desarrollar una historia.

—¿Y todos los legionarios tienen una lámpara cuelgapersonajes en su casa? —preguntó la chica mientras observaba el aparato.

—Sí y no —dijo Anita disfrutando del asombro de Paty —. Cada uno tiene lo que quiere. No tiene por qué parecer una lámpara. Podés modificarla según tu propio gusto. Lo que sí me aconsejó Norah fue decirte que no lleves ninguno parecido al que tenía tu padre. Para evitar sospechas de tu madre.

—Sí, supongo que sí —dijo Patricia, resignada—. Pero, ¿cómo era el que tenía mi padre?

—Ah, no creo que tengamos ninguno como el de él por aquí. Le gustaban los instrumentos raros —dijo Anita, sintiendo que había metido la pata y prefirió cambiar de tema—. Como te decía, en el momento de ubicarlo dentro de tu casa tenés que pensar en un lugar estratégico, para que no te molesten y te dejen dormir en paz.

—Una vez que tenga un montón de jovencitas, algún que otro galán y un cura en mi pseudolámpara ¿qué hago?

—Bueno, una vez que conseguís uno o varios personajes, lo que tenés que hacer es establecer una relación con ellos. Conocerlos, saber qué es lo que buscan. Y después de eso —explicó Anita— te inspiras y escribís una historia.

—¿Qué pasa entonces con los personajes? ¿Se quedan a vivir en la lámpara? –preguntó Patricia.

—No, si no, pronto tendrías demasiados personajes en la lámpara y te volverían loca. Esto te va a sonar muy raro, pero la tecnología ha avanzado al punto de poder ayudar a la magia —dijo Anita, mostrándole una especie de *pendrive* que había en un cajón debajo de la mesa—. Lo que tenés que hacer es ponerle esto a la cajita, que le decimos *pons*, así lo pasás a la computadora y te aparece como un archivo de imagen, pero que no es nada que se vea, y eso mismo lo pegás en su historia.

—No te puedo creer... —dijo Paty asombrada—. ¿Y antes tenían una especie de *pendrive* para las máquinas de escribir?

—Sí, como en todas las profesiones, en su momento se las arreglaban con lo que había. Y como en tantas otras áreas, la tecnología ha ayudado a la gente a aliviar ciertos procesos. Pero no por eso es menos difícil, sólo es mucho más práctico.

—¿Y por dónde empezamos? —preguntó Paty impaciente.

—Nada más y nada menos que por el principio.

CAPÍTULO XIII

Esa noche Patricia se fue a su casa con todo su *kit* de legionaria. Se sentía nerviosa de tener aquello con ella en su cuarto. No se lo había preguntado ni mucho menos, pero tenía la certeza de que a su madre no le gustaría nada lo que ella estaba haciendo. Lo sabía desde un principio, pero ahora tenía la impresión de que las cosas se estaban tornando más reales. Paty se daba cuenta de que su madre actuaba un poco desconfiada en el último tiempo, y de que estaba percibiendo que había algo raro en su hija. Sin embargo, no había hecho ningún comentario y Paty no se entregaría sola. Así que por el momento todo estaba tranquilo entre ellas.

Más allá de los problemas con su madre y de la ausencia de su padre, Paty estaba pasando por un momento increíble. Sentía que en la legión y en la sede había encontrado una familia y un hogar completamente nuevo. Anita era una chica genial, y cada día que pasaban juntas se encariñaba todavía más con ella. Norah era una mujer singular y una especie de abuela que nunca había tenido. Además estaba Julián, que si bien no lo veía mucho, cada vez que lo hacía le parecía más lindo y simpático.

El primer paso de la próxima etapa sería empezar por lo básico: aprender a disparar con el arco y la flecha. Paty y Anita se encontrarían en un terreno que la sede tenía cerca de su casa central, especial para que los legionarios practicaran tiro. Patricia escondió el arco dentro de su tabla de dibujo y las flechas dentro del estuche de planos, para que si su madre la veía salir, no sospechara que algo raro estaba pasando.

De todas formas, no se encontró con nadie y pudo evitar cualquier tipo de preguntas comprometedoras. Pero al llegar a la pista de tiro, Anita aún no había llegado. El lugar era amplio y estaba rodeado de canchas de fútbol. En la entrada había una recepción donde la gente podía dejar sus pertenencias. Allí había una persona, sentada detrás de un escritorio, encargada de controlar todo, una puerta que daba a los baños y unos casilleros para dejar las cosas.

Sobre una pared detrás del escritorio colgaban cinco banderas de color verde musgo con grabados dorados y plateados que representaban a las cinco ramas. Uno de ellos era el de narradores, que Paty ya conocía: el arco con las dos flechas que se convertían en plumas de escribir. El de la rama de dramaturgos eran también dos flechas cruzadas pero cada una terminaba en una de las máscaras típicas del teatro. El de las artes plásticas era un gran arco con numerosas flechas, que en verdad representaban un pincel, un cincel, un lápiz, un punzón y un óleo pastel. En el caso del estandarte de los guionistas, era una red de rollos de película que terminaban generando un espacio en blanco que formaba un arco y una flecha. La figura que representaba a *La legión de compositores* era, por supuesto, arco y flecha, pero formados por notas musicales.

Para su sorpresa, mientras Paty guardaba sus cosas en un casillero, descubrió que Julián estaba allí.

—Así que ya estás empezando a practicar —dijo Julián, mientras saludaba a Paty, cuando ambos se cruzaron en la recepción.

—Sí, hoy es mi primer día —dijo Patricia mientras terminaba de guardar sus cosas en un casillero—. ¿Ustedes también están practicando?

—Sí. Aunque Gerónimo ya sabe bastante, Norah insiste en que sigamos con el protocolo —dijo Julián, malhumorado.

—¿Y dónde está el misterioso chico descendiente de un legionario famoso? —preguntó Paty, mirando a su alrededor con curiosidad.

—¿No conocés a Gerónimo? No te perdés de mucho igual. ¿Anita todavía no llegó?

—Ya quisieras vos que no hubiera llegado —dijo Anita, apareciendo—. Así podés robarme a mi entrenada.

—Te la cambio por el mío —dijo Julián.

—No, gracias. Me quedo con Paty. Y ahora querido, si nos perdonás, tenemos trabajo que hacer.

—Bueno chicas, mucha suerte —dijo Julián.

—Julián, el seductor al rescate —dijo Anita riéndose cuando el muchacho ya no podía escucharla, mientras se dirigían al lugar específico donde Paty entrenaría—. Siempre ayudando a las damiselas en busca de conversación interesante.

—Eso hay que dárselo, es un muy buen conversador —dijo Paty sin poder evitar contagiarse de la risa de su entrenadora—. Ni vos podés negarlo.

El espacio puntual donde comenzaba esta etapa del entrenamiento era más controlado, una serie de objetivos estáticos frente a los que Paty tenía que pararse a disparar. Todo el resto de la tarde, Anita y Patricia lo invirtieron en compartir chismes mientras Paty intentaba sin éxito dar con sus flechas en el objetivo. Era una práctica dolorosa. No sólo porque le afectaba la moral no poder dar en el blanco, sino que también su brazo se fue llenando de moretones, a pesar de la protección. Además estaban en pleno invierno y hacía mucho frío. Pero bien abrigada como estaba, con una chaqueta gruesa y con toda la actividad física, se sentía bien estar al aire libre.

De todas formas, aquella actividad era tan interesante y nueva que Patricia no se dejó desanimar por sus propias fallas. Anita la alentó explicándole que, como en todos los deportes, lo que necesitaba era práctica y más práctica. Y ella, su entrenadora, se encargaría de que la tuviese.

Contra su propio pronóstico Paty descubrió que aquello le gustaba más de lo que hubiera pensado. Le encantaba practicar con el arco y la flecha, disfrutaba mucho de aquellos momentos. Sin lugar a dudas, mucho más que salir a correr. Los días pasaban cada vez más rápido. Continuando con el entrenamiento físico, leyendo, la facultad y ahora con sus nuevas prácticas, tenía muy poco tiempo libre. En varias oportunidades Julián, Anita e Ismael la habían invitado a salir con ellos, pero Paty sentía que los veía mucho más a ellos que a sus amigas y que estas se merecían una compensación.

Pero si Paty creía que había llegado la parte más divertida, estaba muy equivocada. Lo más divertido que le había pasado en su vida entera estaba por pasar todavía. Y ese momento llegó de la mano de las clases de baile. Había pasado sólo un mes desde que estaba practicando con el arco y la flecha cuando Anita le anunció que la semana siguiente empezarían las lecciones de danza. A ella siempre le había gustado bailar y la idea de que le enseñaran un baile nuevo le parecía muy prometedora.

Todo comenzó el miércoles siguiente. Paty creía que no podía estar quieta y sentía que sus pies estaban a punto de cobrar vida propia. Se juntaron en un amplio salón contratado para llevar a cabo aquellos ensayos. El lugar era increíble, luminoso, grande y con un piso ideal para bailar. Cuando llegó con Anita, ya estaban Norah, Álvaro, Tami, Julián e Ismael.

Anita, como siempre, fue la encargada de explicarle cómo funcionaba todo el protocolo. Primero, todos los que trabajaban como entrenadores dentro de la legión ejecutaban juntos una danza muy seria y tradicional. En esta danza, a Patricia le correspondía bailar con la persona que había sido responsable de su entrenamiento. Como por una cuestión de tradición preferían que dos chicas no bailaran juntas, en aquel caso se iban a cambiar las parejas y bailaría con Julián, mientras que Anita lo haría con Gerónimo.

Para la segunda canción, los nuevos legionarios y sus entrenadores serían los únicos en la pista. Anita la tranquilizó: no sólo serían Paty y su entrenadora, Julián y Gerónimo, también estarían allí los nuevos legionarios de los otros cuatro ámbitos y sus entrenadores. No era gran consuelo. De todas formas la peor de todas era la última danza, no sólo porque el baile era más movido y jugado, sino porque esta vez bailarían nada más cuatro parejas, formadas únicamente por los nuevos legionarios.

—Bienvenidos a todos —dijo Norah una vez que entraron—. Sé que les llamará la atención que no haya más legionarios en el ensayo. Pero los veteranos son exonerados de practicar. Y Gerónimo, bueno, su madre se encargará de él.

—Con la excepción de algunos veteranos como yo —dijo Álvaro —que aún creemos que nos hace bien refrescar un poco la memoria y seguir con las clases.

—Gracias Álvaro, sos muy amable al acompañarnos—. Ahora por favor, si pueden separarse en parejas, vamos a proceder con el ensayo. La profesora Amelia será quien los instruirá. Anita, debido a la ausencia de Gerónimo, lo practicarás con Ismael y tú Patricia, por ahora nos vamos a concentrar en los bailes que vas a hacer con Julián, después veremos cómo hacemos para que practiques el baile más movido con Gerónimo.

—A ese infeliz de Álvaro le gusta seguir practicando para poder refregarse con Tamara en la cara de todos —le dijo Anita a Paty cuando nadie escuchaba—. Se cree muy vivo. Y a mí me pusieron con Ismael. Hoy va a ser un día largo.

Pero si bien pudo haber sido una jornada eterna para su entrenadora, Patricia nunca la había pasado mejor. Julián era bastante bueno en la pista. La guiaba con facilidad, y lo más importante: le tenía una enorme paciencia cuando se equivocaba. La música era encantadora. A pesar de no estar muy acostumbrada a escuchar música clásica, la melodía le fascinó. Pronto se había encariñado con las canciones y hasta se podía decir que los bailes le salían bastante prolijos.

Aquella gente tenía la habilidad de hacerla sentir muy bien. Con Julián se reían uno del otro de sus propios errores, ensayaban alguna pirueta cuando Amelia no los miraba y se reían todavía más de la cara de sufrimiento de Anita y la de total satisfacción de Ismael. Si bien para el final del día Paty todavía no sabía las danzas a la perfección, estaba muy encaminada y no podía esperar al día en que fuera su siguiente lección.

CAPÍTULO XIV

Tiempo después, cuando Anita consideró que Paty ya era lo suficiente hábil con el arco y la flecha, la entrenadora le dijo que era hora de pasar a la siguiente etapa del entrenamiento. Aquella vez fueron a un sector distinto del campo, más abierto y sin dianas. Imaginando lo que estaba por venir, Paty se sentía nerviosa. Una cosa era practicar con algo inmóvil y otra muy distinta era probar tirarle a algo en movimiento. Grande fue su sorpresa al encontrarse en aquel lugar con una cara conocida.

—¡X! —gritó Paty emocionada al verlo—. Qué bueno volver a verte. Pero qué raro que estés acá, al aire libre.

—Y sí —dijo rozando a Paty—. Es que me porto tan, pero tan bien, que de vez en cuando me dejan salir. Aunque tengo que admitir que esta no es mi actividad preferida.

—¿Te duele cuando te hieren con la flecha? —preguntó Paty, extrañada de no haber pensado en eso antes.

—No, aunque es muy considerado de tu parte preguntar —dijo X, que flotaba delante de Paty—. Soy bueno, pero tampoco masoquista. Estoy dispuesto a ayudar a los legionarios, pero no a sufrir por ellos.

—¿Entonces ningún personaje sufre cuando lo cazan? —preguntó Paty, aprovechando que Anita estaba aprontando algunas cosas.

—Para hacértelo más fácil de entender —explicó X—: el momento en que te clavan la flecha debe ser un equivalente a cuando a alguien le ponen las esposas para llevarlo preso. No te duele físicamente, pero sabés que estás perdiendo tu libertad. Y, por lo que tengo entendido, cuando se le da una historia y un contexto al personaje es como si se la devolvieran.

—Basta de tanta charla —rezongó Anita, uniéndose a ellos—. Es hora de poner manos a la obra.

Y antes de que Paty lo notara, X había desaparecido. El desafío de Patricia en aquel entonces era encontrarlo dentro del lugar de tiro y sus alrededores. Para llevar a cabo dicha tarea, Anita le dio el sensor que ya había visto antes en la sede, el *visum*. Era como una especie de reloj pequeño, que tenía sólo una pantalla donde mostraba la densidad material de lo que había alrededor. Como Anita le enseñó, los personajes tenían una densidad diferente a la de todos los objetos que se veían en el mundo, y se podían distinguir con facilidad.

La dificultad de cazar un personaje recaía más que nada en la velocidad que estos podían llegar a adquirir. Si un espectro andaba sin ningún objetivo predeterminado, es casi, casi imperceptible. Pero cuanto más desean formar parte del mundo, más visibles y perceptibles son, tanto para la vista de los legionarios como para sus sensores.

La primera hora y media representó una verdadera tortura para Patricia. Se empezó a preguntar por qué habían insistido tanto en que aprendiera a disparar con el arco y la flecha si a fin de cuentas nunca pondría en práctica su buena puntería. Se había caído tantas veces al piso que tenía los pantalones deportivos y las zapatillas llenas de barro, porque el día anterior había llovido. También soplaba un fuerte viento que hacía que el pelo le tapara la cara, aunque lo tuviera peinado en una coleta.

Tenía que coordinar para encontrar al personaje y después, sin perder de vista el sensor que tenía atado en la muñeca, apuntarle y pegarle. Le parecía del todo imposible, que nunca en su vida iba a ser capaz de lograrlo. Pero a medida que iba pasando el tiempo descubría nuevos trucos que le permitían obtener resultados más eficaces.

Cuando terminó el primer día de práctica ya había descubierto que no era necesario que mirara el sensor directamente, que con mirar de reojo alcanzaba para ver dónde se encontraba el espectro. También descubrió una posición estratégica que le permitía mantenerse alerta con el arco y la flecha sin que esto le impidiera correr. Pero a pesar de que cada vez estaba más cerca de atraparlo, el muy ladino personaje parecía tener la habilidad especial de escurrirse en el último segundo. A la hora de finalizar la práctica Paty podía decir con orgullo que su flecha había pasado rozando a X por lo menos diez veces. Se sentía exhausta, pero feliz.

—Bueno, para ser la primera vez, creo que estuvo bastante bien —dijo Anita, sentándose en el pasto, donde Paty estaba casi desmayada y toda embarrada—. Aunque todavía hay muchas cosas básicas que te falta aprender.

—¿Cómo es posible que alguien atrape a esos condenados? —dijo Paty respirando con dificultad—. Son inatrapables, los muy malditos.

—¡Epa, más respeto hacia los de mi tipo! —dijo X, divertido—. Que vos no puedas no quiere decir que nadie más pueda hacerlo.

—¡Qué mala onda, X! A Paty le fue mejor que a muchos otros que estuvieron aquí antes que ella —la defendió Anita.

—Es cierto, es cierto. Hasta te fue mejor que Anita en el primer día —confesó X.

—¡Botón! —dijo Anita riéndose—. Es cierto. Pero de todas formas, sigo siendo tu instructora. Y no importa cómo me fue a mí en ese momento. La cuestión es que yo sé que vos podés y lo que tenés que hacer para atrapar a X.

—Dale Ani, no te hagas la misteriosa —dijo Paty recuperando su respiración—. ¿Podés explicarme de una buena vez qué es lo qué tengo que hacer para atraparlo?

—Paciencia, mujer —dijo Anita—. Todo a su debido tiempo. Hay otros trucos que vas a tener que ir descubriendo a tu propio ritmo. Pero hay algo que es básico, y que te lo puedo explicar yo misma. Como habrás visto, los personajes hacen movimientos circulares. La clave está en adelantarse al movimiento que él va a hacer y estar preparada de antemano.

—Lo voy a tener en cuenta para la próxima vez —dijo Paty cansada.

—Bueno Paty, estuvo muy bien. En serio —dijo Anita, ayudando a Patricia a pararse—. Nos vemos mañana para seguir entrenando.

CAPÍTULO XV

El cuarto de Patricia era un verdadero desorden. Las cosas se apilaban por todos lados. Su madre la rezongaba casi a diario y la chica notaba que su progenitora estaba sospechando cada vez más que algo raro estaba pasando con su hija. Así que antes de que su madre se lo volviera a pedir una vez más o decidiera ordenarlo ella misma y descubriera la pila de libros que Paty escondía, se dijo que ya era hora de poner su cuarto en forma otra vez. Lo que significaba, en parte, ir hasta la sede y devolver todos los libros que había sacado de allí.

Entrar a la sede era un acto muy placentero para Paty. Allí siempre había alguien interesante para charlar, un buen libro para leer y dentro de ella ocurrían cosas emocionantes con frecuencia. Pero a pesar de todo y de que en la superficie todo parecía marchar de mil maravillas, también se podía ver que algo malo estaba pasando. Había una tensión que se intentaba ocultar, pero de todas formas flotaba cerca de la superficie. Norah sabía comportarse con una máscara de tranquilidad, pero Patricia veía que algo le preocupaba.

Ese día cuando fue a la sede le ocurrió algo muy extraño. Estaba devolviendo los libros a su lugar habitual, en la sala de recreo, cuando uno de ellos se le cayó detrás de una mesa, donde tenía toda la pila de libros apoyada. Intentó levantarlo, pero debido a su torpeza y a un mal movimiento, se fue ella misma detrás de la mesa y se golpeó con fuerza. Estaba maldiciendo su suerte y apretándose la rodilla cuando escuchó que alguien entraba a la habitación. Con mucho esfuerzo, Patricia vio que era Julián. La chica se sentía avergonzada y no quería que él la viera en una situación tan penosa, así que esperó a que el dolor se le pasara y pudiera pararse por sí misma para saludarlo.

Pero antes de que Paty pudiera hacer cualquier movimiento, Julián hizo algo que la obligó a mantenerse oculta y en silencio. El chico apagó la luz y abrió un poco la puerta que conectaba la sala de descanso con el escritorio de Álvaro. De repente Paty escuchó un murmullo de voces que se acercaban por el pasillo y entraban al escritorio de Álvaro. Se le hizo patente qué era lo que Julián hacía allí: estaba espiando a quienes fueran que se estuvieran acercando. Paty no quería ser cómplice de Julián, pero le daba mucha vergüenza salir en aquel momento. Así que no le quedó más remedio que mantenerse allí escondida esperando que no fuera mucho rato.

—No podemos seguir haciendo de cuenta que no pasa nada —dijo una voz exaltada, que parecía ser la de Álvaro—. Nos están tomando el pelo. No podemos dejas las cosas como están sin tomar medidas.

—¿Qué sugerís que hagamos? —preguntó Norah.

—No tengo ningún plan —contestó Álvaro—. Pero no podemos dejar de sospechar de todos. Seguro que alguno de los otros dirigentes tiene que estar involucrado en esto. No podemos fiarnos de nadie.

—Estoy de acuerdo contigo, Álvaro —dijo Norah—. No podemos apresurarnos. Hay que tener mucho cuidado. No te olvides de que, a los ojos de ellos, nosotros también debemos vernos sospechosos. Tenemos que descubrir qué es lo que está tramando quien sea que esté detrás de todo esto.

—No va a ser fácil averiguarlo —dijo Álvaro—. Pero quedarse de brazos cruzados no es una opción.

Álvaro y Norah charlaron un rato más sobre la crítica situación de la legión. El enlataje de personajes parecía volverse más serio con cada día que pasaba. Paty se sentía muy incómoda en aquella posición. Por un lado, la hacía sentir mal el hecho de saber que Julián espiaba a Álvaro y a Norah. Y si eso no era suficiente, lo peor era estar escuchando la conversación que mantenía la jefa de la legión con el coordinador. Estaba claro que era un asunto muy privado y no querían que nadie los escuchara hablar de ese tema. Después de unos largos y agonizantes minutos la conversación por fin se terminó.

Cuando Norah se fue del escritorio, Álvaro realizó una llamada telefónica, pero Paty no pudo escuchar una sola palabra de lo que decía. Estaba segura de que Julián si podía. Una vez que colgó el teléfono, el coordinador también se fue de la habitación.

En ese momento, Paty sintió que se le paralizaba el corazón y temió que a Julián se le ocurriera prender la luz y la descubriera en su accidental escondite. Por suerte, el otro legionario estaba tan concentrando en lo que hacía que se fue de allí sin mirar siquiera una vez dentro de la habitación. La chica esperó unos minutos a que Julián se fuera lo más lejos posible de allí. Le costó un gran esfuerzo poder ponerse de pie y comenzar a caminar. Pero quería salir de allí rápidamente para evitar que alguien entrara en el cuarto y la descubriera. Salió caminando con toda la tranquilidad que sus nervios le permitían.

Caminó por el corredor. Nada. Escuchaba un rumor de voces, pero estaba lejos y parecía ir en dirección contraria a la que ella se dirigía. Paty se sentía ridícula y fuera de lugar. Iba caminando casi en puntas de pie y por poco no respiraba. Y todo por culpa de su torpeza, más Julián que la había dejado atrapada sin querer. Por suerte la salida ya estaba cerca. Unos pocos metros más y ya estaría en territorio seguro, fuera de la sede y de todas las sospechas que ella pudiera infundir... cuando de repente Julián salió del escritorio de Norah y se paró frente a ella.

—Hola —dijo Julián, todavía más sorprendido que ella—. ¿Qué hacés por acá?

Paty sintió como el sudor frío le bajaba por la espalda. No podía decirle que venía del salón de recreo porque él se daría cuenta de que ella había visto todo lo que él había hecho. Pero, ¿en dónde podía decirle que había estado? Julián era el culpable de aquella situación comprometedora, ¿por qué tenía que saludarla? Ahora la hacía sentir a ella como una delincuente, cuando en realidad no había hecho nada. Después de lo que a Paty le parecieron ser momentos eternos, su mente por fin se aclaró.

—Vengo del baño —respondió sintiéndose estúpida al instante—. Tomé mucho café antes de venir para acá y me dieron ganas.

—¿Viniste hasta acá sólo para ir al baño? —preguntó Julián, extrañado.

—No, claro que no. Vine a ver si encontraba a Anita —dijo Paty iluminándose de golpe—. Pero me parece que no está. Así que me marcho para mi casa.

—¿No tienen práctica hoy?

—¡Ah, claro, sí, la práctica! Qué suerte que me hiciste acordar, me había olvidado por completo —mintió Paty sintiéndose la más idiota de todas.

—Bueno, sí no tenés nada que hacer y estás libre un ratito, ¿por qué no vamos a tomar algo al café de acá a la vuelta? No te digo café porque ya tomaste mucho —dijo Julián.

—Sí, no, claro —por un lado tenía muchas ganar de ir, aunque por otro, la actitud de Julián al espiar la hacía sentir un poco rara, aunque era tan lindo... —. Dale, vamos, hacen un rico jugo de naranja.

Se sentaron en un rincón, en una mesa pequeña del bar. La charla fue mucho menos penosa de lo que Paty temía. Julián era un chico muy simpático y pasaron un rato muy ameno. Él sabía bastante de ingeniería, pero sus opiniones diferían de las de ella, así que discutieron por un rato hasta que la pelea no dio para más y ambos rieron de sí mismos. Ahora que Paty sabía un poco más sobre escritores también compartieron opiniones sobre algunos. Ella percibió que él intentaba no hablar de nada que estuviera relacionado con la legión. La chica no hizo ninguna pregunta directa, pero percibió que cada vez que se estaba acercando al tema, Julián desviaba la conversación hacia otro lado. Cuando llegó la hora de la práctica, él la acompañó hasta el lugar.

—Me gustó mucho compartir ese jugo de naranja contigo —dijo Julián despidiéndose—. Espero que pueda volver a repetirse pronto.

—Sí, lo único que falta es que yo me vuelva a olvidar de que tengo práctica —dijo Paty—, que pasa bastante seguido, por lo tanto lo vamos a repetir.

—Dale, mucha suerte hoy —dijo Julián, dejándola sola.

Por primera vez, desde que había conocido a Julián, pensó con seriedad que quizás no tenía por qué ser algo sólo platónico. Había estado tan distraída con todo lo que había estado aprendiendo que no se había planteado de forma seria tener algo con Julián. ¿Podría pasar algo entre ellos dos?

Había estado practicando mucho, y lo cierto era que si bien nunca había llegado a darle a X, cada día estaba más cerca. Ya había interiorizado un montón de estrategias, y hasta Anita se mostraba optimista con sus avances. Pero aquel día no podía pensar en otra cosa que no fuera Julián. Cada vez le quedaba más claro que le gustaba, y mucho. De todas formas, lo que más ocupaba sus pensamientos era la actitud sospechosa de él. ¿Y si también escuchaba las conversaciones suyas con Anita? De ahora en más, iba a tener más cuidado cuando conversara con alguien en la sede.

La falta de concentración que tenía Paty en aquel momento se tradujo en una pésima puntería. En el campo de tiro no veía a X hasta un segundo después de que él había abandonado el lugar donde estaba. Corría de un lado a otro, como loca, olvidando todas las cosas que le había enseñado Anita sobre canalizar la energía. Tiraba flechas para cualquier lado, cada vez más lejos de su objetivo. Patricia podía ver la frustración en la cara de Anita, pero cuanto más se esforzaba en hacerlo bien, más rápido parecía correr X y más lejos se le iban las flechas.

—Basta Patricia, basta —dijo Anita enfadada, cuando hacía ya una hora que estaban allí y Paty había terminado tirada boca abajo en el pasto—. Me da la impresión de que en vez de progresar, hoy estás retrocediendo.

—Ya sé Ani, no puedo evitarlo. Siento que cuanto más me esfuerzo, peor me va. Te juro que lo estoy intentando Ani, te lo juro.

—Seguro que con Julián sí te concentrás —dijo Anita—. Lo vi irse cuando yo estaba llegando.

—Puede ser que sea un poco por eso —admitió Paty.

—Sos una boba.

—¿Por qué? —preguntó Patricia un poco irritada—. Que a vos no te caiga bien no quiere decir que a mí también tenga que caerme mal.

—No tiene nada que ver que él me caiga bien o no, Paty —dijo Anita—. Vos te merecés algo mucho mejor que él. No te lo digo porque sea una mala persona. Sólo no creo que sea el tipo para vos.

—¿Puedo saber a qué va eso?

—A ver Paty, yo sé que es atractivo y muy educado —explicó Anita con paciencia—, pero para mí, todavía está enamorado de Tami. Por más que ni él mismo lo sepa.

—Y puede ser, no lo conozco tanto —confesó Patricia, entre confundida y desilusionada—. Puede que tengas razón.

—Ay, nena, ya va a aparecer uno bueno para vos —dijo Anita abrazando a Patricia—. ¿Estás segura de que no querés que te presente al baterista amigo de mi novio?

Ese día practicó un poco menos de lo común. Después de todo lo que le había dicho Anita, por más de que su entrenadora hubiera intentado ponerle un poco de humor a la situación, Paty podía concentrarse menos que antes. No era que estuviera enamorada de Julián, al menos de momento. Pero no podía negar que esa química que se generaba entre ellos era muy excitante y nueva. Le dolía pensar que él estuviera enamorado de otra.

CAPÍTULO XVI

La semana siguiente, los ensayos de baile continuaron sin ningún percance. Patricia se mostraba un poco más alerta y distante de Julián por lo que había dicho Anita. Pero él parecía no percibir cambio alguno en ella. Seguía mostrándose un poco coqueto con la chica; sin embargo no hacía ningún movimiento ni a favor ni en contra de su relación.

Por otro lado, el personaje se había convertido cada vez más accesible para ella. Estaba más cerca que nunca. Y cuando menos lo esperaba, una semana cualquiera, le dio. El sentimiento que nació en ella aquel día fue indescriptible. La emoción que sintió cuando cayó en la cuenta de que de verdad le había dado fue inmensa. Muy extraña además. Por fin, una vez que lo hizo bien pudo entender qué era lo que había estado haciendo mal. Era su cabeza, su concentración. Finalmente había alcanzado ese grado de abstracción que era necesaria para atrapar a un personaje.

—Es una sensación maravillosa —le dijo Patricia a Anita mientras iba a recoger a X que estaba herido en el piso, en la parte abierta del campo de tiro—. Es algo nuevo por completo.

—Seguro que lo es —dijo Anita sentándose junto el caído X que ya empezaba a encogerse—. Y ahora es momento de recoger tu presa. ¿Tenés todo lo necesario?

—Aquí está todo —dijo Paty, sacando de su bolsillo el portapersonajes—. ¿Por qué esta vez la flecha no se desvaneció?

—Porque cuando entran en contacto con un personaje, las *sayetas* recuperan la materialidad que tenían a la hora de ser lanzadas, pero que el aire les sacó —explicó Anita, mientras agarraba con una mano la flecha clavada al personaje, y con otra, la cajita—. Agarrá vos ambas cosas. Con la flecha metés al personaje en la *buxa*. Una vez que lo tenés adentro, tirás de la flecha y esta desaparece.

—No puedo creerlo —dijo Paty, observando a su primera presa—. Esto es increíble.

—Pero tiene sus dificultades, ¿verdad? —comentó Anita—. ¿Qué fue lo que te pareció más difícil de todo el proceso?

—Creo que el mayor desafío es obtener la concentración necesaria —dijo Patricia pensándolo con seriedad—. Cuando le di, creo que fue más que nada porque era lo único que tenía en mi mente. Atraparlo era la única cosa en la que pensaba.

—Lo que representa un gran problema –dijo Anita—. No sólo para ti, sino para todos los legionarios. Porque a no ser que te toque la suerte de tener que cazar en un lugar muy abandonado, por lo general siempre tenemos que lidiar con un montón de distracciones.

—¿Y cómo se logra superar eso? —preguntó Patricia.

—Practicando. Mucho.

Y eso fue lo que hicieron. Por el momento, dejaron de lado todo el entrenamiento físico y se dedicaron sólo a practicar la cacería, que ya bastante cansada dejaba a Patricia. Probaron hacerlo en diferentes horas del día e introdujeron todo tipo de distracciones que hicieran la caza más difícil. Pero Paty se superaba cada día. Y si bien cada vez que introducían una nueva dificultad trastabillaba un poco, al final de la jornada siempre lograba cazar a X. Anita estaba muy contenta con los avances de Patricia, y veía el día de su graduación cada vez más cerca.

Una noche, después de que ya tenía dominada la caza a la perfección, vinieron Álvaro y Norah a supervisar el entrenamiento. Una gran luna brillante iluminaba la noche y el viento era suave, ambas cosas ayudaban a la cazadora. A Patricia casi le da un ataque de pánico cuando los vio llegar al campo de tiro. Lo único que la tranquilizó, como de costumbre, era saber que Anita estaba allí con ella. Por suerte no le fue nada mal. Le dio la impresión de que X la ayudaba un poco, moviéndose más lento de lo normal. Pero nadie comentó nada al respecto. La jefa y el coordinador parecían conformes con el desempeño de Patricia. Una vez que consiguió su aprobación, ya estaba lista para pasar a la quinta y última etapa de su entrenamiento.

La ocasión ameritaba, así que sin importar que Julián y Anita no fueran los mejores amigos, salieron los tres juntos con Ismael y Tami a tomar una cerveza; Gerónimo no estaba en la ciudad y no pudo ir. Habían abierto un bar nuevo cerca de la sede. Era pequeño y acogedor, con sillones cómodos y amplios, muchos almohadones y unas cortinas vaporosas que le daban un aire místico.

Aunque se esforzara, Patricia no podía generar una conexión con Tamara. Quería conocerla mejor, pero parecía que la chica se cerraba y no estaba interesada en trabar una amistad con ella. Ismael era él en sí mismo todo un personaje, y a él se debía el crédito de evitar que todo el grupo se desmoronara. De todas formas esa noche tanto Anita como Julián hicieron su mejor esfuerzo para dejar las rivalidades de lado y pasar un buen rato.

Por suerte lo consiguieron. Anita estaba muy contenta y nada de lo que Julián pudiera decir la afectaría. El chico estaba portándose muy bien. Lo mejor para Patricia era que no lo notaba tan pendiente de Tamara, y se portaba muy galante y no paraba de felicitarla. Tamara parecía un poco en otro planeta y casi no participaba de la conversación. E Ismael, para sorpresa de todos, había conseguido una novia y ya no estaba tan interesado en invadir el espacio privado de nadie. La velada fue todo un éxito.

—¿En qué consiste la etapa cinco? —preguntó Paty a Ismael, ya que Anita acababa de irse con su novio.

—Es un secreto secretísimo —respondió él, haciéndose el misterioso.

—Dale, Ismael, no te hagas… ¿de qué va? —reiteró Paty.

—No Paty, no es broma —dijo Ismael, poniéndose un poco serio—. Igual tampoco es que sea algo tan concreto. Vos vas a salir a cazar, a modo de prueba. Y ellos te van a evaluar. En todos los aspectos.

—¡Ah! O sea que tengo que tener cuidado con cada cosa que haga —dijo Patricia preocupada.

—No te asustes —dijo Ismael con amabilidad—. Si llegaste a este punto, no hay vuelta atrás. Además no van a estar ni Álvaro ni Norah. Se guían por lo que dicen los entrenadores y los resultados visibles.

—Me quedo más tranquila —admitió Paty.

Lo único que hacía que Patricia no se sintiera tranquila era que Julián había desaparecido. Hacía ya unos buenos minutos que Tami se había ido al baño, y un ratito después Julián se había ofrecido para ir a buscar otra cerveza, pero todavía no había vuelto. No quería ser paranoica, pero no podía dejar de pensar si los dos estarían juntos. Estaba a punto de ir al baño a ver si Tamara seguía allí cuando vio que ambos volvían a la mesa riendo.

—Nos encontramos con Laura —dijo Tami, sentándose—. Parece que a la graduación va a ir con un vestido espectacular.

—No me extraña —dijo Ismael, poniendo los ojos en blanco—. Ella nunca puede estar por debajo de espectacular.

—¿Y la cerveza? —preguntó Paty, notando que Julián había vuelto con las manos vacías.

—Ya la traigo —contestó el muchacho, volviendo a alejarse del grupo.

CAPÍTULO XVII

Una semana después, el día tan esperado llegó. Patricia sentía que estaba a punto de volver a nacer. Le parecía que todo aquel tiempo había estado preparándose para ese gran día que ahora había llegado. Anita le había dicho que estuviera alerta. Estaban de guardia, y en cualquier momento podía llamarla y decirle que dejara todo lo que estaba haciendo para ir con ella. Le explicó que, por lo general, los espectros atacan de noche.

Y así fue que una noche, cuando estaba a punto de irse a dormir, Anita la llamó por teléfono diciéndole que había un personaje suelto y que debían ir a cazarlo. Al parecer, dicho personaje había estado merodeando un barrio, pero nunca había estado mucho tiempo en un lugar fijo como para detectarlo. Sin embargo, ahora había achicado su ruta y parecía tener un objetivo en la mira. Ambas se desplazaron con rapidez hacia aquel lugar.

Llegaron a un barrio residencial. Era una serie de apartamentos bajos con un montón de corredores que separaban uno del otro. El lugar parecía un verdadero laberinto. Anita estaba con un humor de perros. Rezongó durante todo el viaje de ida. Decía que ese lugar era el peor que podía haberles tocado, para ser la primera vez de Paty. Era una locación muy transitada y siempre era mejor que hubiera la menor cantidad posible de testigos. La arquitectura del lugar tampoco ayudaba en nada. Era muy fácil perderse ahí adentro, y sería muy complicado ver al personaje.

El pésimo ánimo de Anita, combinado con la inexperiencia de Patricia y las dificultades que el lugar aportaba, lograron que la primera práctica seria de la chica fuera una experiencia terrible. Ni una sola vez logró tener al personaje en la mira y por media hora estuvo separada de

Anita, sin poder encontrarlo. Para colmo de males, en un momento dado le pareció que alguien la miraba desde una ventana y temió que llamara a la policía. Cuando abandonaron aquel lugar, Patricia sintió un alivio inmenso. No habían atrapado a nadie, pero por lo menos no habían terminado presas ellas mismas. Cuando una vez dentro del auto le comentó a Anita sobre su miedo, la entrenadora la rezongó.

—Lo que hacemos es muy seguro —dijo Anita, exasperada—. Somos una organización importante. Tenemos contactos. Si no, ya estaríamos todos presos hace rato.

—Bueno, Ani, perdón. No te olvides de que soy nueva en esto.

—No, disculpame vos, no es que quiera descargarme contigo, pero hoy no es un buen día —dijo Anita suspirando.

—Sí, bueno, la cacería fue un desastre, ya sé —dijo Patricia—. Pero no es culpa nuestra, ese lugar es horrible y el personaje está loco.

—No es por la cacería de hoy —dijo Anita—. Parte de nuestro fracaso es consecuencia de mi mal humor. Tengo otras cosas en la cabeza.

—¿Todo bien con tu novio?

—Sí, obvio —respondió Anita riendo por primera vez en el día—. Es otra persona a quien quiero mucho que siento que está siendo tratada de forma muy injusta.

—¿Puedo preguntar quién es? —Patricia sentía que su curiosidad era más fuerte que su miedo a ofender a su entrenadora.

—Es el jefe de *La legión de compositores*. A algunos de la legión se les metió en la cabeza que tiene algo que ver con el enlataje de personajes.

—¿Vos no creés que tenga nada que ver? —preguntó Patricia.

—No, estoy segura de que él sería incapaz de hacer algo así —afirmó Anita—. Y hagamos de cuenta que no te conté nada de nada. Cuanto menos hablemos de esto, mejor.

El resto de los días de aquella semana pasaron sin más cacerías ni ningún otro altercado. Patricia se daba cuenta de que Anita estaba tensa todo el tiempo. El clima dentro de la legión era bastante espeso y había cosas que todo el mundo evitaba decir, pero que todos pensaban. Los ensayos de baile se habían suspendido por esa semana y todo el mundo parecía tener cosas más importantes que hacer que preocuparse por la futura graduación. Eso tenía a la pobre Patricia un poco cabizbaja. De todas formas, no tuvo mucho tiempo de deprimirse porque pronto una nueva emoción llegó a su vida.

CAPÍTULO XVIII

Dos semanas después de que habían intentado atrapar al personaje de los callejones, volvieron a tener noticias de él. Estaba otra vez en la misma zona y tenían que ir a buscarlo. Cuando Anita llamó Patricia ya tenía la excusa perfecta: le dijo a su madre que se iría a bailar con Anita, su nueva amiga con quien se preparaba para la maratón. Su progenitora se mostraba un poco susceptible con respecto a las frecuentes salidas de Patricia. Pero cuando vio llegar a Anita en el auto se calmó un poco y la dejó ir sin ningún drama.

—Gracias por venir a buscarme —dijo Patricia entrando al auto—. Mi madre está medio rara.

—De nada, Paty —dijo Anita de mejor humor—. Hoy presiento que va a ser una gran noche. No sé ni por qué, pero lo presiento.

—Ojalá que estés en lo cierto —dijo Patricia, contagiándose del buen humor de Anita.

La noche estaba un poco más oscura que la otra vez, había algunas nubes que ocultaban la luna y dificultaban la tarea de los legionarios, además del frío que calaba los huesos. Pero no se dejarían asustar por un poco de falta de luz. Patricia y Anita se dividieron y caminaban por corredores paralelos. Avanzaron durante unos cinco minutos antes de saber nada de él. Repentinamente, Patricia percibió una señal en su sensor: estaba bastante cerca. Ella estaba justo en el cruce de cuatro corredores, en una esquina. Según mostraba su radar, el personaje venía directo hacia ella. Se movía por el mismo corredor, pero estaba una cuadra más adelante.

Con el corazón desbocado por los nervios, Patricia decidió esperarlo en aquella misma posición, y así aguardar a que él pasara frente a ella y atraparlo. Se agazapó lo más que pudo contra la pared. El corazón parecía latirle a un ritmo impensado. Cada sombra que se movía la ponía un poco más nerviosa. Las manos le sudaban y sentía que estaba haciendo demasiada fuerza para sostener el arco y la flecha, pero era incapaz de aflojarla. Todos los sonidos parecían haber desaparecido y un zumbido inundaba su cabeza.

Por fin lo vio. Tenía la apariencia de un niño de unos cuatro años. Pero no tenía materialidad, un brillo verdoso lo acompañaba y se movía a una velocidad inalcanzable. Patricia estaba pronta. Aún no lo tenía del todo cerca, pero pronto lo tendría justo donde lo quería. Se concentró lo más que pudo. Intentó olvidarse del mundo. Casi lo logra cuando un fuerte empujón la lanzó, golpeándose la cabeza contra la pared. Paty no tenía la más mínima idea de lo que estaba pasando.

A pesar de lo aturdida que estaba y del susto que se había llevado, reaccionó con una rapidez y con una claridad increíble, porque supuso con fría lógica que quien la había golpeado, probablemente sin querer, había sido otro legionario. Y comprendió también que aquel personaje no era para ella, sino para su inconsciente agresor. Vio al otro legionario y se dio cuenta de que el muchacho se había equivocado. Se estaba enfrentando de forma incorrecta con su presa. Si él corría a su encuentro, el espectro se escaparía de sus manos de forma inevitable.

Patricia iba a ayudarlo. No se lo merecía. Pero iba a ayudarlo. Ella lo había visto moverse con anterioridad, y sabía que el personaje tenía la tendencia a ir hacia la derecha. Sabiendo eso, Patricia cortó camino por un atajo y corrió lo más rápido que pudo. De todas formas, por más veloz que fuera, sabía que no tenía chances de darle. Se sentía mareada, le dolía la cabeza y era incapaz de apuntar. Sin embargo podía cerrarle el paso. Había estudiado a X muchas veces y se había dado cuenta de que evitaba pasar por aquellos lugares donde ella acababa de tirar una flecha.

Iba a encerrar al personaje. Tiraría una flecha que le cerraría el paso y que dejaría como única salida posible el pasillo por donde venía el otro legionario. Y así lo hizo. Lanzó la flecha que rompió con la quietud del aire y se desintegró. Alcanzó a ver al espectro y comprendió que su plan había dado resultado. El espectro retrocedió en el acto mientras Patricia corría hacia el pasillo con el objetivo de acorralarlo entre ella y el otro legionario. Cuando llegó al comienzo del pasillo vio como el chico disparaba su flecha y esta daba de lleno en el personaje. Fue casi lo último que vio, porque después de eso se tocó la cabeza y comprendió que sangraba. Se miró la mano y con lo impresionable que era y lo mareada que estaba, cayó desmayada al piso.

Cuando se despertó, alguien la sostenía, y otra persona, muy molesta, le daba pequeños golpecitos en la cara. Casi se vuelve a desvanecer pero de emoción al ver que era Julián quien la sostenía y la tenía un poco abrazada contra su pecho. También en ese mismo momento le dieron ganas de matar a Anita, que estaba arruinando el momento inspeccionando la lastimadura de su cabeza muy de cerca. Pudo ver también que había otra persona parada detrás de Anita. Y a pesar de su lastimosa situación, reconoció al que la había tirado contra la pared.

—Ya estoy despierta —dijo Paty—. ¿Podés dejar de pegarme?

—¡Sí! ¡Estás viva! —dijo Anita poniéndose de pie.

—Qué exagerada —dijo Julián, todavía con Patricia en brazos—. ¿Estás bien?

—Mejor, imposible —contestó Patricia, poniéndose de pie con la ayuda de Julián—. ¿Lo atraparon?

—¡Sí, Paty! —dijo Anita, ayudándola a caminar hasta el auto—. ¡Muy bien!

—Pero… —se quejó la chica.

—Nos vemos —saludó Julián, yéndose para el otro lado—. Dejé el auto por allá.

—¡Eh! ¿Qué pasó? —se quejó Paty—. Quiero rezongar al que me pegó, ahora mismo. En verdad, primero me gustaría saber quién fue.

—Fue Gerónimo, alias "el nene" —dijo Anita ayudando a Patricia a subir al auto—. Ahora nomás vas a poder sacarte las ganas. Vamos los cuatro para la sede.

—¿Podés dejar de tratarme como a una lisiada? —dijo Patricia, sentándose inconforme—. ¿Pero está todo bien?

—Mejor, imposible —dijo Anita.

En el trayecto hasta la sede, con ayuda del espejito del auto y un pañuelo descartable fue limpiándose la herida. No era muy grande, pero seguía sangrándole, y lo mejor sería ponerse alcohol cuanto antes para evitar una infección. También estaba empezando a salirle un moretón alrededor de la zona del tajo. Patricia sentía que toda la cara le ardía. De dolor, enojo y vergüenza. Se avergonzaba de no haber estado preparada para impedir que la golpearan y estaba furiosa con aquel idiota por haberle pegado. Además de todo, el muy tonto ni se había dado cuenta de que le había pegado y, mucho menos, de que ella lo había ayudado.

Patricia se sentía un fracaso total. No entendía por qué Anita estaba tan contenta. Había fallado. No sólo no había atrapado al personaje, sino que también se había desmayado en plena tarea. Lo más probable era que le dijeran que aún no estaba lista para ser una legionaria. Cuando llegaron a la sede, Patricia no vio a Julián ni a su agresor, pero Anita le recomendó que fuera al baño, se limpiara mejor la cara y después la esperara por allí. Ella y Julián iban a hablar con Norah para ponerla al tanto de todo lo que había pasado.

La chica fue al baño y se desinfectó la herida. Mientras lo hacía, no podía dejar de preguntarse dónde estaría el otro chico. Seguro que Julián ya estaba con Norah y Anita. Después, un pensamiento mucho más negro invadió su mente. Tal vez le dirían que jamás sería una legionaria. El dolor de cabeza y la pérdida de sangre la habían debilitado. Se sintió muy frágil y pensó lo terrible que sería para su padre verla en una situación así. Su hija era un fracaso total. No era capaz ni de mantenerse en pie en una cacería.

Fue a la cocina a tomar agua. Estaba demasiado sedienta. Acababa de terminar su segundo vaso cuando Anita entró a buscarla. Patricia no podía entender por qué sonreía tanto. Ella debía sentirse al menos un poco responsable, como entrenadora, por el fracaso de la chica. Pero Anita no hizo ningún comentario. La guio hasta el escritorio de Norah y la hizo entrar. Adentro estaban la jefa, en su lugar de siempre, Julián y el muchacho. El desconocido tenía unos dos años menos que Paty, un cabello castaño ondulado que le llegaba a los hombros, unos ojos marrones pícaros y una sonrisa odiosa. Patricia venía preparada para insultarlo, pero antes de que tuviera tiempo de decir nada, Norah la cortó.

—Ya vas a poder insultar a Gerónimo todo lo que quieras. Y tú, Gerónimo, vas a tener la oportunidad de pedirle perdón hasta que se te seque la garganta. Pero en este momento tenemos cosas más importantes que hacer, así que dejémoslo para después.

—¿Dónde está Álvaro? —preguntó Julián—. ¿Vamos a empezar sin él?

—No lo sé. Se retrasó. Considerando la situación, debido a la hora y a que Paty necesita reponerse del golpe, creo que es mejor empezar de inmediato —dijo Norah—. Ahora pasemos a ustedes. Julián, ¿cómo viste la actuación de Gerónimo?

—Él es una persona muy decidida, sabe lo que quiere y va tras ello, nada lo detiene —dijo Julián, sin poder evitar ocultar un cierto orgullo—. Me parece que está apto para ser un legionario.

—Bien —dijo Norah.

—Pero en su concentración a veces puede llevarse a alguien por delante —dijo Julián, mirando a Paty con simpatía—. Y hasta puede perder su personaje. Él estaba decidido a cazarlo y lo logró. Como recomendación, debería decirle que tiene que ser mucho más cauteloso.

—Concuerdo con todo lo que dijo Julián —dijo Norah—. Gerónimo ya lo sabía, lo sabía tan bien que se olvida de ciertas cosas. Esta vez fue una legionaria, pero otro día puede ser una persona cualquiera. Sé que se necesita el máximo poder de concentración para cazar, pero tampoco podemos olvidarnos de donde estamos mientras lo hacemos. ¿Entendido?

—Prometo ser mucho más cuidadoso en las próximas ocasiones —dijo Gerónimo avergonzado.

—Ahora pasemos a Anita —dijo la jefa.

Patricia no podía sentirse peor. Todavía estaba mareada por el golpe. Le parecía que aquel espacio era muy pequeño para todos los presentes y sentía que todas las miradas estaban fijas en ella. Había sido un día muy largo y lleno de emociones. Hace tiempo que quería llegar a donde estaba ahora. Sin embargo, cuando lo había hecho, sentía un temor inmenso. Temor a que todo hubiera sido una pérdida de tiempo. A no lograr aquello que tanto había soñado.

—Patricia hoy de verdad logró sorprenderme —dijo Anita—. Yo ya creía que tenía potencial, pero superó todas mis expectativas. Ella estaba dispuesta a ir detrás del personaje, e incluso cuando la dejaron casi fuera de combate no desistió de perseguirlo. Pero lo que más valoro de su actitud de hoy fue el darse cuenta de lo que tenía que hacer: el descubrir que ese personaje no era para ella sino para Gerónimo, y a pesar de estar muy desorientada por el golpe, arreglárselas para ayudar al chico.

—No podría estar más de acuerdo contigo —concordó Norah, y a Paty casi se le escapan las lágrimas al ver el orgullo en los ojos de esa gran mujer—. Digna legionaria, comprende que su lugar en la legión no es siempre cazar, sino también ayudar a otro. Por eso somos una legión y no cazadores solitarios. Con esto tenía que ver la quinta fase de su entrenamiento. Con amoldarse. Con ser parte de algo más grande que ustedes mismos. Bienvenidos ambos a la legión de escritores.

Norah abrazó a cada uno de los chicos y los felicitó otra vez. También se felicitaron entre ellos y Anita le dio un abrazo tan fuerte a Patricia, que casi le saca todo el aire de su cuerpo y hace que se desmaye otra vez. Paty estaba muy emocionada, casi a punto de llorar, pero no quería que Julián ni Anita la vieran hacerlo. El primero, porque le daba vergüenza, y su entrenadora porque seguro que burlaría de ella. Prefirió dejarlo para otro momento. Después llegó la oportunidad de enfrentarse a Gerónimo. Ambos legionarios iban ahora a la cabeza del grupo que se dirigía a la cocina a brindar.

—Lo siento mucho —dijo él, mirándola con más descaro que arrepentimiento—. Flor de golpe te di, ¿eh?

—Norah dijo "hasta que se te seque la garganta" —dijo Patricia, sorprendiéndose a sí misma de tratarlo con tanta confianza. Ella se había considerado siempre tímida con los hombres que apenas conocía.

Estaban en la cocina y el muchacho buscaba en la heladera una botella de vino que Norah le había pedido—. ¿Estás orgulloso?

—Ya tengo la garganta seca —gruñó Gerónimo —.Y no, fue sin querer.

—No me refería a eso —dijo Paty fingiendo inocencia—. Me refería al haber llegado a ser un legionario.

Gerónimo nunca llegó a responder al comentario que hizo Patricia, porque en ese momento la atención de todos se centró en unos gritos que venían del hall. Los dos nuevos legionarios se miraron sorprendidos y corrieron a ver qué era lo que producía aquel barullo. En el hall ya estaban ambos entrenadores y Norah, quienes se habían quedado atrás y nunca habían llegado a la cocina. Acababa de llegar Álvaro, y al parecer, estaba herido, tenía la camisa manchada de sangre. En sus manos había un cajón que estaba lleno de cajitas hasta arriba. A Patricia le costó un poco darse cuenta, pero después de un momento entendió que aquello era una caja repleta de personajes.

—Álvaro, ¿estás bien? —preguntó Norah—. Julián, ayúdalo a ir a la habitación de invitados.

—No es necesario, Norah —dijo el recién llegado—. Esta sangre no es mía. Apenas tengo un raspón.

—Entonces, ¿de quién es esa sangre? —preguntó Anita alarmada. Álvaro miró a Norah. Todos siguieron su mirada. El coordinador parecía dudar con respecto a hablar delante de ellos o no. Al final se decidió.

—Tenía mis sospechas de que uno de los cazadores de *La legión de compositores* era quien estaba vendiendo los personajes a otro país —dijo Álvaro, sacándose la camisa sucia, mientras se dirigía a la sala de recreo—. Entonces me propuse averiguar si mis sospechas eran ciertas. Estaba casi seguro de que era en el puerto dónde se daba el intercambio y allí fui. En determinado momento alguien salió de la nada y me atacó.

—¿Está muerto? —preguntó Anita alarmada—. ¿Quién era?

—No logre verlo. Se abalanzó sobre mí —dijo Álvaro, sentándose con lentitud. Todos estaban ahora en la zona de sillones de la sala de recreo —. Me defendí con mi navaja, lo herí, pero salió corriendo. No creo que haya muerto.

Norah palideció, pero no perdió la compostura. Todos permanecieron callados por un minuto. Patricia no podía creer lo que acababa de escuchar. Todos los días se asombraba más con las cosas que ocurrían en la legión. Aquello parecía ser una sorpresa para todos. Anita también se sentó, incapaz de articular ninguna palabra. Gerónimo, a pesar de su aparente seguridad y a estar acostumbrado a las cuestiones de la legión, se veía tan asombrado como Paty. Quien parecía haber tomado la noticia con menos horror y más calma era Julián.

—¿No lo seguiste? —preguntó Julián, actuando de forma fría y práctica comparada con el espanto que sentían los otros.

—Lo intente, pero le perdí el rastro.

—Pero no tenés ninguna certeza de que el fuera miembro de *La legión de compositores*, ¿cierto? —Anita estaba intranquila.

—No, ninguna. Igual esto no puede pasar desapercibido. Tenemos que hablarlo con los otros dirigentes.

—No te preocupes por eso, Álvaro, déjalo todo en mis manos —dijo Norah de forma resuelta.

CAPÍTULO XIX

Contrario a lo que Patricia había supuesto, después del episodio de Álvaro los ánimos se relajaron bastante en la sede. Al parecer se juntaron los cinco jefes y todo había salido bien. Omar había admitido que desde hacía un tiempo echaba en falta algunos personajes, y a pesar de que no le hacía gracia que creyeran que había un traidor entre ellos, lo que había ocurrido no le había sorprendido. Como le explicó más tarde Anita, en cada sede de las cinco ramas había un depósito de personajes. Allí, cada cazador pone todos los personajes que caza pero que no le sirven para sus historias. Así, tal vez otro legionario que tenga más afinidad con dicho personaje puede hacer uso de él. Y esos eran los personajes que aquel supuesto hombre de *La legión de compositores* había intentado vender la noche que Álvaro lo descubrió.

Parecía ser que el capturar al traidor era cada vez más posible, y todos pensaban que se mantendría más tranquilo teniendo en cuenta que casi había sido descubierto. La gente empezaba a calmarse, y ahora lo que estaba en la mente de toda la legión era prepararse para el baile de graduación. Durante las próximas dos semanas hasta el día de la gran noche, Patricia sabía que no tendría ninguna otra cacería debido a que su legión de escritores estaba descansando, y era el turno de estar de guardia de otra legión. De todas formas, Patricia seguía visitando la sede de cuando en cuando. Así fue que en uno de esos días, alguien metió en su mente una nueva preocupación.

—¡Patricia! ¡Qué bueno verte! —dijo Tami cuando la nueva legionaria entró en la sala de descanso—. ¿Qué hacés por acá? Me enteré de que ya sos una legionaria. ¡Felicitaciones!

Patricia se quedó un tanto cortada ante las efusivas muestras de cariño de parte de Tami. Casi nunca hablaba con ella, y podía contar con los dedos de una mano la cantidad de veces que habían estado solas en la misma habitación. No es que le cayera mal en especial, pero estaba claro que le tenía un poco de celos a causa de Julián. En aquel momento sintió cómo su discurso le cortaba el aliento y le sacaba todas sus energías. Siendo sincera consigo misma, no se sentía cómoda estando a solas con ella. Ambas estaban ahora sentadas en la zona de los sillones de la sala de recreo.

—Muchas gracias —dijo Patricia—. Vine para acá para encontrarme con Anita.

—Ah, qué bueno. Un día de estos tenemos que hacer algo las tres juntas o con alguna de las otras legionarias jóvenes también. ¡Ah! ¡No sabés lo que tengo acá! La revista con el modelo de vestido que me mandé hacer para la graduación. Mirá, ¿no es divino?

—Es muy lindo —dijo Paty, observando preocupada el hermoso vestido en la foto.

Casi infarta en aquel mismo momento al darse cuenta de que ella también necesitaba un vestido para la ocasión. Por lo que Patricia pudo ver, basándose en el vestido de Tami, la prenda que debía usar no era como un vestidito que se ponía para ir a un cumpleaños de quince, sino que era más parecido a lo que usaría la propia quinceañera. ¿De dónde iba a sacar ella un vestido así? Por suerte en aquel momento llegó Anita, librándola de la conversación.

—Qué gusto verte, Anita. Lástima que ya tengo que irme —Tami le dio un beso a Anita y tomó sus cosas—. Chau.

—¿De qué charlaban? —preguntó Anita cuando Tami ya no estaba—. ¿De moda?

—Más o menos —dijo Paty sonriendo. Pero pronto cambió su actitud y se puso seria—. Anita, esto es un desastre, no sabía que era tan de gala el baile. ¿De dónde voy a sacar un vestido de cumpleaños de quince para dentro de dos semanas?

—Uh, cierto, me olvide de que este será tu primer baile —dijo Anita—. Mi madre siempre me hace el mío. Le pediría que te hiciera uno para vos, pero este año empezó a hacérmelo muy tarde. Además, siempre tengo que escucharla quejarse que le cuesta un horror coser un vestido negro.

—Bueno, ¿qué hago? —preguntó Paty nerviosa.

—Tranquila, Paty, es sólo un vestido. A ver, ¿cuál sería tu mayor dificultad para conseguir uno? ¿La plata?

—No, tengo algunos ahorros. Además podría pedirles a mis padres. No soy muy de gastar —dijo Patricia pensando—. Creo que lo más difícil sería explicarle a mi madre para qué es que lo necesito.

—Eso es facilísimo —dijo Anita con una sonrisa pícara—. Le decimos que mi prima se casa, que te invitó y que va a ser terrible fiesta. Si querés, hasta inventamos una invitación falsa.

La madre de Patricia estaba cada vez más preocupada por su hija: sentía que ambas estaban cada vez más distanciadas. Así que cuando Paty le pidió si podía acompañarla a comprarse un vestido casi se pone a llorar. Durante todo el proceso que significó encontrar el atuendo perfecto para la ocasión, su madre no dejó escapar la oportunidad de comentarle lo distante que la sentía en el último tiempo. Patricia le dijo que en verdad le apenaba que pensara eso, pero que en realidad no era nada personal contra ella, sino que en últimamente tenía demasiadas cosas para hacer. Sinceramente, ambas disfrutaron mucho de aquella oportunidad de estar juntas y charlar. En especial, porque después de una larga jornada encontraron el vestido perfecto.

Cuando Paty lo vio colgado, supo a primera vista que era el indicado. Era la prenda más hermosa que había visto en su vida. De color rojo pasión y de una tela muy suave; no podía ser mejor. Al probarlo se quedó sorprendida por descubrir que le calzaba de maravilla. El vestido no tenía tirantes, pero no hacían falta: se ajustaba perfectamente a su torso y no se caería jamás. La falda tenía una caída encantadora que terminaba exactamente donde lo hacían sus pies. Era el vestido soñado. Su madre estuvo de acuerdo en eso.

Ahora que Paty tenía qué ponerse, no podía esperar a que llegara el día del baile. Se sabía a la perfección las primeras dos piezas que iba a representar aquella noche. A pesar de que bailar con Julián no seguía siendo para ella lo mismo que en el pasado, igual disfrutaba mucho en los ensayos. Y faltando sólo una semana para el gran día, le tocó ensayar la otra danza. Aquella sería la pieza en la que estaría más expuesta. Sólo la bailarían los nuevos legionarios que, como Patricia descubrió más tarde, eran apenas ocho entre las cinco ramas de la legión.

El primer día de ensayo llegó, era en la misma sala mediana que había estado antes, rodeada de espejos y con suelo de madera. Patricia sabía que Gerónimo sería su pareja de baile para aquella pieza. Cuando llegó al lugar, todos los otros legionarios ya estaban allí, pero la profesora todavía no había llegado. La chica estaba un poco nerviosa. Era consciente de que esa danza era la más difícil, la que mejor les tenía que salir y para la que menor tiempo de práctica dispondrían. Ella observaba cómo Gerónimo charlaba con otros dos legionarios, que probablemente conociera del entorno. Se le veía tan sereno, tan confiado, que Patricia no pudo reprimir la ola de celos que la invadió.

Durante los diez minutos que la profesora tardó en llegar, Patricia no pudo despegar sus ojos de Gerónimo. Era menudo, pero parecía ser fuerte y ágil. Era casi una cabeza más alto que ella. Vestía de forma corriente, sin ningún elemento que lo hiciera sobresalir. Su rasgo más distintivo era que se veía siempre cómodo en cualquier ambiente o situación. Para muchos resultaba muy simpático, y los otros dos chicos parecían disfrutar mucho de su compañía. A Patricia le daba la impresión de que su seguridad rozaba con la impertinencia, y nada de lo que lo rodeaba aparentaba importarle mucho. Patricia lo había comprobado en carne propia. No le quedaba ninguna duda: Gerónimo no le caía bien.

—Me da un poco de miedo bailar contigo —dijo Paty mientras todos se aprontaban con sus parejas para comenzar—. ¿Cómo sé que no voy a terminar otra vez en el suelo?

—No tenés más remedio que confiar en mí —dijo Gerónimo tomándola con fuerza de la cintura y de la mano—. Estas atrapada.

—También me contaron por ahí que escribís en un blog —dijo Paty, por decir algo. Tanta cercanía con él la hacía sentir nerviosa.

—Típico, me imagino que vos sos una de las que opina que escribir lo que uno piensa en un blog no es una forma válida de expresarse —dijo él haciendo que ambos giraran.

—No sé por qué habrás llegado a esa conclusión, pero está muy errada —dijo Paty consiguiendo al fin liberarse del apretado abrazo de Gerónimo—. Me considero bastante ignorante como para discernir qué vale la pena leer y qué no.

—Me parece muy bien. Una chica humilde —dijo Gerónimo con ironía.

—Sin embargo, de lo que sé un montón es sobre cómo descubrir a un idiota en un solo golpe —dijo Paty.

—Basta de tanta charla y a ver si empezamos a ensayar —dijo la profesora, entrando en la habitación y no dándole tiempo a Gerónimo de replicar.

Fue una jornada muy agotadora para Patricia. Cansadora, pero de lo más divertida. Al final le dolían: los pies de tanto bailar, la cabeza, por tener que pensar todo el tiempo en comentarios ingeniosos para decirle a Gerónimo, y los cachetes y el estómago de tanto reírse de las cosas que decía su pareja de baile. Aunque a Paty le doliera en el alma aceptarlo, al final del día tuvo que reconocer que Gerónimo era un chico muy divertido. Por más entretenido que fuera, no terminaba de convencerle del todo y presentía que podía llegar a ser muy desagradable. Cuando ya habían terminado de bailar apareció en el salón de ensayos Julián.

—¿Cómo estuvo ese baile? —preguntó acercándose a Paty y a Gerónimo.

—Por mi parte, fenomenal —dijo Patricia—. Pero por más que nos esforzamos, no logramos que Gerónimo hiciera bien un solo paso.

—Yo sólo soy el reflejo de mi compañera de baile —dijo el chico un poco molesto.

—Lástima que no seas el reflejo de tu entrenador —dijo Julián casi en broma.

—Diríamos más bien que por suerte —dijo Gerónimo mientras guardaba sus cosas ante la mirada nerviosa de Paty, que no podía dejar de ver que había una obvia tensión entre ellos.

—Paty, no te fíes de él —dijo Julián intentando que sonara como un chiste—. No es tan bueno como parece.

—Claro que no, Paty —dijo Gerónimo desafiante—. Pero al menos no pretendo hacer creer que soy mejor de lo que en...

—Chicos, la verdad que hoy se lucieron —dijo la profesora, librándolos de la delicada situación—. Vamos a ser un éxito.

—Gracias —dijo Gerónimo, retirándose—. Chau, Paty. Chau, Amelia.

—Parece que todo marcha bien —dijo Julián cuando estuvo solo con Paty—. ¿Querés que te lleve hasta tu casa?

Julián, como de costumbre, se mostró amable y caballero mientras la llevaba a casa en su auto, pero nada más. La pelea que se había dado entre él y Gerónimo la había dejado pensando un poco. Estaba más que claro que había algún tipo de problema entre ellos.

Los días previos al baile de la graduación se fueron volando. Patricia ni sentía el correr del tiempo. Ahora que al fin había terminado el entrenamiento, su relación con Anita se había convertido en una amistad. Y si bien ahora no se veían tanto, seguían entrenando juntas y compartiendo buenos momentos. Practicó un par de veces más con Julián, pero más que nada aprovecharon los últimos días a ensayar la danza que harían con Gerónimo. Era el baile más difícil, pero también era el más movido y divertido. Sus sentimientos hacia Gerónimo eran cada día más ambiguos. Por momentos le tenía un gran aprecio y le parecía una persona encantadora que incluso podría convertirse en su amigo. Pero la mayoría del tiempo lo detestaba. Era demasiado egocéntrico, muy seguro de sí mismo y pedante.

CAPÍTULO XX

La hora tan esperada llegó. Paty no cabía en sí de su excitación. Los últimos momentos de espera se le hicieron eternos. Desde que Anita fue a buscarla a su casa, con las fotos de rutina que su madre les obligó a sacarse a ambas, el tiempo no pasaba más.

—A ver, Paty, si te quedas quieta un segundo —dijo Carla, enfocando la cámara hacia ella y Anita.

—¡Dale, mamá! Vamos a llegar tarde —la chica llevaba su nuevo vestido rojo y el pelo peinado en un semirrecogido.

—Paty, hacele caso a tu mamá, es un segundo nada más —dijo Anita agarrando a Paty de un brazo para que dejara de moverse. La entrenadora tenía puesto un vestido negro con volados de gaza.

—Estás horrible, Patyloca —dijo Mateo, el hermano de Patricia, entrando al salón con un bowl de pop, y se sentó en uno de los sillones a comer.

—¡Mamá! Decile que se vaya —gritó Paty enojada.

—Teo tiene razón, Paty, estás horrible —dijo Manuel sentándose junto a su hermano, ambos riendo de forma tonta, y compartieron el pop.

—Carla, creo que ya tenemos suficiente, mejor nos vamos —dijo Anita. Ambas chicas se despidieron, Carla le dio un apretado abrazo a su hija, tomaron sus bolsos y fueron camino a la graduación.

A pesar de que se acercaba el comienzo de la primavera, todavía hacía frío y Anita tuvo que poner la calefacción en su auto. El trayecto hasta el salón le pareció a Paty la media hora más larga de su vida. Pero allí estaba. En la entrada de aquel hall magnificente, iluminado y decorado. Por todo el lugar se veía la iconografía de la legión. Los arcos con máscaras de teatro, notas musicales, cintas de celulosa, pinceles, y el preferido de Paty: con la pluma. La legionaria tuvo que hacer un verdadero esfuerzo para no largarse a llorar.

Ese día resumía el inmenso esfuerzo que había hecho durante el correr del año. Ya no era la misma Patricia que Julián había conocido meses atrás. Había madurado y aprendido tanto que sentía que cualquier sacrificio había valido la pena para llegar a donde estaba. Su vida había adquirido un significado nuevo por completo. Ella jamás volvería a ser la misma Paty, y se sentía contenta por eso. Ya no podía imaginar su existencia sin la legión, sin Norah, y más que nada, sin Anita.

Su entrenadora se dio cuenta de que la chica estaba a punto de quebrarse y abrazándola la invitó a entrar en el local. Era un lugar estupendo y muy amplio. El espacio central era la pista de baile. Constaba también de una zona apartada con mesas y sobre una tarima había una orquesta tocando música muy suave. Muchos de los invitados ya habían llegado y estaban todos repartidos por la pista de baile charlando y compartiendo un cocktail. La gente vestía de forma muy sobria y elegante. Paty pudo apreciar a simple vista que algunas de las mujeres llevaban vestidos espectaculares.

Vieron que Norah y otros miembros de la Legión de escritores estaban cerca de la orquesta y se dirigieron hacia allí a saludarlos. A Patricia casi se le para el corazón al ver a Julián vestido tan elegante, de traje negro y corbata verde. Sin embargo, no le pasó desapercibido el hecho de que Tami también se viera espléndida, con un vestido coral de espalda abierta. Estaba con ellos también Ismael, que ni de traje parecía estar dispuesto a respetar el espacio físico de las personas. Y Álvaro, de quien Paty pensó que estaba demasiado serio para la ocasión. Casi como un acto reflejo, la chica buscó a Gerónimo por la pista de baile.

—No te preocupes, Paty —dijo Anita leyendo su mente—. Tu compañero de baile va a venir en cualquier momento. Lo que pasa es que se debe de haber retrasado por culpa de su madre. Parece ser de las que gusta de hacer esperar a la gente.

—¿Va a venir con sus padres? —preguntó Paty asombrada.

—Claro que sí –afirmó Anita—. Ellos también están invitados. Además, es la graduación de su hijo, no se la perderían por nada en el mundo.

—¿Los padres de Julián también están? —preguntó Paty sintiendo que el corazón se le entristecía—. ¿Y los de Tami?

—Sí, la mayoría son legionarios. En estos casos, bastante cercanos a la legión y activos —dijo Anita comprendiendo enseguida que había metido la pata—. Si te sirve de consuelo, mi novio está de viaje y mis padres no vienen. Y los de Norah tampoco.

—Los de Norah deben de estar muertos desde hace mil años —dijo Paty, tristona.

—Hola Anita —dijo un hombre acercándose a saludarla—. Perdón que no pueda hablar contigo ahora, pero tengo que ir a hacer unos mandados. Después nos ponemos al día.

—Tranquilo, Bruno, no me voy a ir a ningún lado —dijo Anita.

—¿Quién era ese hombre? —preguntó Paty, dejando un poco de lado la tristeza y dándole rienda suelta a su curiosidad.

—Es uno de los miembros de *La legión de compositores*. Muchos de ellos son amigos de mi novio.

—¿Y están acá los dirigentes de las distintas ramas? —preguntó Paty mirando a su alrededor.

—Claro que sí, boba —dijo Anita—. Demos un paseo y te los muestro a todos.

Fueron juntas recorriendo la pista mientras cuchicheaban. Todas las personas parecían estar muy entretenidas, disfrutando de un buen momento. Había alrededor de seiscientas personas y casi la misma cantidad de hombres que de mujeres. Anita le mostró un grupo de gente donde estaba un tal Guillermo. Le explicó a Paty que aquel hombre era el responsable por la rama de dramaturgos. Era muy flaco, tenía el pelo enrulado y negro y un pequeño bigotito que hacía juego con su cabello. Hablaba muy rápido y gesticulaba de una manera tan graciosa que Paty no pudo evitar preguntarse cómo hacía la gente que hablaba con él para no reírse. Con él había una mujer muy alta y delgada, que vestía una túnica gris llovida, parecida a su pelo castaño y lacio. Era la jefa de la rama de las artes plásticas.

—Sí, es todo un personaje —concordó Anita viendo la expresión divertida en el rostro de Paty.

—Es muy gracioso —dijo Paty—. ¿Y dónde están los otros dos?

—Justamente allá, están charlando —señaló con discreción Anita hacía un rincón—. Mirá con mucho disimuló. El que está más hacía la izquierda es Hugo, el de los guionistas, y el otro es Omar, el de los compositores.

Patricia miró hacia donde Anita le indicaba. Omar, el que estaba más a la izquierda, era un hombre bajito y regordete. Ya casi no le quedaba nada de lo que solía ser una melena de pelo castaño. El otro hombre tenía una apariencia bastante extraña. La chica no lograba decidir si parecía demasiado alto porque era muy flaco o parecía muy flaco porque era demasiado alto. Lucía una extravagante raya al medio en su cabellera y unos gruesos lentes. Al segundo de los hombres, Paty tenía la sensación de haberlo visto con anterioridad.

—¡Qué pareja despareja! ¿Eh? —dijo Paty riendo.

—Sí, son los dos tan sensuales… —dijo Anita, fingiendo un repentino enamoramiento—. Omar tiene unos cachetitos tan mofletudos...

—Casi para morderlos —dijo Paty.

—¿De qué se reirán estas dos locas? —dijo Gerónimo apareciendo por atrás de Paty—. Seguro no se traen nada bueno entre manos.

—Mirá qué buen mozo estamos hoy —dijo Paty, admirando con sinceridad lo elegante que se veía Gerónimo—. Hasta pareces una persona de verdad.

—Lástima que no se pueda decir lo mismo de vos, que parecés una muñequita de torta —dijo Gerónimo, intentando ocultar sin éxito que no era indiferente a la apariencia de Paty.

—Bueno, bueno, tortolitos —dijo Anita—. Me parece que ya es hora de que nos aprontemos para hacer el primer baile. Dale, Gerónimo, no seas marmota y vamos a donde tenemos que pararnos.

—Suerte, Paty —dijo Gerónimo con ironía—. Esperemos que esta vez te salga bien toda la coreografía.

—Me va a salir mejor que a vos, seguro —dijo Paty indignada, pero hablándole más al aire que a nadie porque Gerónimo y Anita ya se había ido.

—¿Preparada? —preguntó Julián saliendo de la nada y tomándola de la cintura—. ¿Estás muy nerviosa?

—No por el baile en particular —confesó Paty—. Pero sí por la extraña habilidad que parecen tener hoy todos para aparecer cuando menos lo espero.

Aquella noche acababa de empezar y Patricia sentía que su cuerpo estaba desgastándose con rapidez a causa de tantas emociones. Se sentía flotar en los brazos de Julián; ambos cuerpos parecían amoldarse a la perfección y la pista parecía ser sólo de ellos. Le dolía pensar que Julián no se sintiera atraído por ella, pero tenía que aceptarlo.

La primera danza concluyó y en la pista sólo quedaron los más nuevos con sus entrenadores. Paty se dio cuenta de que la atención de Julián había abandonado la pista de baile y estaba ahora al borde de esta, donde Álvaro y Tami charlaban. No podía quejarse: su atención misma ya no se encontraba tan centrada en Julián, sino que seguía los movimientos de Gerónimo y Anita. Al verlos, una punzada de celos la atravesó. Ambos bailaban y se les veía más distendidos y a gusto de lo normal. Parecían llevarse muy bien, demasiado bien. En seguida Patricia se reprochó sus estúpidos celos. ¿Qué le importaba a ella si eran amigos? La amistad que ella tenía con Anita era mucho más fuerte de la que ellos dos podrían llegar a tener. No tenía por qué temer perder la amistad de su amiga. Tenía que parar con los celos o le arruinarían la noche.

Las dos primeras piezas de baile llegaron a su fin. Todos abandonaron la pista y cada uno buscó la forma de relajarse, recuperar las energías y tomar algo antes del discurso que daría Norah. Todos los años hablaba alguno de los cinco dirigentes, y este año le había tocado a ella. Gerónimo y Paty no podían estar más contentos de que justo el año de su graduación le tocara hablar a la jefa de su rama. Mientras se preparaba para el discurso, Paty fue a buscar algo para calmar la sed. Fue una suerte para Anita que en esos momentos estuviera poco menos que acorralada contra la pared por Ismael.

—Anita, te estaba buscando por todos lados —dijo Paty interponiéndose ente ambos—. Hola, Ismael, estás muy elegante.

—Gracias Paty —dijo él, no dejando pasar la oportunidad de darle uno de sus pegajosos besos—. Vos también estás muy linda. Y bailaste muy bien.

—Muchas gracias —dijo Paty tomando a Anita del brazo—. ¿Te puedo robar a Anita? Es que necesito que me acompañe al baño.

—Estas mujeres y su extraña costumbre de ir al baño siempre de a dos —dijo Ismael, un poco indeciso sobre el espacio personal de quién invadir—. Te la presto, pero sólo por un ratito.

—Ya te la devuelvo —dijo Paty mientras se alejaba—. Es sólo una emergencia que tuve con mi vestido.

—No, no, eh... Mirá que si me llevás no tengo vale de devolución —dijo Anita con gran alivio—. Es rebueno, pero a veces puede ser un poco pesado. ¿Qué te pasó con el vestido?

—¡Qué buena actriz que soy! —Paty se felicitó a sí misma—. Te vi en apuros, y como buena amiga que soy, te fui a rescatar.

—¡Mi nueva ídola!

—Con el que te vi charlando muy contenta y sin necesidad de ser salvada fue con Gerónimo –comentó Paty.

—Ese chico será todo lo creído que quieras, pero es muy bueno. Y tan gracioso… —dijo Anita entrando al baño—. Hace reír hasta a las piedras.

—Chicas, chicas, no se queden mucho charloteando en el baño que ya va a ser el discurso de Norah —dijo Tami saliendo.

—¿Por qué tiene que ser tan perfecta? —preguntó Anita con sarcasmo.

—Porque la vida es muy injusta —contestó Paty.

Después de esperar un tiempo prudencial, las chicas salieron del baño e hicieron un paneo del lugar para evitar tropezarse otra vez con Ismael. La gente ya estaba concentrándose alrededor del escenario donde Norah estaba preparada, pronta para hacer su discurso, junto con los otros cuatro dirigentes al lado de ella, sólo a modo de acompañamiento. La jefa vestía una túnica marrón con detalles en plateado que le quedaba muy elegante. Anita sabía que en algún momento después del discurso Patricia tendría que subirse al escenario a buscar su diploma. Así que le hizo señas para que se ubicara cerca de alguna de las escaleras de subida. El discurso transcurrió de forma muy amena y por fin llegó el momento que le concernía a Paty.

—En el último tiempo nos han tratado de retrógrados —dijo Norah—. Nos han acusado de no ser todo lo originales que debemos. De ser anticuados y represores. Pero no tenemos que tener miedo de esas personas, y enfrentarnos con la cabeza levantada a quienes nos tachan de tales cosas. Nosotros acunamos las tradiciones porque son ellas las que mantienen viva a la legión. Creo que respetar las viejas formas es un modo de respetarnos a nosotros y darles la oportunidad a los futuros legionarios de vivir lo que nosotros vivimos. No por eso rechazamos las nuevas tecnologías, ni los aportes creativos que quienes llegan tienen para hacer. La base está en la conciencia. En lograr entender que buscamos algo nuevo, pero para encontrarlo miramos lo viejo. Esa es la esencia de entrenar a un legionario: poner contenidos viejos en envases nuevos. Y esperar que de esa mezcla surja lo mejor posible. Estamos orgullosos de ver que este año pudimos lograr eso con estos nuevos chicos. Ellos ahora valen por dos, porque cuentan con nuestra sabiduría y sus experiencias propias. ¡Felicitaciones, nuevos legionarios!

Nerviosa y como pudo, Paty subió junto con los otros nueve nuevos miembros a recibir su diploma. La emoción que embargaba su cuerpo era enorme mientras escuchaba a todos los invitados aplaudir. Uno a uno fue saludando a todos los distintos mandatarios, y por último saludó a Norah. El cariño que sentía por esa mujer era indescriptible. Ella se había vuelto uno de los pilares más importantes de su vida en los últimos meses. Una vez que todos tuvieron sus diplomas y que hubieron sacado las fotos de rigor, volvieron a bajar para que Norah anunciara el último baile.

—Quiero agradecer a los otros jefes. Creo también haber hablado en nombre de ellos en mi discurso —dijo Norah—. Por favor saluden a...

—¿Nerviosa? —preguntó Gerónimo, apareciendo por detrás de ella e impidiendo que Paty escuchara los saludos—. Seguro que no podés más de los nervios.

—¿Por qué tu objetivo es siempre hacer mi vida infeliz? —preguntó Paty sin poder ocultar su sonrisa.

—Porque como bien vos lo sabés, soy un vil torturador de lo más despreciable.

—Bueno, y ahora vamos a dejar que se deleiten con una pieza más moderna ejecutada por todos los nuevos legionarios —dijo Norah, cerrando su discurso. La gente comenzó a aplaudir mientras se acomodaba, dejando despejada la pista donde iban a bailar los jóvenes.

—Ahora sí me puse nerviosa —dijo Paty sintiendo cómo su corazón palpitaba con rapidez.

—Sos tan predecible —dijo Gerónimo mientras se ubicaban en la pista.

—Me asombra la forma en la que disfrutás del sufrimiento ajeno —ya estaban en posición, él tomándola de la cintura y ella con la mano en su hombro.

—Es que uno tiene que tener la capacidad de mantener el buen humor en todo momento —dijo Gerónimo con una amplia sonrisa en su cara—. La habilidad de reírse de uno mismo en caso de que las cosas salgan mal.

—Claro, por supuesto. En eso coincido cien por ciento contigo. Pero en algunos casos prefiero usar otra técnica que me resulta mucho más útil que reírme de mí misma —dijo Paty con picardía.

—¿Se puede saber cuál es esa táctica tan efectiva? —inquirió Gerónimo con ironía.

—¡Ah! Es un clásico. Consiste en imaginarme que a mi alrededor todo el mundo está desnudo —dijo Paty mirando a Gerónimo de pies a cabeza—. Siempre funciona.

En ese mismo momento la música comenzó a sonar. Paty se sintió muy satisfecha al ver que Gerónimo se había sonrojado hasta las orejas. La chica podía ver como él se esforzaba en buscar las palabras correctas para responder, pero no conseguía hacerlo. Paty se sentía feliz de hacerlo pasar vergüenza, pero tampoco podía ocultar que estaba contenta de bailar con él. Con Julián el baile había sido muy bueno, pero no podía evitar sentirlo ausente. Gerónimo, sin embargo, estaba pendiente de ella en cada giro. A pesar de su cómica cara de ofendido, estaba claro que le preocupaba que el baile saliera bien.

—No está bueno humillar a tu compañero de baile —dijo Gerónimo fingiendo, muy mal, estar enojado, aunque sí parecía un poco incómodo—. Y menos que menos imaginártelo desnudito, como su mamá lo trajo al mundo.

La gente estaba aplaudiendo la buena actuación de los legionarios. Patricia se quedó sola en la pista riéndose de la actitud de Gerónimo, que ya se había alejado de allí. La noche venía siendo increíble. Nunca antes en su vida había participado de una fiesta del calibre de aquella. Lo único que empañaba un poco su alegría era no poder compartir esa experiencia con su familia. Por su propio bien decidió dejar esos pensamientos de lado y dedicarse a disfrutar de la noche. Igual, antes que nada, tenía que ir al baño. Pero, el baño más cercano a la pista estaba lleno. Anita le había comentado que en un sector del salón había otro baño, cerca de unos cuartos donde la gente iba a descansar.

Subiendo una escalera que daba a la galería superior, que daba a los cuartos de descanso, Patricia se dirigió al baño. Por suerte para ella nadie los había descubierto y no había un alma por allí. Sin embargo, al salir del baño, una sorpresa muy desagradable la esperaba. Estaba a punto de abrir la puerta cuando escuchó risas. Casi de forma automática y sin saber muy bien por qué, volvió al baño y se quedó escuchando detrás de la puerta. Se reprochó a sí misma por tener aquel tipo de actitud. Se le había pegado en el último tiempo, y no le gustaba. De todas formas ahora ya no había vuelta atrás, ya no podía salir de allí.

Se arrepintió muchísimo de su indiscreción. Escuchó con atención para ver de quién se trataba; tal vez fuera sólo Anita y todo estaría bien. El alma y toda la alegría de la fiesta se le fue al piso. Sus peores sospechas se estaban confirmando en aquel preciso momento. Quienes venían charlando muy alegres, en un tono cómplice, eran nada más y nada menos que Tami y Julián. Paty trató de serenarse, pensar con calma y evitar que el mareo que le estaba entrando la llevara a sentirse peor. Capaz que estaban charlando nomás. Podían estar teniendo una conversación amigable. La malpensada que veía cosas donde no estaban era ella. Pero aunque se hiciera la tonta, no pudo dejar de escuchar el comentario de Tami.

—Dale, Julián —dijo ella de forma seductora—. ¡Atame el vestido! No vas a querer que aparezca en la pista de baile semidesnuda.

—Ni loco, vos sabés que te quiero así sólo para mí —dijo Julián mientras la besaba—. Andá vos primero. Yo voy dentro de unos minutos.

—¡Ah! El señor no quiere que el mundo se entere de que nos perdimos el discurso de Norah y el baile de los nuevos —dijo Tami con crueldad.

—Pensé que eras vos la que no querías que se sepa nada.

—Sí, dejémoslo así. Una relación clandestina es más excitante —dijo Tami, y volvieron a besarse. O por lo menos eso supuso Paty.

CAPÍTULO XXI

No podía decir que aquello le resultara una gran sorpresa, pero una cosa era sospecharlo y otra muy distinta era verla con sus propios ojos. La amargura que sentía en ese momento era inmensa y tenía que hacer un esfuerzo enorme para evitar ponerse a llorar.

Después de unos largos cinco minutos desde que Julián había vuelto a la pista de baile, Paty se sintió segura y decidió reencontrarse con el resto del mundo. Se sentía demasiado dolida y no sabía cómo hacer para enfrentarse a la gente. Tenía miedo de ir a la mesa, sentarse con los otros, y en el medio de la cena estallar en lágrimas. No podía permitírselo, pero tampoco quería volver a encerrarse en el baño. De todas formas esa ya no era una opción. Caminando por el pasillo venía Gerónimo. Y ya la había visto.

—Que te quede claro que en algún momento me voy a vengar de tu agresión verbal —dijo él, parándose junto a Paty.

—Ahora no, Gerónimo —dijo Paty haciendo un puchero—. No es un buen momento.

—Ay no, recién empezó la fiesta y ya estás borracha —dijo él, arrastrándola hacia un balcón que había allí cerca—. Tomemos un poco de aire. No queremos que todo el mundo se entere de que se te fue la mano con las copas.

—No es que esté borracha, nene —dijo Paty sofocando un sollozo—. Es que estoy triste.

—Ah, no me llores que te arruinás todo el maquillaje —dijo Gerónimo tomándole la mano. Estaban en un balcón pequeño y debajo de ellos podían ver a algunos legionarios fumando. Ambos estaban de pie apoyados contra la baranda—. Y ahí no vas poder hacer nada para evitar que todos piensen que te pasaste con el alcohol.

—Hoy es un día muy fuerte —dijo Paty, que hacía un esfuerzo enorme y todavía no lloraba. Hacía frío, pero el *chal* que llevaba sobre los hombros la ayudaba.

—Mirá, hagamos un trato. Si vos no llorás, yo a cambio te presto mi oreja y escucho todos tus dilemas existenciales.

Patricia suspiro resignada. No quería que Gerónimo supiera que estaba mal por causa de Julián. Sin embargo, no era la única razón por la que se sentía triste, así que pensó que tal vez fuera buena idea desahogarse un poco con Gerónimo. Y le contó todo lo de su padre. Que le encantaría que él pudiera estar ahora con ella. Que le desesperaba no saber nada sobre su vida, y también que le hubiera gustado mucho compartir aquel día tan especial con su madre, Marcos y sus hermanos, pero sabía que ella no estaría de acuerdo con que su hija se convirtiera en una legionaria. Le confesó que sentía celos de él, de que sus padres estuvieran allí y que toda su vida él hubiera sabido lo que era ser un legionario. La chica sentía que estaba cada vez más cerca de ponerse a llorar.

—No, no... prometiste no llorar —dijo Gerónimo percibiendo lo que se venía—. Está bien. Sólo porque no quiero que te arruines tu lindo maquillaje te voy a contar algo que me da mucha vergüenza y sólo te lo cuento porque sé que va a hacer que te sientas mejor.

—No te creas. No soy como vos que disfrutás de la desgracia ajena.

—Ah, pero creeme que con esto vas a sentirte mejor —dijo él—. Bueno, acá va. El día que X intentó penetrar en mi cuerpo por primera vez, me hice pis.

—¿Qué? —preguntó Paty entre asombrada y divertida.

—Como oís. Aparte de desmayarme cuando me desperté, estaba sobre un charquito.

—¡Así que fuiste vos! —dijo Patricia, ahora riendo sin disimulo—. Estaba convencida de que había sido Julián.

—No, no fue él. Fue tu humilde servidor —dijo Gerónimo—. Sabía que te haría poner de buen humor.

—La verdad es que me ayudó —Paty ya no tenía más ganas de llorar—. Es más: me hubieras contado eso antes y me podría haber evitado imaginarte desnudo.

—Supongo que igual no hubieras desperdiciado la oportunidad de evocar una imagen tan linda a tu mente —dijo Gerónimo—. De todas formas, Paty, el punto es que mis padres me enseñaron un montón de cosas. Pero hubo otras para las que no pudieron prepararme, y es más: hasta me perjudicaron en algunos aspectos. Yo no le tenía miedo a X, estaba tan acostumbrado a ver espectros que para mí era de lo más normal. Vele el lado positivo. No conocer a los personajes te hizo temerles y poder enfrentarlos mejor.

Patricia ya estaba más tranquila. No se había podido desahogar con respecto a cómo se sentía hacia Julián, pero bueno, por lo menos Gerónimo la había hecho sentir un poco mejor. Así que juntos decidieron volver al salón donde la mayoría de la gente ya se había sentado porque estaban a punto de servir la cena. Por suerte las mesas estaban distribuidas de acuerdo a la antigüedad de los legionarios. Anita, Julián, Paty, Ismael, Gerónimo y Tami estaban en la misma mesa que otros legionarios jóvenes como ellos.

La comida estaba deliciosa. A modo de entrada había saladitos; los preferidos de Paty eran las canastitas de palmitos. En todo el lugar en general se respiraba un aire de alegría, y los resentimientos y sospechas parecían haber quedado atrás. Después del primer plato pusieron un poco de música para que la gente bailara e hiciera espacio para el plato caliente, que sería una carne con papas y salsa agridulce. Todo era muy clásico y formal en la velada, pero no faltó algún que otro tema musical más movido ejecutado por la orquesta. Todos los invitados estaban pasándola de maravilla. Patricia estaba otra vez entusiasmada. Después que hubo pasado el mal rato, la noche volvía a parecerle encantadora.

Los chicos estaban preparados para empezar a disfrutar del postre cuando un ruido llamó la atención de todos los invitados. La charla y la música cesaron al instante y se volvieron a escuchar un par de detonaciones. Todos los presentes se quedaron helados. El ruido parecía venir de una de las habitaciones de descanso. Patricia miró a Anita asustada. Esta le respondió con un gesto, como dándole a entender que sabía tanto como ella sobre lo que estaba pasando.

Nadie se movió cinco minutos. Todos estaban atentos, pendientes de si se escuchaba otro sonido. Pero nada pasó. Paty se dio cuenta de que los principales dirigentes se miraban con complicidad. Parecían estar poniéndose de acuerdo en cómo actuar. Algunos de los hombres que ella no conocía amagaron con ir a ver lo que había pasado. Norah no se veía dispuesta a que nadie se arriesgara saliendo del salón. Pero la gente comenzó a moverse inquieta y algunas personas abandonaron la fiesta.

Guillermo, el dramaturgo, fue quien rompió la resistencia de Norah, y él, junto con dos hombres, fueron a averiguar qué era lo qué había sucedido. Subieron las escaleras y se dirigieron a los cuartos de descanso. Patricia estaba en todo momento cerca de Anita e Ismael. Pero no podía ver por ningún lado a Julián, Tami o Gerónimo. A pesar de esto, ni se alarmó. Aunque hacía rato que no los veía, no había razón para creer que ellos habían tenido algo que ver con el incidente. Estaba tan concentrada en descubrir qué era lo que estaba pasando que no se dio cuenta de que Anita le tiraba del brazo.

—Vení, Paty —dijo guiándola entre la gente—. Vamos con Norah, me parece que en este momento necesita de nuestra compañía.

Ambas se preocuparon al ver que Norah estaba muy pálida y agitada. La jefa ya no era ninguna niña, y lo más probable era que esas emociones fueran muy fuertes para su salud. Se la veía muy desilusionada a causa del fracaso de la fiesta, que había planeado con tanto cariño.

—Norah, ¿te sentís bien? —preguntó Anita sentándose junto a ella, en una silla que había junto a la mesa en donde habían cenado los dirigentes de la legión. Después de durar unos segundos, Paty la imitó—. ¿Querés algo para tomar?

—No, gracias, querida, estoy muy bien —en ese momento se les acercó uno de los hombres que había ido a investigar. A diferencia de lo que se pudiera esperar, su cara no era de horror ni de nada parecido, sino sólo de sorpresa—. Guzmán, querido, ¿está todo bien? ¿Qué ocurrió?

—Ese es el papá de Gerónimo —le cuchicheo Anita a Paty por lo bajo. La joven pudo ver un cierto parecido en ambos. A pesar de su edad, Guzmán seguía siendo un hombre muy bien parecido, al igual que su hijo, y ambos tenían esa cierta arrogancia.

—Estamos todos muy sorprendidos, Norah, pero la verdad es que no encontramos nada —dijo él sentándose junto a la mujer, del lado opuesto a Anita, a la vez que la observaba con atención, intentando determinar cómo se encontraba—. Es muy raro, pero no había nada extraño. No hay signos de lucha, ni una gota de sangre, ningún arma. Nada.

—Qué terrible —dijo Norah entristecida—. Arruinaron la graduación.

—Ya casi era hora de que terminara, se estaba acabando el champagne y estoy segura que a la mayoría le dolían los pies. No había razón para seguir con la fiesta —dijo Anita consolándola.

—Ya lo sé, Anita querida —dijo Norah intentando sonreír—. No es eso lo que me preocupa.

—No pienses en eso —dijo el papá de Gerónimo.

—No puedo evitarlo, Guzmán. Las cosas ya estaban muy mal dentro de la legión y presiento que van a estar cada vez peor.

Norah tenía toda la razón. La fiesta fue como la calma que antecede a la tormenta. Aquel balazo representó el primer trueno. La hostilidad entre los sectores de la legión no sólo volvió, sino que se incrementó. Una prueba de ello fue que la semana siguiente a la graduación debía llevarse adelante la reunión bimensual de la legión, donde los dirigentes de cada sector se reunían para ponerse al día con respecto a las actividades que estaban siendo llevadas a cabo, arreglar el sistema de guaridas y muchas cosas más, y Hugo, el director de los guionistas, se negó a juntarse con Omar, alegando que su rama estaba llena de traidores.

Sus declaraciones fueron el detonante de una bomba que estaba por explotar hacía tiempo. A Omar no le cayó nada bien aquel comentario, y respondió con otro que generó un fuerte efecto bola de nieve que hizo estallar la precaria paz de la legión. Se respiraba un verdadero clima de miedo. Nadie se había olvidado del legionario al que había herido Álvaro, y el tiro de la fiesta lo había hecho aún más presente en la memoria de todos.

CAPÍTULO XXII

Para una legionaria novata como Paty, aquella situación era caótica, y su conocimiento de lo que estaba aconteciendo se resumía sólo a una vaga idea. Anita, a pesar de que no podía dejar de reconocer que había algún espía en la rama de los compositores, defendía a Omar a muerte y sostenía que él no tenía nada que ver. Ismael no estaba tan seguro de la inocencia del dirigente. Y aunque respetaba la decisión de Hugo de defender lo de ellos, creía que su actitud no había sido la más correcta. Julián desconfiaba de todos, hasta de su propia sombra, pero se mantenía bastante callado. Eso lo había deducido Paty, como también se había dado cuenta de que Gerónimo estaba un poco perdido al igual que ella, aunque no lo confesara.

La programada reunión se había llevado a cabo de todas formas, pero en lugar de tratar los temas de rutina, fueron otras las cosas que se conversaron. Toda la información le llegó a Paty de segunda mano, así que ella no podía estar muy segura de su veracidad. Pero se decía que algún dirigente había planteado que cada rama mantuviera una total discreción con respecto a sus asuntos internos, para mayor seguridad de todos. Lo más grave fue que se llegó a considerar tomar medidas sin precedentes. Por todos lados se escuchaban cuchicheos sobre un posible cese de actividades. Que por un tiempo nadie más podría salir a cazar.

Por fortuna, dicha amenaza no se materializó. Norah se hizo cargo de aclararles a todos los legionarios de su rama que al menos por ahora no iba a ocurrir tal cosa. La perspectiva de volver a salir de cacería emocionaba mucho a Paty. Dos semanas después de la fiesta le llegó el momento de estar de guardia a su rama, y Paty, cual chica enamorada, no podía dejar de mirar el teléfono a la espera de que sonara. Quería volver a sentir la adrenalina de la persecución, y más que nada quería atrapar a su primer personaje.

Pero pasaron los primeros tres días y el teléfono no sonaba. La joven desconfiaba y acosaba a Anita preguntando una y otra vez. Sabía que debía ser paciente, pero le resultaba imposible. Anita, cuando no la rezongaba diciéndole que la tenía harta con sus preguntas, la consolaba argumentando que era normal que estuviera ansiosa, que a todo el mundo le pasaba lo mismo. El jueves por la tarde pasó algo que cambió un poco las perspectivas de Paty y el orden dentro de la legión.

Los jueves solían ser muy tranquilos en la rutina de Paty. Salía a correr bien temprano con Anita y a media mañana iba a facultad. Tenía otra materia después del almuerzo y nada más. Así que aquel jueves por la tarde estaba en casa estudiando cuando su madre la sorprendió diciendo que Anita estaba abajo, en el comedor de su casa. Aquello la asustó mucho en un primer momento. ¿Por qué no había llamado? Sólo algo muy grave podía impulsar a Anita a visitarla sin avisar de antemano.

Cuando vio a su entrenadora sus sospechas se confirmaron. Se la veía inquieta y asustada. Apenas saludó a Paty y parecía una zombi. A duras penas podía disimular y parecer una persona normal delante de la madre de Paty. Mientras caminaban hacia el auto de Anita, esta se mostraba aún menos comunicativa y más ida. Ni bien se subieron al auto, Paty no pudo contener más la curiosidad e interrogó a su amiga.

—Las cosas no están bien —dijo Anita meneando la cabeza.

—¿Querés decirme que las cosas se pusieron peor? —preguntó Paty comenzando a alarmarse aún más.

—Si tengo que ser sincera, Paty, yo tampoco sé lo que está pasando. Y eso es lo que más me asusta. Lo único que sé es que Álvaro me llamó hace quince minutos y que me pidió que te pasara a buscar para ir a la legión.

—Eso no puede querer decir nada bueno —dijo Paty preocupada.

—Para nada bueno.

Cuando llegaron a la sede el aire de allí adentro era irrespirable. Nunca antes Paty había visto aquel lugar tan repleto de gente. El hall estaba lleno y se podía ver que también lo estaban la sala de recreo y otros espacios. Las personas se veían todas muy serias y asustadas. Y a pesar de la cantidad que había, casi nadie hablaba. En un rincón estaban Ismael y Gerónimo, ambos con cara de velorio. No bien las vieron ambos se acercaron a hablar con ellas.

—¿Qué pasó? —le preguntó Paty a Gerónimo, sin poder reprimir su curiosidad. Anita la miró con cara de reproche, pero estaba claro que ella también quería saber que ocurría.

—Vamos para afuera —dijo Gerónimo —. Este aire me está matando y sé que todavía falta para que Álvaro nos llame para hablar con él.

Todos siguieron a Gerónimo y se sentaron en un banco que había en el patio interno de la sede. Paty se dio cuenta de que cada día que pasaba sentía más afecto por aquellas tres personas. Claro que Anita era su preferida, por lejos. Con Ismael, una vez que lo conoció un poco mejor había sido más fácil sentir aprecio por él. Y Gerónimo, no se le hacía nada sencillo explicar cómo se sentía con respecto a él. Por el momento tampoco le interesaba intentarlo.

—Lo que generó todo este revuelo —dijo Gerónimo mirando la nada—, es que alguien agredió a Julián.

—¿Qué? ¿Cómo? —preguntó Anita alarmada.

—Tranquila, está bien, no fue nada grave —dijo Gerónimo—. Había salido a cazar cuando alguien lo atacó por la espalda. Le pegaron con una madera en la cabeza y lo dejaron ahí tirado.

—¿Se llevaron al personaje? —preguntó Paty.

—¿Y eso que importa? —intervino Ismael.

—Claro que importa —se defendió Paty—. Si se llevaron al personaje que él había ido a cazar quiere decir que quien lo hirió fue alguien de la legión.

—Paty tiene toda la razón —apoyó Anita—. Si ya sabemos que Julián está bien tenemos que concentrarnos en encontrar al culpable y evitar que esto vuelva a pasar.

—Vecinos, Gerónimo, ¿se lo llevaron? —preguntó Paty con impaciencia.

Todos se miraron con cara de horror. Gerónimo alzó sus hombros y les dio a entender a las chicas que él no lo sabía con exactitud. Durante unos minutos quedaron sumidos en un espeso silencio. Paty, a diferencia de los otros, no podía pensar en las consecuencias de lo que había sucedido. A pesar de que ella misma había derivado la conversación para otro lado, lo único en lo que pensaba era en el bienestar de Julián. Y así los encontró Álvaro, a cada uno de ellos concentrados en sus propios pensamientos. Les hizo un gesto con la mano de que los siguieran hasta su despacho, en el que ya estaban sentadas Norah y Tami.

—Bueno, antes que nada me imagino que querrán saber cómo se encuentra Julián —dijo Álvaro sentándose, mientras los chicos permanecían de pie—. Por fortuna puedo informarles que él está muy bien y fuera de peligro por completo.

—¿Saben algo sobre quién fue? —preguntó Anita.

—No, no hay ninguna pista sobre la identidad del responsable —dijo Álvaro pensativo—. Por el arma que usó, no hay razones para creer que el ataque fue premeditado.

—¿Eh? —preguntó Ismael exaltado—. ¿Le partieron una tabla en la cabeza y no fue por gusto?

—Lo que Álvaro quiere decir —dijo Norah con la tranquilidad que la caracterizaba— es que por supuesto que lo agredieron a propósito, pero esa no era la misión primordial de la persona. Que lo hizo sólo porque Julián se puso en el camino de ella o él.

—¿Y cuál era el verdadero objetivo del agresor? —preguntó Paty con timidez.

—El personaje —dijo Norah con tristeza—. Alguien se lo llevó. Y nos parece que hay una obvia conexión entre eso y el ataque a Julián.

—A ver si entienden lo que queremos decir —dijo Álvaro—: creemos que algo anda mal, muy mal, dentro de toda la legión. Con esto no pretendemos alarmarlos ni nada, pero lo cierto es que no podíamos dejar de informarlos sobre algo que los incluye a ustedes.

—Sí, en líneas generales sí, nos concierne —dijo Anita—. Pero hay algo más, ¿no? ¿Por qué creen que esto tiene algo que ver con nosotros de forma directa?

—Esa es la cuestión, Anita —dijo Norah—. Creemos que así como hoy Julián fue atacado, cualquiera de ustedes puede ser atacado en el futuro.

—¿Vamos a dejar de salir a cazar? —preguntó Ismael aterrorizado.

—No, tranquilo Ismael, todavía no se decidió una medida tan extrema —explicó Norah—. Sin embargo pensamos que sería bueno tomar una medida preventiva.

—¿O sea? —cuestionó Anita.

—Para empezar —explicó Álvaro—, lo que vamos a hacer es dividir a todos los legionarios en distintos grupos de seis personas. La idea no es que salgan todos juntos, pero sí que salgan por lo menos de a tres y que vayan rotando.

—Sé que muchos de ustedes disfrutan de salir solos, pero esta no es una norma que estemos dispuestos a discutir —continuó Norah—. Ustedes cinco junto con Julián serán un equipo. Irán rotando y unos días saldrán unos y otros días les tocara salir con otros.

—¿Está todo claro? —preguntó Álvaro.

—Por supuesto que sí —contestó Tami—. Sabemos que esta es una medida preventiva y que es necesaria para protegernos. No creo que nadie tenga problemas con acatar su decisión.

—¿Chicos? —preguntó Norah.

—Entendemos su miedo —respondió Anita—. Somos legionarios y si ustedes creen que es la mejor medida para nosotros, estamos seguros de que es lo mejor.

Gerónimo, Ismael y Paty asintieron en silencio. Paty no quería admitirlo, pero el escuchar que podía estar en peligro y que los dirigentes de la legión intentaran protegerlos era por un lado un poco escalofriante, pero tampoco dejaba de tener su grado de emoción. Ser legionaria era la cosa más excitante que le había pasado en toda su vida. Álvaro y Norah dieron algunas recomendaciones más antes de dejarlos ir y les dijeron que Álvaro sería quien estaría a cargo de coordinar sus salidas y que más adelante se pondría en contacto con ellos.

Una vez que salieron de la reunión, Anita se ofreció a llevar a Patricia. La chica le agradeció, pero antes de volver a su casa quería pasar a ver como estaba Julián. Paty fue hasta el cuarto que Norah le indicó. Por suerte en la legión había unas cuantas habitaciones vacías donde las personas podían descansar con tranquilidad, si así lo deseaban. Y allí estaba Julián, acostado en la cama con una venda alrededor de la cabeza y cara de mareado.

—¿Qué hacés, Paty? —dijo Julián, acomodando su almohada para sentarse mejor—. ¡Qué alegría verte!

—Álvaro nos contó lo que te pasó y pensé que capaz que podía llegar a hacerte bien una visita.

—Muchas gracias, aprecio mucho tu buena onda —dijo él haciendo un lugar en su cama para que la chica se sentara—. ¿Álvaro ya les explicó a todos las nuevas medidas?

—Sí, nos reunió a todos y nos lo dijo —contó Paty—. A mí, la verdad no me afecta en lo más mínimo. Hasta ahora nunca salí sola, así que esto no va a representar ningún cambio para mí. Tal vez a quienes supongo que les pueda molestar es a los más experimentados, a los legionarios con más trayectoria, que deben estar acostumbrados a ir a su propio ritmo.

—Claro, lo más probable es que haya unos cuantos desconformes con esto. Tal vez yo en otro momento también lo hubiera estado. A mí me encanta salir solo, ser como una especie de lobo solitario —Julián estiró su mano y tomó entre las suyas la mano de Paty—. Por otro lado agradezco el haber sido yo el herido, y no vos o Gerónimo. Supongo que esta nueva medida tiene sus ventajas. Por lo menos nos va a dar a mí y a Anita la posibilidad de cuidar de ustedes dos más de cerca.

—Gracias por preocuparte —Paty le acarició la mano casi sin notarlo. De lo que sí se dio cuenta fue de que los cachetes le ardían—. Aunque ya somos engrandecimientos y podemos solos.

—Permiso, permiso, no interrumpo, ¿no? —dijo Tami entrando en la habitación.

Como una reacción automática, Paty y Julián soltaron sus manos. Los sentimientos de Paty por Julián no habían cambiado por lo que había visto, pero era consciente de que aquella era una batalla perdida. Con todo, tenía que admitir que la interrupción de Tami la había irritado bastante.

—No, Tami, yo ya me iba —contestó Paty, poniéndose de pie con demasiada brusquedad—. Que te mejores, Julián.

—Agradezco que te hayas preocupado por mi salud —dijo el chico, a modo de despedida.

Paty salió de la habitación sintiéndose una estúpida y muy celosa. ¿Qué habría ido a hacer Tami? Se reprochó por pensar en eso. Ella había sido su novia, era lógico que todavía sintiera cierto afecto por él. Bueno, la escena que había presenciado en el baile le daba a entender que sentía algo más que tierno afecto. Se sentó en un banco en el corredor, malhumorada. No había forma de que ella fuese competencia de Tami, en ningún sentido: ella era perfecta.

—En qué estarás pensando para que te salga tanto humo de la cabeza… —Gerónimo se sentó junto a ella en el banco. Como era usual, la expresión en su cara era sarcástica.

—Estaba meditando en profundidad sobre la longevidad de la langosta —contestó Paty intentando ignorar a Gerónimo y ocultar sus verdaderos pensamientos.

—Y me apuesto lo que quieras que tus langostas longevas se llaman Julián y Tamara. ¿O me equivoco? —preguntó Gerónimo mirando a Paty de forma intensa.

—Nunca tuve una mascota, ¿sabés? —dijo Paty, no dispuesta a ceder—. Y me molesta mucho la gente que le pone nombre a los bichos y a las cosas. Como a los autos, los teléfonos.

—Bueno, es cierto. Además, las características de la langosta no pegan bien con ninguno de los dos —dijo Gerónimo poniendo cara de reflexión—. Diría más bien que Tamara es una especie de pavo real. Y Julián… bueno, él sería más bien una babosa.

—Mirá que análisis interesante —rio Paty—. Y… ¿vos y yo qué seríamos?

—Creo que nosotros dos tenemos algo más felino. Aunque cachorros todavía —dijo Gerónimo pensativo—. Yo me identifico bastante con una pantera, y a vos te veo como un puma.

—¡Ah, qué lindo! ¡Somos dos garitos! —dijo Paty en tono un tanto burlón—. Pero… ¿no te parece feo tratar a tu entrenador de babosa?

—No, no, no te confundas. Siempre trato a Julián con respeto y creo que fue muy bueno conmigo y muy buen entrenador. Aunque nosotros no tengamos una relación tan estrecha como vos y Anita.

—Ah, pero asumo que en el ámbito personal tu opinión difiere un poco —dijo Paty sintiendo curiosidad.

—Y… puede ser. No creo que sea una mala persona, ni alguien desleal —dijo Gerónimo meditando sus palabras—. Creo que el animal que elegí antes lo define a la perfección. Me parece que con respecto a las relaciones personales le gusta tirar su baba por todos lados. Pienso que quiere endulzar a todo el mundo. Siempre queda bien con las autoridades, pero no le importa tanto tener una buena relación con sus compañeros. Y en el plano de las chicas, bueno…

—¿Bueno qué? —preguntó Paty, sintiendo que la curiosidad le picaba demasiado.

—Que le gusta seducir por deporte —dijo Gerónimo dudando—. Sólo eso.

Esa confesión le cayó a Paty como un balde de agua fría. ¿Sabía Gerónimo que a ella le gustaba Julián? Le incomodaba pensar que podía ser tan transparente en un asunto que se creía tan delicada y poco obvia. Quería hacerle un millón de preguntas a Gerónimo. Deseaba conocer todo lo que él pensaba con respecto a ella, pero tenía miedo de que a la mínima pregunta, la dejara en evidencia. No sabía ni por dónde empezar.

—No entiendo a dónde querés llegar —comentó sin saber qué otra cosa decir.

—A las mujeres les encanta hacerse las bobas —dijo Gerónimo—. Pero son transparentes.

A Paty le hubiera encantado responderla, pero justo en aquel momento apareció Anita.

—Ah, los pequeños benjamines —dijo sentándose entre ellos y abrazándolos—. Paty, ¿cómo está Julián?

—¿Por qué debería yo de saber? —preguntó Paty un poco perturbada.

—¿No acabas de verlo? —Anita la miró sorprendida.

—Ah, sí, claro, claro —Paty comprendió que había metido la pata—. Sí, está bien. Digo, al menos parecía estar bastante bien. No tengo ninguna información médica. Pensé que te referías a eso.

—No, mi querida Paty, no pretendo que seas doctora, con que algún día te recibas de ingeniera tu mamá y yo quedaremos contentas —dijo Anita—. Me estoy yendo. ¿Necesitan que los lleve?

CAPÍTULO XXIII

Una vez sola en su casa, Paty pudo darle rienda suelta a sus pensamientos. En su cabeza había una danza de imágenes y frases. No podía dejar de pensar en la mano de Julián sobre la suya. Después recordaba la conversación con Gerónimo y le parecía que la mano del entrenador se cubría de baba y le pegoteaba la de ella. La imagen completa y sus pensamientos se enrollaban aún más cuando se sumaba la cara de Tami.

Más allá de sus esfuerzos por mantener la compostura, el destino le tenía preparada una mala pasada. Aquella semana le tocaba hacer guardia a su rama de la legión, así que no le sorprendió en lo más mínimo cuando el jueves a las diez de la noche Anita la llamó por teléfono.

—¿Lista para salir de caza? —preguntó su ex entrenadora.

—Más que lista. Parece que fue hace un millón de años que salimos la última vez.

—Tranquila, impaciente novata —dijo Anita—. Ya va a llegar el día en que estas llamadas te parezcan una tortura.

—¡Ah, mira quién viene a decírmelo! —contestó Paty—. Estoy segura de que eso no te pasó todavía.

—Bueno, por la llamada en sí misma, no. Pero el otro día estaba con mi novio y nos estábamos poniendo cariñosos…

—¡Ah, ah! —gritó Paty divertida—. Ahórrame los detalles y vayamos a lo que importa. ¿A dónde es que vamos cuando me pases a buscar?

—El lugar es muy tranquilo. Bien iluminado. Con un poco más de público de lo que nos gustaría, pero nada de qué preocuparse. Por eso van sólo dos, a pesar de la nueva regla —dijo Anita como si tal cosa—. Pero yo no te acompaño. Van a ir Julián y vos.

A Paty casi le da un ataque en ese mismo momento. Había pasado tan poco tiempo desde el episodio de la mano y no había vuelto a verlo. Tenía medio de sentirse nerviosa, de dejar que sus sentimientos la traicionaran y quedar demasiado obvia frente a él. Pensó en decirle a Anita que no, que ella no quería ir con Julián. No podía ser tan infantil. Decidió que tenía que estar preparada para cualquier cosa, no podía hacerse un drama por aquello. Iba a enfrentar la situación, le gustara o no.

—¿Creés que vas a poder estar bien con un compañero nuevo? —preguntó Anita.

–Sí, claro —contestó Paty ocultando su nerviosismo—. No hay problema.

La espera desde que Anita la había llamado y el momento en el que Julián pasó a buscarla se le hizo eterna. Estaba segura de que no bien él la mirara descubriría todo lo que estaba pesándola por la cabeza. La idea de estar a solas con él y en una situación tan extraña, donde por lo general se pasaban tanto rato sin hacer nada, sólo esperando, era torturarte. Cuando él llegó, pensó que su corazón explotaría.

—¿Preparada para cazar? —dijo él una vez que ella subió al auto.

—Sí, claro —dijo Paty controlándose—. ¿Cómo estás del golpe?

—Ah, muy bien, por suerte —dijo Julián—. Pero hoy no hay problema, si alguien intenta atacarme te tengo a vos para que me defiendas.

—Por supuesto —contestó Paty sintiéndose un poco más relajada—. Soy lo mejor que hay en el mercado en materia de guardaespaldas.

La ansiedad que sentía Paty hizo que aquella noche pareciera ser más tranquila de lo que en verdad era. Su puesto de vigilancia era un pequeño bar con poca concurrencia y luces bajas. Alrededor de ellos lo único que parecía haber eran pare jitas tomadas de la mano y charlando: era el escenario perfecto para una cita amorosa. La joven intentaba reprimir todos esos pensamientos concentrándose en el hecho de que estaba en una misión. El arco y las flechas descansaban en su porta planos. Igual todos los concurrentes parecían estar tan sumergidos en sus propias conversaciones que Paty dudaba que hubieran notado la presencia de ellos dos, siquiera.

Al parecer aquel personaje no estaba dispuesto a hacer acto de presencia aquella noche y Paty estaba cada vez más nerviosa. Julián por el contrario parecía estar lo más campante, ni la falta de actividad ni la intimidad forzada parecían alterarlo. Para sorpresa de la chica, hasta pidió una cerveza para ambos.

—Todavía no sé mucho sobre las reglas y esas cosas —dijo Paty dubitativa, mirando el vaso servido frente a ella—. Pero... ¿está permitido que tomemos mientras estamos de guardia?

—La legión como institución intenta ser lo más liberal posible en todos los aspectos. Sabe que sus integrantes son adultos responsables y que si beben lo van a hacer con moderación o bajo sus propias consideraciones —Julián notó que Paty aún dudaba—. No tengas miedo. Yo me hago responsable de cualquier posible desastre.

—Está bien —Paty se animó y tomó un trago.

El tiempo pasó mucho más rápido una vez que Paty se sintió más cómoda. Julián charlaba con toda soltura y le contaba las anécdotas más locas y divertidas que le habían tocado vivir desde que había entrado en la legión. También la ayudó a tranquilizarse que le comunicaran a Julián que el personaje no estaba dando señales de vida aquella noche. Y le gustara admitirlo o no, era la velada con que tanto había estado soñando.

—¿En tu familia hay muchos legionarios? —preguntó Paty interesada.

—Sí, somos una familia de legionarios numerosa. No sé qué tanto te habrá contado Anita, pero muchas personas no eligieron ser legionarios toda la vida. Algunos llegan a un momento en que sienten que su función en la legión llegó a su fin y la dejan. No es nada malo. Mis dos padres fueron legionarios y ya no los son más.

—¿Y se conocieron siendo legionarios? —preguntó Paty.

—Cuando estaban en eso. Se entrenaron al mismo tiempo —dijo Julián—. Pero como sabrás, también existe la posibilidad de morir siendo uno de los nuestros.

—¿Cómo los padres de Gerónimo?

—Sí, como ellos —dijo Julián con patente desagrado—. Son una familia muy tradicional. Hace mucho que forman parte de la legión.

—Parece que no te caen muy bien.

—No, no me malinterpretes —dijo Julián pensativo—. Su familia es muy valiosa para la legión. Tuvieron algunos antepasados que realmente marcaron la diferencia. Su aporte fue inmenso. Pero siento que Gerónimo cree algunas veces que se puede apoyar en eso y nada más. Que la trayectoria de su familia lo convierte en un mejor legionario y eso no es cierto.

—Yo lo veo como un buen chico —dijo Paty dudando—. Quizás sea un poco inmaduro todavía.

—Ay, Paty, la que está un poco verde todavía sos vos. No te dejes engañar por una cara bonita —dijo Julián burlándose de ella.

—¿Eh? —dijo Paty no pudiendo evitar ponerse colorada—. Creo que es buena gente, nada más.

—Así empiezan todos los romances —dijo Julián con sarcasmo.

—No el romance que a mí me interesa —dijo Paty con decisión.

Cuando llegó a casa, después de toda la espera inútil, a Paty la aguardaba una sorpresa desagradable. A pesar de que en verdad quería tener una oportunidad de estar a solas con Julián, toda la situación había sido agotadora para ella. Era muy nueva y todavía no había tenido tiempo de acostumbrarse a las eternas esperas, y la presión de estar con una persona que le gustaba y no le correspondía. Paty se sentía agotada.

La primera señal de alarma fue ver que las luces del salón estaban encendidas. Su casa era de dos plantas y desde la calle podía notar el movimiento que había dentro. La impresión de que estaba en serios problemas la azotó no bien vio a su madre, vistiendo su bata de cama, sentada en el sillón y con cara de ningún amigo. Paty tenía siempre una excusa. Hasta planearlas y creérselas había sido parte del entrenamiento extraoficial que le había dado Anita. Sin embargo, le dio la impresión de que aquella noche no había excusa que pudiera salvarla. La furia de su madre era tan densa que casi se podía tocar.

—Mamá, ¿qué pasó?

—Decirme vos —dijo su madre intentando contener su enojo.

—No pasó nada, salí con un amigo a un bar…

—¿Tantas horas podés pasar con un amigo en un bar?

—Mamá —se quejó Paty sintiéndose un poco más aliviada, pero el alivio le duró poco—. Ma, ya estoy grande, ¿no te parece?

—¿Qué me estás escondiendo? —gritó su madre poniéndose de pie—. No me mientas, te conozco. ¿Qué son todas esas horas que pasas fuera de casa? ¿En qué andas, Patricia?

—Mamá, no seas ridícula. Soy una persona normal, con una vida social activa —dijo Paty sintiendo una enorme impotencia. Sabía que su madre ya no podía hacer nada contra ella, ni detener su vida, pero tampoco quería que estuviera enojada.

—No sé dónde estás el ochenta por ciento del tiempo. Además, estás muy sospechosa. Sé que pasa algo raro, hija —dijo su madre un poco más calmada—. Paty, no te descarriles, por favor.

—Ma, entenderme, estoy muy ocupada. Estoy estudiando mucho, lejos de andar descarrilada o en algo raro —dijo Paty con tranquilidad—. ¿Te quedas más tranquila si prometo hacerte saber más seguido dónde estoy?

—Me gustaría que estuvieras más en casa —dijo su madre.

—No podés pedirme eso, ma –dijo Paty agotada—. Pero te juro que voy a hacer todo lo que esté a mi alcance para que no te preocupes más.

Patricia estuvo toda la semana siguiente de mal humor. Sospechaba que la actitud de su madre tenía algo que ver con el misterio que había alrededor de la muerte de su padre, pero, como siempre, todo aquel asunto seguía siendo una verdadera incógnita para ella. Sentía que su cabeza estaba dividida entre varios asuntos como para dedicarle mucho tiempo a eso.

Julián era también otro de esos temas que aparecía con frecuencia en sus pensamientos. Intentaba reprimir su imaginación y evitar crearse algún tipo de fantasía. Demasiadas veces para su gusto se imaginaba en cualquier situación romántica ridícula que la incluían a Julián y a ella. Sin embargo, lo más extravagante no era eso, sino que en un montón de casos estas raras escenas eran interrumpidas por la aún más rara presencia de Gerónimo.

En realidad, todas estas cuestiones eran menores comparadas con la que más le preocupaba: ya hacía como dos meses que era legionaria y todavía no había logrado atrapar a ningún personaje. Anita le aconsejaba que se relajara, que era cuestión de tiempo, que era normal que aún no hubiera cazado un espectro.

Aquel domingo, durante la tarde, Anita la rezongó más de diez veces mientras practicaba su puntería con el arco y la flecha en el espacio abierto del campo de tiro. Paty estaba muy distraída y Anita muy sensible. Había empezado a hacer calor y, a pesar de vestir shorts y una camiseta, la chica se sentía pegajosa y acalorada.

—Paty, ya sé que estás con la mente en otra cosa, pero en el momento que tengas que enfrentarte a tu personaje, también vas a tener que darle —la reprendió Anita, irritada a la décima primera falta de Paty.

—Bueno, perdón nena, reconozco que estoy un poco distraída, pero hoy vos estás más insoportable que nunca —le reprochó Paty sentándose a descansar en el pasto.

—Es verdad, puede ser, perdón Paty —dijo Anita intentando sonreír.

—¿Pasó algo más con respecto a la desaparición de personajes? —preguntó Paty preocupada.

—Eh, no, eso es lo que nos tiene a todos más irritados. La ausencia de información —respondió Anita.

A pesar de darse cuenta de que su entrenadora no estaba muy contenta de hablar sobre eso, Paty estaba dispuesta a atomizarla a preguntas. Por un lado, porque en verdad le interesaba saber qué era lo que estaba sucediendo en la legión, y porque estaba tan aturdida con sus propios pensamientos que prefería pensar en cualquier otra cosa. Por suerte para Anita, Paty no tuvo oportunidad de preguntarle nada porque sonó el celular de su entrenadora y esta se alejó a atenderlo.

—¿Cómo te ves para salir de cacería hoy? —preguntó Anita cuando regresó.

—Eh… –dijo Paty dubitativa, temiendo volver a tener que salir con Julián y segura de no poder concentrarse en nada—. Bastante mal.

—¡Chiquilina! Qué poca voluntad —dijo Anita sin enfado—. Bueno, no me importa. Porque Ismael, Gerónimo, vos y yo salimos esta noche de cacería.

—Ah, cita doble —dijo Paty en broma.

—Si es por mí, te dejo a los dos para vos.

Anita la dejó irse a su casa más temprano porque en un rato tenían que juntarse con los otros para salir. Paty aprovechó ese rato para bañarse y comer. Pero su mente seguía muy lejos, sumergida en otras cosas. Por lo menos tenía el consuelo de que podía ser el gran día en que, al fin, cazara su primer personaje. Su madre no dijo nada cuando anunció que iba a salir otra vez, pero Paty conocía muy bien aquella expresión que apareció en su cara.

CAPÍTULO XXIV

El personaje andaba merodeando en una plaza. Al parecer, dicho espectro se había enamorado de un joven actor, y aquella noche era perfecta para intentar atraparlo, ya que la compañía teatral del muchacho representaba una obra al aire libre en la plaza. Hasta allí fueron los cuatro legionarios con sus instrumentos de caza bien disimulados entre sus accesorios.

La noche estaba muy linda, el cielo bastante despejado y la plaza, semiluminada. Era un espacio amplio, de una manzana, con muchos árboles, bancos y una zona abierta donde iba a desarrollarse la obra de teatro. Anita, por ser la legionaria de más antigüedad, era quien estaba a cargo del grupo. Les ordenó a los otros tres legionarios que se dividieran y se repartieran entre el público, pero sin ir más allá de la plaza. Así lo hicieron todos y pronto estuvieron distribuidos. Aunque faltaban casi tres cuartos de hora para que la función empezara, todo parecía tranquilo.

—Vení, vamos —dijo Gerónimo tomando a Paty del codo.

—¿Qué te pasa, nene? —dijo Paty enojada—. ¿No escuchaste lo que dijo Anita? Tenemos que quedarnos todos por acá.

—Anita es una miedosa, esto es una pérdida de tiempo —dijo Gerónimo mientras seguía empujando a Paty hacia la calle—. Los actores de esta compañía se juntan antes de actuar a tomar algo en un bar que está cerca. Y allí es donde está el actor, y es donde nosotros tenemos que estar.

—Primero, ¿cómo sabés vos eso? —dijo Paty, frenando—. Y segundo, ¿por qué no se lo contaste a Anita?

—Primero —dijo Gerónimo imitando la voz de Paty—, porque mi primo actúa con ellos, y segundo, porque tu amiguita nunca me presta atención.

—Deberías habérselo dicho —le reprochó Paty.

—¿Vas a darme clases de moral o vas a acompañarme? —preguntó Gerónimo prepotente.

—No, no pienso acompañarte. Y vos tampoco vas a ir.

—No me importa, voy solo —dijo Gerónimo empezando a caminar.

—No, no podés, es peligroso —dijo Paty, tomándolo con fuerza del brazo.

—Ya lo sé. Por eso te pedí que me acompañaras. Pero como no querés, voy solo. Mi deber de legionario es proteger a ese hombre.

—Sos un chanta, no me pediste nada, me diste una orden —dijo Paty riéndose y siguiéndolo—. Y Julián tenía razón. Sos un soberano malcriado.

Gerónimo no contestó y caminó hasta la esquina de enfrente, donde había un pequeño bar, y a Paty no le quedó más remedio que seguirlo. Siguieron caminando y cruzaron a la otra esquina, enfrente al bar y a la plaza, y desde allí podían ver al actor y sus compañeros charlando y ya prontos para actuar. Paty se sentía nerviosa, siempre había sido de las que sigue las reglas: no le gustaba desobedecer y menos a Anita. Pero todo aquello tenía su cuota de excitación también. El personaje podía aparecer en cualquier momento, y ser esa su oportunidad.

—¿Cuál es tu primo? —preguntó Paty nerviosa.

—Ese que está ahí, de rulos —explicó Gerónimo—. Y el que está sentado al lado de él es nuestro protegido.

—Bueno, también estaría bueno saber dónde está nuestro otro amiguito —dijo Paty mirando a su alrededor.

—Tranquila, tengo una corazonada de que va a aparecer por acá en cualquier momento.

—¿Corazonada? —preguntó Paty asombrada—. ¿Te guías mucho por esas cosas?

—Un poco sí, no te lo voy a negar —dijo Gerónimo—. Cuanto más conozcas esta profesión, más te vas a dar cuenta de que son muy importantes.

Paty se quedó pensativa. No era mucho de creer en esas cosas. Lo más seguro era que se debiera a que su madre estaba en contra de todo lo que no fuera lógica pura. Sin embargo, no podía dejar de lado que lo que estaba viviendo escapaba mucho a la cordura y las ideas matemáticas de su madre. Era probable que, a pesar de todos sus defectos, Gerónimo tuviera razón y quizás debiera meditar un poco más sobre aquello.

Pero no era el momento para ponerse a reflexionar. Tenía que invertir todas sus fuerzas y su mente en lo que estaba haciendo. Sentía que sus ojos casi se le salían de las órbitas de tanto esforzarse en mirar para todos lados. El corazón le latía con rapidez y las manos le sudaban mucho. A pesar de su nerviosismo y su estado de alerta total, nada sucedía: la calle permanecía tranquila, y el actor, ajeno a la presencia de ellos, seguía disfrutando de la cerveza con el resto de la compañía.

La impaciencia de Paty crecía minuto a minuto y empezaba a sentir que estaban perdiendo el tiempo. Lo más probable era que Anita hubiera descubierto la ausencia de ambos, y se iban a meter en un gran lío sin ningún sentido. Su celular vibró en el bolsillo, y como ya se lo temía, era un mensaje de Anita preguntando dónde estaba. Estaba a punto de decirle a Gerónimo que volvieran a la plaza cuando una sensación muy extraña la invadió.

Gerónimo percibió que algo extraño le pasaba a Paty, pero no dijo nada y esperó. Era una sensación muy rara, pero no del todo desconocida: era como una especie de alivio, ese relajamiento que le llega a uno después de una angustiosa espera. No había visto ni la más mínima señal del personaje ni nada, pero de algún modo sabía que estaba por aparecer. Gerónimo la miraba expectante, pero ella no le dijo nada. Ahora sabía que aquél era el lugar donde debían estar. Algo estaba por pasar.

Y de repente, de forma sigilosa, casi disimulada, lo vieron llegar. Era muy distinto al personaje cazado por Gerónimo que Paty había visto antes. Mientras el otro le había parecido atrevido e impulsivo, este era muy cauteloso, hasta miedoso. Se detuvo cerca de donde estaban los legionarios, pero a pesar de su cautela se lo veía muy firme y decidido.

Gerónimo le hizo una seña a Paty y le indicó que lo siguiera. Por medio de gestos le dio a entender que se escondiera detrás de un puesto de revistas que había a unos metros. Paty no terminaba de entender lo que le quería decir Gerónimo. Al parecer, quería que fuera ella quien se colocara en la posición de caza, y que él se quedara más atrás, de guardia. Esa actitud no parecía muy acorde con la personalidad de su compañero.

—¿Me estás diciendo que lo cace yo? —le susurró Paty.

—Sí, eso es lo que te estoy diciendo —respondió él con tono burlón.

—¿Esto es por el sopapo que me diste la otra vez? —preguntó Paty asombrada.

—No, nena, es porque me parece que tu conexión con el personaje es más fuerte que la mía. Vos lo percibiste antes que yo, así que cazalo vos.

—Uh, ¡que nervios! —dijo Paty mirando al personaje—. ¿Vos me avisás cuando no haya nadie en la vuelta?

—Sí, dale, vos sólo concentrate en apuntar bien.

Paty se ubicó en la posición estratégica y contempló al personaje. Él parecía estar tan concentrado como ella, pero observando al actor. La joven legionaria lo miró con atención y de repente sintió que en todo el mundo no había más nadie que él y ella. Tan sólo ellos dos: presa y cazador. Una fuerza interna, casi sobrenatural, le hablaba en su interior. Había nacido para aquello, era lo que tenía que hacer. Sentía que estaba en el lugar correcto, en el momento correcto. Y aquella sensación era embriagadora.

Eran los únicos en el universo, el personaje y ella. Gerónimo había dejado de existir. Pronto sintió que sus músculos se movían solos. Sacó el arco y una flecha del escondite y los tensó observando su blanco. Era el momento perfecto, ahora o nunca. No importaba que Gerónimo no le hubiera indicado que tenía el terreno libre. Ella tenía la necesidad apremiante, casi asfixiante de disparar en ese mismo instante y así lo hizo.

Volvió a la realidad con el fuerte chillido de una chica. Consciente de lo que había hecho, y con su mala suerte seguro que le habría dado a alguien. Pero no, era imposible lastimar a una persona; lo más probable era que esa chica se hubiera asustado al verla con el arco y la flecha y había gritado. Pensó que todo estaba perdido, no había cazado al personaje. Ahora eran más personas las que hablaban dando gritos en la puerta del bar.

—¿Qué hiciste, impaciente? —le reprochó Gerónimo—. ¿Por qué no esperaste mi señal?

—Perdón, es que me olvidé de que existías —dijo Paty apenada—. Qué vergüenza, se ve que esa chica me vio y se asustó.

—¿La que pegó terrible alarido, decís? —preguntó Gerónimo—. No, nena, nada que ver. Esa es una amiga de mi primo, son todas unas histéricas y se la pasan gritando, ¿no ves? Están deseándoles suerte a los actores. Vamos a esperar que se vayan y ver, capaz que tuviste suerte y le diste. Ahora es muy arriesgado. No quiero que mi primo me salude.

—Está bien —dijo Paty viendo que todo lo que Gerónimo le decía era cierto.

Ambos miraron ansiosos hacia la puerta del bar. El grupo de gente seguía allí charlando y bloqueaba la visión de los dos legionarios. Aunque los chicos se esforzaban en ver entre las personas, no conseguían darse cuenta si el personaje estaba allí caído o si había logrado escapar. En ese momento, Paty recibió un nuevo mensaje de Anita preguntándole dónde andaban, en un tono no tan amigable. Gerónimo le dijo que no contestara todavía.

Siguieron esperando y pronto el grupo comenzó a disolverse. Cuando el primo de Gerónimo se fue, ambos cruzaron corriendo a la vereda de enfrente. Y para sorpresa del muchacho y alivio y alegría de Paty, allí estaba el personaje: tirado, inmóvil y encogiéndose en un rincón oscuro. La legionaria no podía creerlo, estaba maravillada por completo. Aquella era su primera cacería exitosa, ¡su primer personaje cazado!

Con la ayuda de Gerónimo, Paty guardó al personaje, todavía atolondrado, dentro del extraño estuche. Luego el muchacho le mandó un mensaje a Anita, indicándole el lugar donde se encontraban. Patricia se sentía como una niña con un juguete nuevo. Ya tenía guardado a su personaje y no podía dejar de tocar el estuche como si le costara creerlo. Tanta era su emoción que en un arranque de entusiasmo le dio un afectuoso abrazo a Gerónimo. Y él no reaccionó con su habitual ironía.

—Se siente bien, ¿no? —preguntó Gerónimo—. Toda una emoción.

—Sí, la verdad que es una sensación increíble —contestó Paty emocionada—. Pero me da un poco de miedo pensar en lo que se viene ahora.

—Tranquila, vas a poder —dijo Gerónimo con tono alentador.

En ese momento vieron como Anita e Ismael se acercaban. La entrenadora no se veía muy enojada, sino que venía hablando por teléfono y parecía más bien estar disculpándose que otra cosa. Ismael los miraba meneando la cabeza, con cara de reprobación e indicando que todos estaban en problemas. Pero Paty estaba demasiado feliz como para que algo empañara la alegría que estaba sintiendo.

—Son unos tontos —les dijo Ismael acercándose, mientras Anita seguía alejada hablando por el celular—. Justo llamó Álvaro y Anita no tuvo más remedio que decirle que nos habíamos separado.

—¡Uh, uh! Parece que vamos a tener problemas —dijo Gerónimo sin darle mucha importancia.

—¡Ay, no, pobre Anita! —dijo Paty, olvidándose un poco de su felicidad—. ¡Que bobos que somos!

—Bueno, por lo menos valió la pena —dijo Gerónimo golpeándola suavecito—. Si no nos hubiéramos separado, capaz que nunca hubieras cazado a tu primer personaje.

—¿Cazaste a tu primer personaje? —preguntó Anita colgando el teléfono—. ¿Lo cazaste, Paty?

—Ay, Anita, no quería meterte en problemas. Es que Gerónimo tenía una corazonada, y yo lo seguí. Pero te juro que yo voy a hablar con Álvaro y le voy a explicar.

—¡Bien, Paty, bien! —dijo Anita, abrazando a su entrenada y dejándola muy sorprendida—. No puedo creerlo. Qué contenta me pone que al fin lo hayas conseguido.

—Pero, ¿no estás enojada con nosotros? —peguntó Paty aún abrazada a Anita.

—Claro que estoy enojada con ustedes, pedazo de tontos —dijo Anita, separándose de Paty, y mirándola con cariño—. Pero no por eso estoy menos contenta de que hayas obtenido tu primer logro.

—Bueno, Gerónimo también tiene su mérito. De no haber sido por él, yo nunca hubiera cazado a mi personaje —dijo Paty, mirando a Gerónimo con agradecimiento.

—Esa es la idea: que seamos un equipo, ayudarnos entre todos —dijo Anita—. Y como equipo que somos, ahora vamos a tener que enfrentar a Álvaro todos juntitos.

—No puedo esperar —comentó Gerónimo con ironía.

CAPÍTULO XXV

A Paty la tenía sin cuidado lo que pudiera decir Álvaro. Estaba como en otro mundo. Después de mucho esfuerzo, había obtenido aquello por lo que había luchado en el último año. Parecía tan lejano el día en que Julián le había hablado por primera vez… Había vivido tantas cosas desde entonces, tantas frustraciones, tantos ensayos… ¿Qué le importaba lo que pudiera decir Álvaro? Nada podía arruinar su felicidad en aquel momento.

Y si bien aquella charla no empañó su alegría, fue bastante desagradable. Cuando vieron a Álvaro se dieron cuenta de que estaban perdidos. Este parecía muy enojado. Evitaba mirarlos cuando entraron a su despacho. Se sentaron todos alrededor de su escritorio. Anita, por ser la responsable de todos, era la que en peor situación se encontraba. A Paty le sorprendió ver lo calmada que parecía estar en aquel momento.

—En verdad, no sé qué decir —dijo Álvaro, mirando más que nada a Anita—. No entiendo esta actitud de ustedes. ¿Qué se creen, que a nosotros nos gusta que salgan juntos así se hacen más amigos? Si tomamos este tipo de medidas es por razones de seguridad. Porque no queremos poner en peligro la vida de ninguno de nuestros legionarios.

—Álvaro, en ningún momento corrimos peligro —dijo Gerónimo un poco irritado—. No nos separamos tanto y estuvimos todo el tiempo atentos.

—Ustedes no pueden saber qué tan cerca estuvieron de ser lastimados. Las cosas no están bien —dijo Álvaro preocupado—. No es momento para andar jugando con fuego. Sé que sos muy valiente, Gerónimo, y que te esforzas porque tú y los otros legionarios atrapen la mayor cantidad de personajes posibles. Pero no vale la pena poner sus vidas en riesgo.

—Lo sentimos mucho, Álvaro. No creí que fuera tan peligroso. Y si sobre alguien debe recaer toda la responsabilidad, debe ser sobre mí —dijo Gerónimo con sinceridad—. Fui yo quien puso a Patricia en la situación comprometedora de acompañarme o dejar que me arriesgara solo. El separarme de Ismael y Anita fue idea mía.

Paty miró a Gerónimo sorprendida. Ese chico era un enigma para ella. La mayoría del tiempo se portaba como si fuera un idiota. Era soberbio y caprichoso, pero por otros momentos era una persona muy seria. Había sido muy valiente y había hecho lo correcto en no dejar que Anita cargara con toda la culpa.

—Me parece bien, Gerónimo, que te hagas cargo de tus errores —dijo Álvaro mirándolo con frialdad—. Pero espero que seas consciente del riesgo en que pusiste a tus compañeros y que nunca más lo vuelvas a repetir.

—Prometo que no volverá a pasar —dijo Gerónimo.

—Está bien. Con Norah estuvimos hablándolo y creemos que por ser la primera vez, vaya y pase —dijo Álvaro más calmado—. Pero queremos que vean esto como una advertencia. La próxima vez no vamos a ser tan considerados.

—No va a volver a suceder —dijo Anita mirando a Gerónimo con furia.

—No, no va a pasar más —apoyó el chico.

—Bueno, eso es todo por hoy. Pueden irse —todos comenzaron a ponerse de pie—. Ah, Patricia, felicitaciones.

—Muchas gracias, Álvaro —dijo Paty saliendo de la habitación.

—Te llevo a tu casa, Paty —dijo Anita malhumorada—. Aguantame acá que voy a ir a buscar unas cosas y ya nos vamos.

—Dale, te espero —dijo Paty sentándose en un sillón del hall.

—Adiós, chicos —se despidió Ismael.

—Chau —dijeron Paty y Gerónimo al mismo tiempo.

—¡Qué noche movidita! —dijo Gerónimo sentándose junto a ella—. Yo tengo muy claro lo que estás sintiendo ahora. Espero que el problema con Álvaro no te haya arruinado la emoción.

—No, para nada —dijo Paty—. No fue un momento agradable, pero ya pasó. Estuviste muy bien en defender a Anita.

—Era lo único que podía hacer —dijo sonriéndole con calidez a Paty. Volviéndolo a mirar de forma objetiva, Paty tenía que reconocer que Gerónimo era muy lindo. Y por lo visto, cuanto más lo conocía, más atractivo le parecía—. La responsabilidad de todo era mía. No iba a dejar que Álvaro creyera que ella era culpable.

—Gracias por todo, Gerónimo —dijo Paty—. A pesar de que me hiciste romper las reglas, al final del día valió la pena.

—De nada, Paty —respondió Gerónimo—. Y a vos también te prometo que las próximas veces que te ayude va a ser sin romper las reglas.

—Vamos, Paty —dijo Anita, apareciendo frente a ellos. Lo dudó un instante pero al final dijo—: ¿Necesitás que te lleve, Gerónimo?

—Creo que sería abusar un poco de tu amabilidad —respondió él, volviendo a ser la persona irónica de siempre—. Pero la verdad es que me vendría bárbaro.

—Entonces vamos —dijo Anita de forma cortante, pero a Paty no se le escapó que estaba sonriendo.

El viaje hasta la casa de Gerónimo transcurrió en completo silencio. Patricia estaba pendiente sólo de dos cosas: por un lado, observaba con atención a Anita, que si bien parecía seguir enojada, le dio la impresión de que ni Gerónimo ni ella eran los causantes de su enfado. Algo le pasaba. Paty la conocía lo suficiente como para notarlo. Y por otro lado, la mente de Paty no podía despegarse de su bolso, donde aún, en estado de aturdimiento, descansaba el personaje. Estaba deseando que llegara el momento en que narrara una historia para él.

—Ani, sabés que podés contarme lo que quieras —dijo Paty con cariño, cuando Gerónimo se bajó del auto—. ¿Te pasa algo?

—Nada del otro mundo, Paty —dijo Anita suspirando cansada—. Lo mismo de siempre. Álvaro, que ya me tiene harta.

—Tranquila, Ani, al final no pasó nada —la animó Paty.

—Sí, porque por suerte Norah todavía existe —dijo Anita con tristeza—. Pero eso, por desgracia, no va a durar para siempre. No es que esté matándola, pero Álvaro está pensando en qué va a pasar cuando ella no esté. Lo de hoy fue un claro símbolo de que tiene pensado ocupar el lugar de ella algún día.

—Y eso es muy posible, ¿no? —dijo Paty, temiendo la respuesta de Anita.

—Sí y no —dijo Anita—. Es por votación. Y no todo el mundo le tiene mucha simpatía a Álvaro. Pero no me preocupa tanto lo que pueda pasar con él en el futuro, me preocupa más lo que pasa ahora.

—¿Y qué pasa ahora? —preguntó Paty, ya que Anita había quedado sumida en un extraño silencio.

—No estoy segura, tal vez sea sólo una sensación y nada más —dijo Anita dubitativa—. Pero me da la impresión de que Álvaro nos quiere sacar a Julián y a mí del medio. Nos quiere hacer parecer unos inútiles, incapaces, que quedemos mal frente a la legión. Lo que pasó esta noche no tenía ningún tipo de importancia real. Era una bobada, nunca nadie estuvo en peligro. Y ustedes mismos pudieron ver el revuelo que se armó. Y podría haber sido peor. Por suerte Norah impidió que nos sancionara.

—¿Y por qué creés que los quiere alejar de la legión?

—Eso es lo que no sé —dijo Anita pensativa—. En verdad puede que sea por nada. Por celos. Pero no lo sé.

CAPÍTULO XXVI

Durante mucho rato Paty se quedó pensando en todo lo que había pasado aquel día. A pesar de que estaba muy cansada, estuvo tirada en su cama como dos horas sin poder dormir. Haber atrapado al personaje era un logro increíble, en él se materializaban todos los esfuerzos y sueños de casi un año de trabajo. Todavía le quedaba un montón por hacer, pero sabía que lo que había logrado hasta ahora era importante. Le preocupaba tener que inventar una historia para su personaje. Pero como en todo el proceso que había recorrido hasta el momento, no estaba sola, y había gente dispuesta a ayudarla.

La actitud de Gerónimo también había sido una gran sorpresa para ella. Si bien era cierto que desde que se conocían le caía cada vez mejor, aquella noche su relación había dado un salto. Valoraba mucho la forma en que él la había ayudado, y reconocía que, en realidad, había atrapado a su personaje gracias a él. Bueno, él también estaba un poco en deuda con ella por aquel golpe que le había dado sin conocerla siquiera. No podía olvidar tampoco que Gerónimo había sido muy valiente al enfrentar a Álvaro, y que había hecho lo correcto al defender a Anita.

Al día siguiente le esperaba por delante una jornada de lo más movida. Para empezar, tenía un rato de hacer ejercicio con Anita, después facultad hasta el mediodía, otra clase por la tarde e ir a la legión a devolver unos libros, como de costumbre. La perspectiva de salir de la cama no era nada alentadora. Cuando lo hizo, se llevó un susto de muerte. De un lugar invisible, le llegó la voz de un hombre.

—Al final se despierta la marmota —dijo la extraña voz.

En un primer momento Paty creyó que había alguna persona oculta en su habitación. Con el sueño que tenía y la almohada todavía pegada a la cara, le costó un esfuerzo sobrehumano entender lo que estaba pasando. Al parecer, su personaje se había curado del aturdimiento y ahora estaba hablando. Paty fue hasta el escritorio y agarró su bolso donde estaba el estuche que contenía encerrado al personaje.

—¡Qué alegría! Ya estaba harto de estar metido aquí adentro —dijo el personaje irritado, una vez que Paty lo sacó del bolso—. Apesta... ¡y mucho!

—¡Qué mentira! No tiene olor a nada —dijo Paty olfateándolo.

—Eso porque vos nunca tuviste que estar metida ahí adentro —gritó el espectro—. Pero ya pasó todo. Ahora hay que concentrarse en mi historia.

—No, no, mi querido amiguito. Hoy tengo un día muy agitado. Así que no voy a poder hablar de eso hasta más tarde —dijo Paty comenzando a tomar su ropa para cambiarse.

—¿Qué? ¿Me vas a hacer esperar todavía más? No es justo —se quejó el hombrecito.

—Lo siento, no es culpa mía. Tengo una vida muy ocupada —dijo Paty, tapándolo con un trapo—. Ahora, si me disculpás, voy a cambiarme.

—Ah, la chiquilina es pudorosa —gritó más fuerte el pequeño ser—. Le da vergüenza.

Paty no pudo evitar reírse mientras se vestía. Si alguien la veía en esa situación, hablando sola, seguro que la tomarían por loca. Hasta a un legionario también le causaría gracia lo que estaba pasando. El personaje estaba indignado y no paraba de gritarle improperios. Al final se calmó cuando volvió a ver la luz. Y hasta fue un poco gentil cuando le pidió a Paty que lo dejara cerca de la ventana para entretenerse por lo menos viendo a la gente que paseaba por la calle. Pero no bien lo puso donde él quería, volvió a arremeter con insultos. Sin embargo, a la chica la tenía sin cuidado. Incluso escuchar como él seguía insultándola mientras salía por la puerta de su casa provocó que entrenara con una sonrisa en la cara.

Durante aquel día de facultad Paty no hizo otra cosa que pensar en el personaje que la esperaba en casa. Y cuanto más pensaba en él, más convencida estaba de que le sería imposible contar una historia sobre su persona. Ella nunca había tenido especial facilidad con las letras. Los números habían sido un poco más su fuerte. Durante el liceo siempre había odiado aquellas materias que implicaran largas lecturas y desarrollar complejas ideas por escrito. Tampoco fue nunca como esas niñas que tenían su diario íntimo y les encanta contar en él todos sus secretos. Lo cierto era que en lo que se refería a la práctica de escribir, estaba por completo fuera de forma.

A la hora del almuerzo iría a comer con Anita para celebrar que había cazado por fin a su primer personaje. Así que pensó en aprovechar, ya que llevaría los libros a la sede, pero cuando llegó, su entrenadora todavía no había estaba allí. Le mandó un mensaje diciéndole que se retrasaría unos minutos y que por favor la esperara. Paty fue a la sala de recreo, y sentada en un sillón, se proponía hojear una revista cuando entraron Tami y Gerónimo charlando muy animados. Paty los saludó con un gesto de cabeza, porque los dos parecían tan compenetrados en la conversación que no quería interrumpir. Pero a pesar de simular estar sumergida en su lectura, no se le escapó la forma sutil en que Tami coqueteaba con Gerónimo. Entre chistecito y chistecito le tocaba el hombro y se reía de forma muy exagerada.

Paty no terminaba de ponerse de acuerdo con respecto a cómo se sentía hacia Tami. No podía decir que la odiaba, porque ella no había hecho nada como para ganarse su odio. Es más: ni siquiera la conocía lo suficiente como para que tuviera sentimientos definidos sobre ella. Sincerándose, sentía un poco de celos. Era perfecta. Estaba siempre impecable, siempre de buen humor y lo más probable era que, en su momento, hubieran hecho la pareja perfecta con Julián. Al fin se dijo que era todo producto de los celos y que en realidad no había nada malo en Tami.

—Hola, Paty —dijo Gerónimo, saludándola y parándose frente al sillón donde ella estaba sentad—. ¿Te dejó dormir en paz el personaje?

—Sí, por suerte, sí —dijo Paty, riendo al recordar su mañana—. Hola, Tami. Recién cuando me levanté se despertó. Pero enseguida empezó a quejarse y no quería que me fuera.

—Típico de los personajes —dijo Tami—. Hasta que no les escribís su historia no te dejan en paz.

—Pero no te preocupes Paty, yo sé que vos vas a poder dominarlo —dijo Gerónimo.

—¿Qué te pasa hoy que estás tan bueno? —dijo Paty mirándolo sorprendida.

—Che, uno no tiene por qué ser ingenioso y genial todo el tiempo —dijo Gerónimo sonrojándose—. Pero en verdad hay algo que me tiene un poquito alterado.

—Seguro que no debe ser por la falta de chicas —dijo Tami—. Deberías ver cómo se le tiran encima.

—Me imagino que sí —respondió Paty.

—Ojalá tuviera que ver con eso —dijo sentándose junto a ella, preocupado—. Es sobre la desaparición de personajes y la paranoia que está generando en la gente. En este caso, mi propia paranoia.

—¿Qué te pasó? —preguntó Tami poniéndose seria, sentándose en una silla enfrente a él y muy atenta a lo que decía—. Contanos, así podemos ayudarte a sacarte tus dudas.

—Es una bobada —dijo Gerónimo, dudando entre contar lo que lo ponía nervioso o no—. Es que no quiero culpar a alguien sólo por una cosa que vi. Me pareció sospechoso, pero no quiero que lo tomen como si yo pensara que esta persona es responsable de lo que ocurre.

—No pasa nada, Gerónimo —dijo Paty—. Yo por lo menos no soy tan influenciable y siempre prefiero sacar mis propias conclusiones.

—Sí, Gero —dijo Tamara—. Contá sin miedo.

—Bueno, es sobre Omar, el jefe de los compositores —dijo Gerónimo dudando—. Hoy mi padre me mandó al banco a hacer unos trámites. Y cuando estaba ahí, escuché sin querer una conversación. Era entre Omar y el gerente del banco. Al parecer, el jefe había recibido del exterior vía giro bancario un montón de dinero, y ahora quería transferir una parte a la cuenta de otra persona. No lo sé. Pero me pareció algo sospechoso.

—Pero Gerónimo, eso no quiere decir nada —dijo Paty intentando tranquilizarlo, y recordando el respeto que Anita sentía por aquel hombre—. Tal vez logró vender algo de su trabajo para el exterior y por eso le giraban la plata.

—Cierto —dijo Gerónimo tratando de convencerse—. Una cosa necesariamente no indica la otra. Soy un perseguido.

—Sí, por sí solo tal vez no indique nada —dijo Tami pensativa—. Pero tampoco podemos dejar de lado el hecho de que en los últimos meses ocurrieron cosas muy extrañas en torno a la persona de Omar.

—Eso también es verdad —dijo Gerónimo con tristeza.

—Pero nada de eso fue comprobado –replicó Paty, defendiendo al hombre sólo porque Anita lo defendía, y también un poco para llevarle la contra a Tami—. Fueron sólo rumores y cosas por el estilo. Si no, ya hubieran tomado medidas contra él.

—Sí —reconoció Gerónimo, más tranquilo—. Que sospechen de él no lo hace culpable.

—Pero bueno, la verdad es que todos somos sospechosos hasta que se encuentre al culpable —dijo Tami frustrada.

—Por desgracia es cierto —dijo Gerónimo con pena.

Todos se quedaron callados, pensando en lo que había contado Gerónimo y la situación actual de la legión. Paty no podía evitar sentirse un poco ajena, por momentos. Ella no conocía muchos legionarios, y a los que sí, en verdad los conocía muy poco. No quería involucrarse demasiado. Pero tampoco podía quedarse afuera. Al ser una legionaria se convertía automáticamente en parte de todo aquello. Sumergidos en sus propias reflexiones fue que los encontró Anita.

—¿Qué pasó acá? —dijo la entrenadora ingresando a la habitación—. Parece que estuvieran todos de velorio.

—No te confundas —dijo Paty actuando con rapidez. Se puso de pie y poco menos que empujó a Anita fuera del lugar—. Yo por lo pronto tengo cara de mucha hambre. Chau, chicos.

Gerónimo y Tamara apenas devolvieron el saludo de Patricia. Ella siguió hablando entusiasmada, intentando ocultar su preocupación, mientras dejaban a los otros dos legionarios atrás y abandonaban la sede. No quería que Anita oyera lo que los chicos conversaban. Más que nada porque era una cuestión sin fundamento y no quería que su amiga se angustiara de forma innecesaria. Además, tenía otras cosas en la cabeza que quería discutir con Anita, y por más egoísta que sonara no quería que su entrenadora se pasara todo el tiempo pensando en Omar, sin prestarle atención.

—Brindemos por tu primer personaje atrapado —dijo Anita levantando su vaso de refresco, una vez instaladas en un bar, comiendo aceitunas y papitas.

—Y por mi entrenadora que me ayudó a conseguirlo —dijo Paty.

—¿Ya había reaccionado el personaje cuando saliste de tu casa?

—Sí —dijo Paty—. Y no quería que me fuera. Pretendía que me sentara a escribir su historia en ese mismo momento.

—Los personajes pueden ser un poco impacientes algunas veces —dijo Anita—. Pero vos no le hagas caso. Tomate todo el tiempo del mundo para escribir su cuento.

—¿Puedo esperar a tener más personajes? —preguntó Paty pensativa—. Digo, no sé... por ejemplo, si quiero escribir una novela.

—Claro, o puede que no —le explicó Anita—. Podés escribir una novela con un único personaje. Pero no es lo más usual. De todas formas, no te preocupes por eso ahora. Creo que por ser tu primer personaje lo mejor que podés hacer es escribir un cuento sobre él.

—Sí, supongo que sí. Igual me parece que va a estar un poquito complicado —dijo Paty suspirando—. Espero que en el resto del proceso mi personaje tenga más paciencia que la que demostró tener hoy de mañana.

—Tranquila, Paty, escribir un cuento no es tan trágico —dijo Anita—. No digo que sea algo fácil, pero tampoco es imposible. Sólo tenés que poner mucho empeño y conectarte con tu personaje y la historia que sea más efectiva para él.

—Pero lograr escribir historias como las que tanto me gustan… —Paty resopló frustrada—. ¿Cómo se llega a escribir una cosa así?

—Paty, no te estreses —dijo Anita—. Nadie está pidiéndote que hagas una cosa de esas, sería casi imposible... y lo único que lograría sería que te frustraras y no te saliera nada bueno.

—Pero no entiendo. Eso es algo de la legión que hasta ahora no me quedó nada claro. ¿La idea es que nos volvamos escritores famosos? —preguntó Paty, confundida.

—No, nena —contestó Anita—. Nada más lejano. A ver: si se da que alguno de nosotros lograra escribir algo exitoso, genial. La legión no está en contra de eso. Pero tampoco es que lo fomente. Lo único que persigue es que las historias sean escritas. Si nos motivan a que seamos mejores escritores es para que los personajes se sientan cómodos dentro de las historias y no quieran volver a escaparse.

—¿Mi padre era un buen escritor? —preguntó Paty con mucha cautela.

—Ni idea, Paty —dijo Anita con lástima—. Pero lo mejor que podés hacer es no pensar en eso y concentrar todas tus energías en escribir.

CAPÍTULO XXVII

Charlar con Anita siempre hacía que Paty se sintiera un poco mejor. Y aquella tarde, cuando volvió a su casa, ya estaba mucho más tranquila. Ahora se tenía que hacer responsable de la tarea que tenía por delante. Debía enfrentar la situación, y por más de que no tuviera ni idea sobre cómo se escribía un cuento, estaba dispuesta a intentarlo. Pensó en que no sería bueno que en su casa la escucharan hablando sola. Lo meditó durante unos minutos y optó por irse con el personaje a dar una vuelta por ahí. Así que entró a su cuarto, y haciendo caso omiso a los gritos que procedían del bolso, lo tomó y salió de su casa. Caminó unas pocas cuadras y aprovechando que el día era lindo y todavía habría sol por un rato, se sentó en un banco junto a un gran árbol.

—Al fin nos quedamos quietos —rezongó el personaje desde dentro del bolso—. En vez de dar tanto paseo deberías dedicarte a escribir, ¿no?

—Tranquilo, personajecito —dijo Paty, abriendo el bolso un poquito para que el personaje pudiera ver donde estaba—. Vine a una placita, porque en mi casa podían sospechar que algo raro andaba pasando si me escuchaban hablando sola, y prefiero que sean desconocidos los que piensen que estoy loca.

—Está bien, está bien. Se agradece un poco de aire fresco —dijo el personaje—. Empecemos esto de una buena vez: ¿cómo me llamo?

—Se supone que sos vos él que sabe eso, ¿no? —preguntó Patricia sorprendida.

—¡Esto es muy fuerte! Una humillación total —comentó el personaje, irritado—. Me viene a atrapar nada más y nada menos que una novata.

—Bueno, todos tenemos una primera vez.

—Sí, cierto, también es mi primera vez, tengo que admitir —dijo el personaje—. Ayudémonos mutuamente, entonces. Volvamos a la cuestión de mi nombre, ¿cómo me llamó?

—Mmm… yo que sé... ¿Martín te parece bien? —dijo Paty dudando.

—Uh, ¡qué asco! —exclamó el personaje—. No me gusta nada.

—A ver, dejame pensar en otro —dijo Paty pensativa—. ¿Qué tal Horacio?

—Horacio es aceptable. Suena mucho más masculino —dijo complacido el recién bautizado—. ¿Voy a tener que seguir dándote indicaciones o podés sola?

—Tranquilo, Horacio —dijo Paty. A pesar de su mala onda aparente y su carácter difícil, aquel personaje le caía bien. ¿Qué más podía pretender de alguien que acababa de perder su libertad? —. Estoy un poco confundida, más que nada por el hecho de haberte cazado a vos y no a otro tipo de personaje.

—Claro, yo no soy lo suficiente bueno para vos, ¿eso querés decir? —dijo Horacio, ofendido.

—No te pongas sensible —le contesto Paty, mirándolo—. Sé que no está bueno ser atrapado, pero teneme paciencia. No es que me moleste que seas vos. Es que estoy confundida.

—Está bien, voy a intentarlo —dijo el personaje resignado—. ¿Qué es lo que te tiene tan confundida?

—Yo no sé mucho de literatura, si tengo que ser sincera. Y las historias que más me gustaron fueron las novelas de las hermanas Brontë, de Alcott y de ese estilo. No creo que un hombre pueda jugar un rol muy principal en un cuento de ese estilo.

—Claro que se puede, jovencita. He ahí la magia de la literatura. Nada es absoluto. El desafío está en hacer lo que uno quiere y ser fiel a eso. Es muy fácil dejarse influenciar por lo que dicen los otros, pero no tenés que imitar a quienes admiras. Sólo tenés que dejar que ellas te enseñen y después ver qué es lo que te sale.

—Veo que Horacio sabe mucho sobre la cuestión de los escritores —dijo Paty—. Entonces vamos a convertirte en un escritor.

Al final del día Paty estaba contenta. Era muy probable que nunca llegara a sentirse conforme con su desempeño como escritora; sentía que crear historias para sus personajes no iba a ser algo que se le diera con facilidad, pero eso no la preocupaba. No pretendía ser una escritora célebre. Y si con el resto de los personajes que cazaba lograba generar una conexión tan fuerte como la que tenía con Horacio, aquello tampoco le resultaría tan difícil. Cuando volvió a su casa, esa noche ya tenía en su libreta un montón de apuntes que le permitieron escribir una historia que había elaborado con la ayuda de Horacio.

No estaba segura de que el cuento que había escrito para Horacio lo conformara y lo retuviera dentro de sus páginas por mucho tiempo, pero a ella le gustaba. Toda la historia había surgido de la conversación que habían sostenido ella y Horacio en la plaza. El cuento se podía resumir como la historia de un joven escritor de la actualidad que intentaba vivir de su profesión. A su vez, él estaba enamorado de una joven y frívola reportera que trabajaba en el mismo periódico. Para persuadirla a que saliera con él, le escribe largas cartas de amor que ella no lee, pero que sí lo hace su asistente, quien se enamora de Horacio. La asistente se hace amiga de él y pretende ayudarlo a conquistar a su jefa. Ambos traban una estrecha amistad, pero Horacio se enfurece cuando descubre que las intenciones de ella nunca fueron ayudarlo. Pronto se da cuenta que se ha enamorado de la asistente y terminan juntos.

Horacio opinó que Patricia era demasiado romántica y que todavía le faltaba muchísimo por aprender. De todas formas estaba conforme con su historia y no podía esperar el momento en que Paty la desarrollara y le diera su toque personal. Desgraciadamente, Horacio tendría que esperar un poco más antes de ver realizados sus deseos, porque cuando Paty volvió a casa esa noche, su madre estaba esperándola, y al parecer no estaba para nada contenta. Paty respiró con fuerza y se preparó para recibir los golpes.

—Patricia, ¿dónde estabas? —preguntó su madre de forma tajante cuando Paty entró en el salón.

—Me fui por ahí —dijo Paty con paciencia—. Fui a tomar un café con una amiga. Nada para preocuparse.

—¿Con quién? —preguntó su madre, moviéndose de un lado a otro en la habitación—. ¿Con tu nueva amiga Anita?

—No, ma —respondió Paty, oliendo la trampa. Lo más seguro era que su entrenadora hubiera llamado—. Con una compañera de facultad con la que estoy haciendo un trabajo.

—Bien —dijo su madre, pareciendo más tranquila. Pero hizo un movimiento brusco y le arrancó el bolso de las manos—. ¿Te estás drogando, Patricia? ¿Es eso?

Paty miró horrorizada cómo su madre revisaba el bolso. No, la verdad es que no se estaba drogando. Pero seguro que tampoco la haría muy feliz saber lo que estaba haciendo en realidad. Anita le había explicado que su padre había tenido gustos extravagantes a la hora de elegir sus instrumentos de caza. Pero eso no impedía que quizás su madre viera algo raro en aquel elemento. Respiró tranquila cuando su progenitora abandonó la búsqueda al descubrir que allí dentro no había nada ilegal.

—Vos andás en algo raro, Patricia, y yo lo voy a descubrir —su madre le tiró el bolso, enojada—. No voy a permitir que desperdicies tu vida. Si te estás drogando o haciendo algo que pueda arruinar tu carrera voy a descubrirlo.

—¡No me drogo, mamá! —gritó Paty enojada.

—Aunque podría estar pasándote algo mucho peor… mucho peor —dijo su madre con la mirada perdida.

—¿De qué hablás, mamá? —preguntó Paty confundida.

—Podrías terminar como tu padre —le dijo pero sin dirigirse a ella, sino mirando el aire.

—¿Y qué quiere decir eso, mamá? —preguntó Paty, poniéndose nerviosa—. ¿Qué quiere decir terminar como papá?

—¡A tu cuarto Patricia! —gritó su madre más enojada que nunca—. ¡Ahora!

Patricia conocía a su madre lo suficiente como para saber que cuando se ponía en aquella actitud, todo tipo de discusión era inútil. Su curiosidad por saber qué era lo que había ocurrido con su padre había quedado relegada a segundo plano una vez más. Pero Paty ya estaba más que harta de aquella situación.

CAPÍTULO XXVIII

Aquella noche Paty casi no pudo pegar un ojo. Al principio había creído que su padre había hecho alguna cosa que había arruinado su propia vida y la de su madre. Pero en los últimos tiempos, una idea más oscura había empezado a rondar en su cabeza. ¿Y si su padre había hecho algo peor todavía? ¿Si él había hecho algo que hubiera afectado a toda la legión y manchado su nombre para siempre? No quería pensar en eso, pero la idea se le venía a la cabeza una y otra vez. Desde un principio había sentido que llevar su apellido dentro de la legión era una especie de deshonor. Pero temía que fuera aún peor de lo que creía.

Sabía lo que tenía que hacer. La realidad es que siempre había sabido dónde encontrar las respuestas que ella buscaba, pero hasta ahora había sido muy cobarde. Por alguna que otra razón, siempre iba posponiendo lo que tenía que hacer. Todas las respuestas se encerraban en una sola persona: Norah. Con ella era con quien debía hablar sin demora. Tampoco quería faltarle el respeto de ninguna manera, no quería presionarla ni hacerla pasar un mal momento. Pero su paciencia estaba llegando al límite.

Al día siguiente, Paty dio tres vueltas a la manzana antes de animarse a entrar a la sede. Hacía bastante calor y se sentía sofocada. Por momentos, sentía que aquello era lo correcto, lo que tendría que haber hecho hacía tiempo. Era hora de que Norah le dijera la verdad. Entró decidida. Al fin descubriría lo que habían estado ocultándole. No dejaría que la asustara la sensación de grandeza que tenía aquel lugar. Desde que había puesto los pies en la sede por primera vez, su respeto por aquel lugar no había dejado de crecer, al igual que lo había hecho el afecto y la admiración que sentía por Norah y por el resto de los legionarios que eran cercanos a ella. Entró a la sede y se dirigió al despacho de la jefa que se encontraba sola y disponible para hablar con ella.

—No, Paty querida, no me molestas para nada —dijo Norah cuando Paty entró en su escritorio—. Siéntate. ¿A qué debo el honor de tu visita?

—No, nada en especial —dijo Paty dudando mientras se sentaba—. Es que se me está complicando con la cuestión de escribir mi primer cuento.

—Ah, sí, una situación un poco complicada —dijo Norah—. Pero no tenés nada que temer, todos los legionarios hemos pasado por eso. Y te puedo asegurar que personas con muy poca práctica en la escritura han logrado muy buenos cuentos.

—Lo sé. Y no es que esté en una situación desesperada tampoco. No es mi intención llegar muy lejos con esto de la escritura —dijo Paty con sinceridad, jugando con la manga de su camisa celeste—. Pero tengo un pequeño problema que debo superar para poder alcanzar mi crecimiento como legionaria.

—¿Cuál es ese mal que te aqueja? —preguntó Norah, entreviendo lo que se venía.

—Me da un poco de pena insistir sobre este tema —dijo Paty con timidez—. De todas formas, creo que es inevitable que me pase. Cuanto más avanzo en mi entrenamiento y cuanto más sé sobre la legión, más crece mi curiosidad por entender lo que pasó con mi padre. Todos los días me surgen dudas nuevas con respecto a él. Y, últimamente, hay varias que están carcomiéndome la conciencia.

—Paty, vos sabés muy bien que no te hemos contado nada por tu propio bien. No queremos que determinada información sobre tu padre influencie de una forma negativa tu forma de ver la legión —dijo Norah pensativa—. Pero tampoco queremos que nuestro silencio te influya para mal. Tal vez deba contestar a algunas de tus preguntas. ¿Qué es lo que te preocupa tanto acerca del pasado de tu padre?

—Es que todo esto de la desaparición de los personajes y los crímenes —dijo Paty con cierto temor y cautela— hizo que me cuestionara sobre qué fue lo que hizo mi padre para que mi madre tenga repulsión de hablar sobre él, y que ustedes lo traten con tanto cuidado.

—Corazón —dijo Norah, mirándola con pena—. Por supuesto, ¡qué tonta fui! Era lógico que con lo movida que está hoy en día la legión pensaras cosas de ese calibre. Pero no tenés nada que temer en ese aspecto. Las acciones de tu padre no repercutieron en la legión, más allá de perder a un gran legionario. Por desgracia para tu familia, fue la que se llevó la peor parte. Fue la vida privada de tu padre la que se vio más afectada. Y la que más herida salió fue tu madre, y, en consecuencia, tú.

—Es bueno saber que nadie más salió lastimado —dijo Paty un poco más aliviada.

—No te sientas mal, Paty —dijo Norah—. No tenés que avergonzarte de tu apellido.

—No es que sienta vergüenza, pero por lo menos me gustaría saber quién era mi familia. Y con respecto a eso me gustaría pedirte un favor muy especial. Quisiera tener la posibilidad de leer algo de lo que escribió mi padre.

—Te prometo que la vas a tener, pero no ahora —dijo Norah con ternura—. Sólo te pido que tengas un poquitito más de paciencia. Vas a saber todo sobre él. Ya esperaste tanto que estoy segura de que vas a poder esperar un poquito más.

—Tengo bastante paciencia, no pasa nada —dijo Paty, con tranquilidad—. Era sólo esa pequeña inquietud que tenía ahora, pero estoy dispuesta a esperar para leer esos cuentos.

Cuando Paty terminó su reunión con Norah, si bien no se sentía del todo satisfecha, estaba un poco más tranquila. Quizás todo fuera un poco exagerado y lo que había hecho su padre no era tan grave en realidad. Ahora podía volver a concentrarse cien por ciento en lo que tenía que hacer: darle vida a su personaje. Pero en el momento en el que salía de la oficina de Norah, un grito histérico interrumpió su tranquilidad y la de toda la sede.

—No sigas defendiendo lo indefendible —gritó Tamara furiosa entrando a la casa.

—Tamara, por favor, tampoco es cuestión de andar acusando a todo el mundo sin tener ningún tipo de prueba —dijo Álvaro con calma, pero con voz de preocupado.

—¿Qué pasó ahora? —preguntó Norah saliendo de su escritorio.

—Que esta situación es insostenible, Norah. Por favor, ¿cómo nadie hace nada si el culpable está ahí nomás, delante de todos? —dijo Tami con enojo y frustración.

—¿Y quién sería ese supuesto culpable? —preguntó Anita, saliendo de la cocina.

—Nadie, Anita, Tami está enojada y se descarga con cualquiera —dijo Álvaro.

—¡No me trates como loca! —dijo Tami mirándolo amenazante, ahora ambos estaban en el hall de la legión y todos miraban a la pareja discutir—. No podés negar que todas las pruebas apuntan a él.

—¿Pueden explicarme, por favor, qué suscitó toda esta disputa? —preguntó Norah, y viendo que Álvaro iba a responder por Tami, lo interrumpió—. Por favor, siéntense y con calma explíquenme todo.

—Volvió a pasar, Norah —dijo Álvaro apenado, sentándose en un sillón del hall—. Desaparecieron personajes otra vez.

—¿De dónde? —preguntó Anita.

—De la sede de los guionistas —explicó Álvaro—. Esta tarde fuimos con Tamara a buscar unos personajes que pensaba usar en su nuevo proyecto, y cuando llegamos, no estaban.

—Alguien se los había robado —acotó Tami, enojada y triste—. Y fue alguien dentro de la rama de los compositores.

—¿En qué te basas para decir que fueron ellos? —preguntó Anita todavía más enojada—, si los que desaparecieron fueron personajes dentro de la sede de los guionistas...

—Nadie está sospechando de ellos, Anita —dijo Álvaro.

—Hablá por vos —dijo Tami casi para adentro suyo.

—Por favor, ¿pueden hablar claro? —dijo Norah, comenzando a impacientarse.

Se hizo un profundo silencio; Álvaro y Tami intercambiaron miradas. Al parecer, ambos no estaban de acuerdo con respecto a algo que no se decidían a compartir con Norah. Anita parecía muy impaciente por saber qué era lo que ambos ocultaban. Y Paty, que se había sentado en un sillón, se sentía bastante fuera de lugar, pero no estaba dispuesta a irse, bajo ningún concepto. Ahora todo lo que concernía a la legión se había vuelto un asunto personal para ella. Y si bien no conocía mucho a los protagonistas de esas disputas, quería saber bien qué era lo que estaba pasando.

—Uno de los muchachos de Omar necesitaba un personaje ayer a la tarde y Hugo le dio permiso para sacarlo —dijo Álvaro—. Y por desgracia, no comprobó que fuera uno solo lo que se estaba llevando.

—¡Eso no quiere decir nada! —gritó Anita, enfurecida—. Puede haber sido cualquier miembro de la legión de los guionistas.

—Anita, por favor, moderación —dijo Norah, mirándola con dureza—. De todas formas tiene un punto válido: ¿qué los llevó a pensar que fuera el chico de la Legión de los compositores?

—Por la mera casualidad de que fue la última persona que tuvo la oportunidad de hacerlo, antes de que entráramos nosotros —dijo Tamara, con sorna.

—¿No sería demasiado obvio eso? —preguntó Paty, arrepintiéndose al instante de haber abierto la boca.

—Cierto —apoyó Norah —, sería muy evidente.

—Pero eso nos dejaría un solo sospechoso —contestó Álvaro con firmeza—. Y si bien no creo que Omar sea capaz de hacer tal cosa, tampoco estoy dispuesto a aceptar que se crea que fue Hugo.

—Mejor vamos a no hacer conjeturas sobre quién es el culpable —dijo Norah—. Creo que esto que acaba de suceder es terrible. Supongo que tendremos que juntarnos los cinco a discutirlo, pero le voy a pedir a ustedes que dejen de acusar sin sentido y que no siembren el pánico.

—Yo no puedo aceptar que alguien considere siquiera la posibilidad de que Omar sea culpable —dijo Anita, mirando a Tami con furia.

—Nadie acusa a nadie —dijo Álvaro, reprochando la actitud de Anita—. Vamos a olvidarnos de toda esta discusión. Tami, vayamos a mi escritorio a ver cómo podemos solucionar tu situación con la ausencia de esos personajes. Chau, Norah.

—Me voy a llamar a los otros cuatro para convocar una reunión urgente —dijo Norah, mirando a Anita con seriedad—. Y ustedes, por favor, eviten que se generen más rumores de los que ya corren.

Anita y Paty se quedaron sentadas juntas y en silencio. La entrenadora estaba sumergida en sus propias reflexiones. Paty podía entender la razón de su preocupación. Era más que obvio que a Anita no le gustaba que se acusara a alguien que ella conocía, quería y respetaba mucho. Pero Paty no conocía al hombre responsable de *La legión de compositores*, y haciendo un resumen de las cosas que había escuchado sobre él, la balanza se inclinaba hacia el lado negativo. Aunque intentara no culparlo por respeto a Anita, no podía librarlo de todo cargo.

Ya en su casa, Paty no podía dejar de pensar en todo lo que había escuchado aquella tarde. Sentía una fuerte impotencia y estaba harta de tanta confusión, pero no sabía en dónde podía encontrar las respuestas a las preguntas que bailaban en su mente.

CAPÍTULO XXIX

Aquel sábado Paty creyó que era tiempo de alejarse un poco de la legión y prestarle más atención a su familia. Por lo tanto, cuando su madre le preguntó si deseaba ir con ellos a comer a un lugar del puerto, Paty, dijo que sí. No quería pensar tanto en la legión y otras cosas que no era capaz de entender. Un poco de aire fresco le haría bien para despejar su mente y dejar que decantara toda la información que había adquirido.

El almuerzo fue un verdadero éxito. Fueron a un restaurante frente al mar, donde pidieron unos mejillones a la provenzal deliciosos. A esta altura de su vida, Paty había aprendido que tenía que ser rápida si quería comer algo, porque si se distraía un segundo Manuel y Mateo acababan con todo. Había llegado a olvidarse de lo divertido que era charlar con su familia. Quizás en el futuro debería intentar hacerse un poco más de tiempo libre para pasar con ellos. El paseo no se limitó a ser sólo un almuerzo, sino que después de comer los cinco fueron a una feria que había por allí, donde artesanos locales vendían sus trabajos.

Paty se distrajo un ratito mirando unas pulseras que vendían en uno de los puestos. En determinado momento, vaya uno a saber por qué inspiración divina, levantó la vista y una sensación extraña la invadió. En un primer momento no logró definir qué fue lo que la incomodó. Simplemente vio a un hombre alto, flaco y de apariencia muy singular, cargando una caja. Un impulso irracional la llevó a ir detrás de él.

Había mucha gente transitando por la calle, pero era muy fácil seguirlo. Al parecer, el desconocido se encaminaba hacia el puerto. Paty empezó a sentirse estúpida y un poco culpable por estar siguiendo a alguien que no conocía y en el momento en que estaba a punto de volver a la feria, se dio cuenta de algo de suma importancia: ya había visto a ese hombre con anterioridad. Motivada por eso, decidió apoyar a su instinto y continuar con la persecución. Mientras lo seguía, Paty hizo un esfuerzo sobrehumano para recordar de dónde lo conocía. En eso, el hombre se acercó a un barco pequeño, con una cubierta de madera y una cabina, que estaba amarrado en el puerto. Miró a su alrededor con aire sospechoso y se puso a silbar. Enseguida salió un hombre que, también con actitud precavida, miró para todos lados y lo invitó a entrar.

Justo cuando el hombre desapareció dentro del barco fue que a Paty se le prendió la lamparita. Aquél parecía ser nada más y nada menos que Omar, el responsable de *La legión de compositores*. Era indiscutible. No podían existir en todo el mundo dos personas con la misma apariencia tan extraña. Pero, ¿qué era lo que ese hombre estaba haciendo allí? Su actitud parecía ser muy sospechosa. Paty sintió que la cabeza le daba vueltas. Aquello podía ser muy importante. Todas las conversaciones que había escuchado en los últimos tiempos la desorientaban un poco. Quería creerle a Anita, confiar en lo que ella decía, pero todas las pruebas conducían al hombre que ella tanto apreciaba. Y ahora Paty lo veía ahí, actuando de un modo tan singular.

Estaba reflexionando sobre qué hacer a continuación, cuando sus padres la sacaron de sus cavilaciones. Le llegó un mensaje de ellos, preguntándole en dónde estaba y si ya quería irse. Paty les respondió que enseguida volvía. Indecisa, miraba al barco sin saber qué hacer con exactitud. Estaba a punto de volver a la feria cuando vio algo que le heló el corazón: desde atrás de la cabina del barco apareció Julián, que con mucho sigilo caminó por la cubierta y se bajó de la embarcación. Antes de que su cerebro pudiera reaccionar, lo hicieron sus pies, y pronto estaba otra vez atrapada en el tumulto de la feria. Cuando se aseguró de que estaba fuera de peligro, se apoyó en uno de los puestos y respiró con tranquilidad. Su cabeza era un carnaval de ideas, pero había una cosa en la que prefería ni pensar: ¿qué tendría que ver Julián en todo aquello?

Cuando llegó a casa, Paty se sentía muy aturdida. No sabía qué era lo que debía hacer. ¿Tendría que contarle a alguien lo que había visto? Sólo tenía un montón de sospechas. Así que decidió usar la lógica de todos los días. Ella no tenía suficiente información para acusar a nadie de forma sería. Tampoco quería alimentar ningún tipo de rumor. Y lo cierto es que no conocía a nadie dentro de la legión en quien pudiera confiar ciegamente. Sí, quería mucho a Anita, pero no confiaba en su objetividad. Y por otro, lado temía que Norah viera sus acusaciones como una falta de respeto.

Distraerse parecía ser la única solución en aquel momento; después ya vería qué hacer con lo que había visto. Y su misión era terminar de escribir el cuento para su personaje. Una vez que había superado todas las dificultades iniciales, el mal que la aquejaba ahora era la perspectiva de separarse de Horacio. Después de haber convivido varios días con él, había llegado a tomarle cariño. Eran casi amigos, aunque un amigo de lo más singular. No conocía a nadie como él, y creía que, a pesar de que en el futuro llegaría a conocer otros personajes, nunca podría olvidarlo.

—Bueno, parece que ya es hora de que cada uno tome su camino —dijo Horacio cuando Paty estaba preparándolo para meterlo en la computadora. Estaba sentada frente a su escritorio con todo pronto. El conector estaba en su sitio, sólo faltaba enchufar la cajita.

—Igual, para mí nunca vamos a estar del todo separados —dijo Paty emocionada, manteniendo al espectro frente a ella—. Siempre vas a ser mi primer personaje.

—Por favor, abajo con toda esa melancolía —dijo Horacio—. La vida sigue. Ya vas a tener la posibilidad de conocer a muchísimos más personajes. También más lindos y entretenidos que yo.

—¿Vos ves a otros personajes? —inquirió Paty con curiosidad, creyendo que era la oportunidad perfecta para evacuar un montón de dudas.

—Claro que sí —admitió Horacio—. Pero mirá que no soy ningún soplón y no te pienso decir cómo encontrarlos.

—No, no pretendo que quemes a los otros —dijo Paty—. ¿Y ves algún otro tipo de cosa?

—¿Qué? ¿Estás evaluando mis capacidades? —preguntó Horacio—. La verdad es que, por más que quisiera, tampoco podría decirte donde hay personajes. Yo, y hasta donde sé, todos los personajes vivimos bastante desconectados de tu realidad. Sabemos quiénes son ustedes y de la existencia de la legión y el mundo de los humanos. pero somos como barquitos navegando en el océano hasta que un faro nos atrae a su mundo. ¡Mirá lo que me hiciste! Hasta me estoy volviendo poeta.

—Y no te queda nada mal —dijo Paty—. Así que no ves nada de los vivos... ¿ni de los muertos?

—No y no —dijo Horacio—. Me caes muy bien y quisiera poder decirte si ese chico encantador gusta de vos, o si vas a salvar aquel examen. Pero no tengo ni idea. Y lo de los muertos, Paty, es un nivel por completo diferente al nuestro. Lamento no poder decirte nada sobre tu padre.

—No pasa nada, Horacio. Supongo que tendré que esperar un poco más para saber de él. Y ahora es momento de decir adiós —dijo Paty mirándolo por última vez con cariño.

—Chau, Paty —se despidió Horacio. La legionaria conectó la cajita del personaje a la computadora y lo pegó en su cuento.

Aquello resultó ser más difícil de lo que había pensado. Nunca nadie le había hablado sobre el sentimiento de vacío que se sentía una vez que el personaje estaba dentro del cuento. Le reconfortó un poco releer la historia y hasta sintió que, ahora, con el personaje incorporado, estaba mejor.

CAPÍTULO XXX

Dormir mucho no ayudó a Paty a resolver absolutamente nada. Al levantarse estaba, si eso era posible, aún más confundida que la noche anterior. No tenía ni idea de lo que tenía que hacer a continuación. No estaba segura con respecto a hablar o quedarse callada. La idea más sensata que se le ocurrió fue ir a la sede a ver si escuchaba algún dato interesante que le sirviera para decidirse a actuar de una u otra forma.

Para colmo, cuando llegó a la legión, se encontró con que allí no había casi nadie y menos que menos alguien en quien pudiera confiar. La secretaria de Norah le comentó que ella en aquellos momentos estaba de viaje. Decepcionada, Paty decidió esperar en la sala de recreo, a ver si alguien aparecía por allí y la ayudaba a resolver su dilema. Lo había pensado bastante y no le parecía bien comentarlo con Anita. No quería ofenderla y temía que tratar un tema así pudiera llegar a empañar la amistad que había nacido entre ambas. Quizás pudiera hablar con Gerónimo o Ismael sobre aquello, pero la verdad era que no se decidía del todo. Todavía continuaba sumida en sus cavilaciones cuando algo interrumpió su tranquilidad.

—Mis sospechas están más que fundadas —dijo Tami, entrando a la habitación. Hablaba por teléfono y se sorprendió al ver a Paty, pero continuó hablando con tranquilidad—. Álvaro, siempre estuve segura de que era él. Y ahora con esto que me decís, lo estoy todavía más. No hay duda. Tengo que cortar. Hablamos después.

—Hola, Tami, ¿cómo estás? —preguntó Paty, un poco tensa por haberse visto obligada a escuchar una conversación ajena, a pesar de que estaba acostumbrándose a eso.

—Paty, bien, bien. Preocupada, como todos —respondió Tamara, echando una mirada por toda la habitación—. Pero, ¿qué más se puede esperar de una situación como esta?

—Y sí, ¿no?

—Igual, más que nada estas últimas semanas me siento bastante indignada, tengo que confesártelo —dijo Tami, sentándose de forma abrupta junto a Paty—. Para mí, es más que obvio quien es el culpable de esto. Salta a la vista de todos y nadie quiere reconocerlo.

—¿Tan segura estás de que sea él? —preguntó Paty, dubitativa.

—A mí no me cabe la más mínima duda —dijo la otra chica muy segura—. Y creo que Álvaro está empezando a creerme.

—¿Sí? —preguntó Paty dudando. Quizás Tami era la persona en quien debía confiar. No se podía decir que fueran amigas, pero ella nunca le había dado razones para sospechar nada. Dejando de lados sus celos, tenía que reconocer que todo lo que había escuchado acerca de Tamara siempre había sido positivo. Era una legionaria, y si bien últimamente se había visto cuestionado el honor de los legionarios, creía que podía confiar en la joven.

—Entiendo que no pueda creer que sea él —siguió Tamara—. Se conocen hace mucho tiempo. Pero creo que Álvaro está empezando a darse cuenta de que no puede negar más la verdad.

—Yo, lo cierto es que no conozco a nadie —dijo Paty intentando por lo menos hablar del tema—. No sé bien qué pensar.

—Pero eso es renormal, nena —dijo Tami con ternura—. Vos no tenés por qué pensar nada. No conocés mucho a toda esta gente, es lógico que no sepas bien qué pensar. No sé, ¿hay algo que te dé una idea?

—Es que no sé si en verdad fue algo… —dijo Paty con timidez.

—¿Qué pasó, Paty? —preguntó Tami con insistencia, dándose cuenta de que Paty quería hablar pero no se animaba.

—No estoy segura. No soy quien para hablar y no me gusta meter púa. Yo no conozco al dirigente de la rama de los compositores, no quiero que lo que yo diga genere un rumor sin fundamento —dijo Paty.

—Paty, podés confiar, yo no voy a ir corriendo a contar lo que vos me decís —dijo Tami, tomándole la mano—. Tampoco puedo comprometerme a no decirle a nadie, pero lo que sí te puedo jurar es que antes que nada me voy a asegurar de que lo que me digas sea cierto. No porque desconfíe de vos, ¿me entendés?

—Sí, te entiendo. Voy a contarte lo que vi porque pienso que puede llegar a ser relevante —Paty respiró profundo y le contó todo lo que había visto en el puerto.

—¿Fue ayer? —preguntó Tami sorprendida.

—Sí, ayer. Cuando lo vi, al principio no tenía ni idea de quién era —confesó Paty—. Pero bueno, no creo que existan dos personas de apariencia tan singular en este país. Ese hombre es tan flaco y alto, y tiene una cara tan rara…

—¿Alto? —preguntó Tami—. Sí, Omar tiene un cuerpo muy particular.

—¿Qué pensás de todo esto? —preguntó Paty con nerviosismo. Tami parecía ausente.

—Pienso que es muy grave. Me dejás muy sorprendida —contestó Tamara.

A Paty le hubiera gustado preguntarle más cosas, pero justo en ese momento su conversación se vio interrumpida por la llegada de Gerónimo.

—Hola, chicas —dijo Gerónimo entrando en la habitación—. ¿Cómo están?

—Hola, Gero muy bien —dijo Tami acercándose a él y dándole un beso en el cachete de forma sensual—. Paty, vos quedate tranquila, voy a utilizar la información que me diste de forma responsable.

—Uh, cuánto misterio entre estas dos chicas —dijo Gerónimo, sentándose junto a Paty.

—Nada de misterio. En verdad, me parece una bobada. Algo mío nomás —dijo Paty, comenzando a dudar de lo que había dicho, ocultó su cara entre sus manos—. Estoy demasiado confundida.

—¡Eh, epa! ¿Qué te pasa, Paty? —preguntó Gerónimo preocupado al ver a la chica tan angustiada.

—Te lo cuento porque confío en vos y porque creo que, en verdad, tendría que habértelo dicho a vos antes que a Tami —dijo Patricia.

Volvió a relatar por segunda vez lo que había visto el día anterior. Esta vez se sintió más cómoda que contándoselo a la chica, y además, incluyó algo que no sabía bien por qué, había omitido la vez anterior. Le contó a Gerónimo cómo Julián había aparecido por el costado del barco. El chico la escuchó con atención y a Paty le pareció que él se ponía triste. Pero en todo momento sintió que le creía y que la causa de su tristeza era por lo que ella estaba contándole.

—Yo sé que para vos es difícil entender esto. Es lógico, al ser nueva en la legión no sabés bien lo que cada dirigente significa para nosotros —le explicó Gerónimo—. Para muchos de nosotros, Norah es como una gran madre. No creo que haya un solo legionario que no la quiera y la respete. Omar es también muy querido. Creo que los jóvenes somos quienes más lo apreciamos, él ha hecho muchas cosas para darnos más espacio dentro de la legión. Mucha gente confía en él. Los adultos aprecian que se preocupe por los chicos, y nosotros lo tomamos como guía.

—¿Y los otros tres? —interrogó Paty al ver que Gerónimo callaba.

—No es que sean malos —dijo Gerónimo dubitativo—. Es sólo que no son tan queridos como Norah y Omar. El de dramaturgia, Guillermo, y la de plásticas, Genoveva, ni cortan ni pinchan. No tienen mucha gracia. Nadie los adora, pero nadie los odia. Y con el de los guionistas, Hugo, lo mismo. Puede ser que algunas veces sea el más controversial. Algunas personas discrepan con sus opiniones, aunque yo nunca tuve ningún problema serio con nadie.

—Creo que entiendo tu punto —comentó Paty—. Supongo que debe ser muy desmotivante creer que uno de los representantes, en quien la mayoría de los legionarios confía, esté bajo este tipo de acusaciones.

—Chicos, qué suerte que los encuentro —dijo Álvaro entrando en la habitación—. ¿Están libres?

—Sí, yo estoy —dijo Gerónimo—. Y tengo mi auto.

—También yo —coincidió Paty—. Aunque estoy a pie.

—Bueno, pero van juntos —dijo Álvaro, dándole a Gerónimo un papel con una dirección—. Es un trabajito tranquilo. Pueden ir sin problema los dos solos.

Los chicos fueron hasta el lugar que Álvaro les había indicado. La relación entre ambos era cada vez más estrecha. Además, en el último tiempo había crecido un importante distanciamiento entre Julián y ella, y eso provocaba, aunque de forma inconsciente, que Paty se apoyara aún más en Gerónimo. El lugar no era un lugar muy alejado; a mitad de cuadra había un bar abierto y unas casitas se apretaban por la cuadra siguiente. Pero la dirección exacta que el coordinador les había dado era como una especie de galpón enorme. La magnitud del lugar, sumada a la oscuridad de la noche y a que en la calle no había casi nadie, hicieron que a Paty le diera un escalofrío, a pesar del calor de la primavera.

—Qué raro que es esto —dijo Paty indecisa—. ¿Estás seguro de que es la dirección?

—Sí, miedosa, ¿qué tiene de raro? —dijo Gerónimo, haciéndose el valiente—. Es un lugar muy tranquilo, lejos de la gente. ¿Qué es lo que te da miedo?

—Pueden ser las recientes agresiones a los legionarios —dijo Paty enfadada—. Pensé que sería un lugar más público.

—Bueno, Paty, Álvaro sabe lo que hace. Si nos mandó acá solos, es porque está seguro de que es tranquilo y de que nada nos va a pasar.

—Si vos decís… —dijo Paty dudando.

—Vos no te preocupes —dijo Gerónimo, descargando sus cosas del auto—. Ahora vamos a entrar.

—¿Qué? ¡Vos estás loco! —dijo Paty nerviosa—. Y no es sólo porque me da miedo. No podemos andar entrando a propiedades de gente que no conocemos.

—Tranqui, Paty —dijo Gerónimo seguro de sí mismo—. Pienso tocar la puerta.

Con toda la desconfianza y temor del mundo, pero viendo que no le quedaba otra alternativa, Paty siguió a Gerónimo muy de cerca, casi pegada a sus talones. Se acercaron hasta que dieron con una puerta. Llamaron y escucharon el eco de los golpes, el lugar parecía vacío. Después de unos minutos de volver a golpear y a esperar, Gerónimo intentó abrir la puerta, que cedió con facilidad.

—Estás loco, Gerónimo —dijo Paty tan nerviosa que su voz le salió como un chillido—. No me digas que pensas entrar…

—Y vos vas a venir conmigo —dijo Gerónimo empujándola.

—Vamos a terminar presos —dijo Paty temerosa—. Además no tenemos luz.

—Yo siempre tengo una linterna conmigo —Gerónimo la sacó de su bolsillo y la prendió—. Ahora dejá de quejarte y entremos de una buena vez.

El lugar por dentro era todavía más grande de lo que parecía por fuera. Estaba casi del todo vacío, a no ser por unas cajas que se apilaban contra una pared. No había ningún tipo de señal que indicara que hubiera vida humana por allí desde hacía mucho tiempo. Comenzaron a internarse en la oscuridad del galpón y Paty no pudo evitar que se le pusiera la piel de gallina. Sólo se oían sus respiraciones. Había algo que no estaba bien en aquel lugar. Un personaje estaba siempre detrás de una víctima. Y ahí no había nadie. Si no había ningún ser humano, por ende no podía haber espectro que quisiera poseerla.

—Esto me huele mal, Gerónimo —dijo Paty asustada—. Acá no hay nadie. Vámonos.

—Mirá si serás miedosa… —dijo Gerónimo con sarcasmo—. A mí me parece que hay un poco de olor a humedad, pero nada del otro mundo.

—No seas bobo, sabés de lo que te hablo —dijo Paty casi en un susurro—. Vos mismo tenés que reconocer que acá hay algo raro. Vamos.

—Que conste que no es por miedoso —dijo Gerónimo serio—. Pero es verdad. Salgamos y llamo a Álvaro.

De golpe, sin que supieran bien de dónde venía, una ráfaga de viento golpeó la cara a ambos. Estaba claro que no venía de la puerta, pero ellos tampoco veían otro tipo de abertura. Al menos no a la luz de la linterna. Se escuchó un leve chasquido, como de dos metales al chocarse, y después un fuerte ruido que venía de la puerta de entrada. Paty se pegó aún más a Gerónimo y se abrazó de él. Ambos permanecieron unos segundos en silencio sin lograr entender que era lo que había pasado.

CAPÍTULO XXXI

—¿Qué fue eso? —preguntó Gerónimo con voz temblorosa—. Ahora sí, vámonos de acá.

Comenzaron a caminar con rapidez, casi corriendo hacia la puerta. Pero antes de que la alcanzaran, un personaje les pasó zumbando las cabezas. Los dos chicos se miraron sorprendidos. ¿A quién quería poseer ese personaje? Antes de que pudieran llegar a contestarse cualquier tipo de pregunta, su atención se vio concentrada en el techo del galpón. Allí arriba, dando vueltas, chocándose unos con otros sin orden, había alrededor de veinte personajes. Sus cuerpos apenas se veían por la luz que entraba de la calle por alguna claraboya que daba a un faro. Los chicos se miraron sorprendidos. Aquello era demasiado raro. Los dos compartieron el mismo pensamiento: que eso no era casualidad.

—¡Está cerrada! —gritó Paty espantada al intentar abrir la puerta—. Nos dejaron encerrados.

—Tranquila, está todo bien —dijo Gerónimo nervioso—. Vamos a encontrar la forma de salir.

—Estoy tranquila, estoy tranquila —dijo Paty casi al borde de la histeria, tratando de convencerse—. Ellos no nos pueden hacer nada, ¿no? ¿Podemos cazarlos?

—No, no sería una buena idea. Son muchos y no tienen nada que ver con el tipo de personaje que cazamos nosotros. Lo único que conseguiríamos sería ponerlos más nerviosos y que no ataquen más. No quiero asustarte —dijo Gerónimo, mirando hacia arriba mientras se deslizaba por la pared intentando encontrar otra salida—. Uno solo no te puede hacer nada. Pero tantos, y estando nosotros encerrados…

—Y eso ¿qué tiene que ver? —preguntó Paty.

—Bueno, es sólo cuestión de tiempo que ellos se aburran de dar vueltas allá arriba —dijo Gerónimo.

—¿Eso que tiene que ver? —repitió Paty, entrando en pánico.

—No es por ponerte nerviosa, Paty —dijo Gerónimo mirándola a la cara y agarrándola con fuerza por los brazos—. Es para que sepas lo que nos puede pasar. Pronto van a empezar a bajar. Y se nos van a acercar. Y no vamos a demorar mucho en dejar de querer ser nosotros.

—¿Eh? —Paty tomó a Gerónimo por los hombros y lo agitó—. ¿Pero no les tenemos que gustar para que quieran poseernos? Que yo no quiero ser yo en este mismo momento... no me cabe la más mínima duda.

—Es que llega un punto, al estar encerrados, que les da igual, con tal de poseer a un humano —dijo Gerónimo acariciando a Paty con afecto—. Tenemos que ser fuertes y encontrar una salida.

—A mí nunca nadie me dijo que esto podía pasar —gritó Paty incapaz de mantener la sangre fría.

—Es que estas cosas no pasan nunca —dijo Gerónimo empujando a Paty a un lado—. ¡Cuidado!

Gerónimo logró que el personaje que bajaba no tocara a Paty, pero lo atravesó a él por el hombro. Paty vio que al parecer no le dolía, y eso la animó un poco más. Pronto, todos los personajes estuvieron a la altura de Paty y de Gerónimo, y cada vez se les hacía más difícil esquivarlos en la carrera hacia la salida.

Todos los personajes eran de un verde intenso, lo que significaba que habían sido cazados antes de estar en aquel galpón. Todo legionario sabía que la apariencia en sí del personaje no lo hacía más o menos peligroso. Pero los espectros que había en aquel galpón tenían una fiereza especial. Era monstruos de diversa índole: lobos salvajes y rabiosos que echaban espuma por la boca, pájaros gigantes con enormes garras, serpientes con dos cabezas. Era difícil ser racional ante su presencia.

Por un instante, Paty se quedó sin aire y pensó que caería muerta allí mismo. Cinco personajes seguidos le acababan de atravesar su cuerpo, y ahora, viviéndolo en carne propia, podía asegurar que no se sentía nada bien. Intentó correr para un lado, y de no ser porque se tiró al piso, una nueva serie de personajes la hubiera atravesado. Vio a Gerónimo en un rincón y se dio cuenta de que él se concentraba para evitar que los personajes se le acercaran. Paty gateó hasta donde estaba Gerónimo. Él la ayudo a levantarse y la abrazó.

—Tenemos que mantener la calma, Paty —le dijo—. No importa lo que pase, tenemos que concentrarnos y no dejar que nos debiliten.

—Lo sé. Estoy intentando rearmarme y no dejarme vencer —dijo Paty, pero él seguía abrazándola y eso hacía la tarea el doble de difícil—. Tenemos que hacer algo: o buscar una segunda salida, o acercarnos a la puerta a pedir auxilio.

—No creo que alguien vaya a escucharnos —dijo Gerónimo ya decidido y avanzando pegado a la pared del galpón, llevando a Paty de la mano, con fuerza tomada con fuerza—. Esperemos que haya alguna otra salida. En verdad, no creo poder trepar a la ventana.

Continuaron avanzando pegados a la pared. Gerónimo iba alumbrando con la linterna, pero también se basaba por el tacto para que no se le escapara ninguna posibilidad. Recorrieron todo el perímetro… y nada. El tiempo seguía pasando y cada centímetro que recorrían les indicaba que no había otra salida. Sus ánimos, como era de esperarse, comenzaron a bajar. Y los personajes lo percibieron. De a uno o de a dos comenzaron a atravesarlos. Paty notó con horror que Gerónimo era atravesado por un personaje en forma cada vez más frecuente. Era él quien perdía la compostura con mayor rapidez en aquella oportunidad. Intentó darle ánimo, pero nada servía. Ahora ella también sentía que comenzaba a perder la batalla. No sabía cuánto más estaba dispuesta a tolerar antes de desear que aquello terminara. Fuera como fuera.

Cuando creyó que las fuerzas la abandonaban, un fuerte ruido le llamó la atención. La puerta acababa de abrirse de par en par. Una corriente de aire fresco llenó el lugar y aclaró la cabeza a Paty. Una flecha surcó el aire y se clavó en un personaje que se desmoronó al piso. Al instante Paty descubrió que Anita había entrado en el galpón. Totalmente revitalizada, entendió que debía ayudar a su entrenadora. Tomó su arco y sus flechas y se dispuso a disparar también contra los personajes.

—No gastes tiempo en intentar darles a ellos —le recomendó Gerónimo que estaba también apuntando—. Este tipo de personajes no son para nosotros, son la especialidad de Anita. Vamos a ponérselos más a tiro, a limitar su lugar de espacio donde se mueven.

Los jóvenes legionarios se dividieron; Paty avanzó por la derecha y Gerónimo por la izquierda formando un único corredor delante de Anita, donde ahora los personajes se movían muy alborotados. Paty veía de reojo asombrada cómo su querida amiga hacía caer a todos los personajes. Es verdad que estos ahora tenían un espacio muy limitado para moverse y ninguna posibilidad de escape, pero era casi como si lo hiciera con los ojos cerrados. Uno tras otro iban cayendo sin sentido al piso.

Cuando no quedó ni un solo personaje flotando en el aire, Gerónimo y Paty se acercaron a la entrenadora.

—¿Qué fue todo eso? —preguntó Anita sorprendida.

—A nosotros nos gustaría saber lo mismo —dijo Gerónimo, tomando su caja y guardando un personaje dentro de ella—. No entendemos nada de lo que pasó.

—Estás muy pálida, Paty —dijo Anita, mirándola preocupada—. Mejor guardemos a los personajes lo más rápido posible y vámonos al bar. Este lugar no me gusta nada.

—Vamos a tener que guardar más de un personaje por caja —dijo Paty imitando a Gerónimo—. Son un montón.

—Esto es todo de lo más extraño —dijo Anita—. Por suerte, supuse que algo no andaba bien y me traje unas cajas extras. En el bar seguimos charlando. Ahora salgamos de acá.

Al ser tres no les llevó tanto tiempo acomodar a los personajes en las cajitas y salir de allí. Paty se sentía muy confundida. Todo era tan nuevo para ella... No había crecido escuchando historias de la legión, y aquella era una de sus primeras experiencias como legionaria. Ignoraba si podían ocurrir cosas todavía peores. No quería pensar tampoco qué hubiera pasado si Anita no llegaba en aquel momento. Un poco más tranquilos, un ratito después, los chicos tomaban algo en el pequeño bar que Paty había visto cuando llegaron. Era diminuto, con apenas tres mesas y una iluminación muy pobre. No había ni un cliente, sólo un hombre detrás de la barra y una chica sentada en un taburete, conocida del camarero.

—La verdad es que no entiendo nada —dijo Gerónimo sorprendido—. ¿Sería esto para nosotros? ¿Qué fue lo que hicimos para que alguien quisiera matarnos?

—No tengo la respuesta a ninguna de esas dos preguntas —dijo Anita mirándolos apenada—. Y para mí tampoco tiene ningún sentido.

—¿Vos cómo nos encontraste? —preguntó Paty.

—Todo esto es tan raro... —dijo Anita—. Fui a buscarte a la sede y la secretaria me dijo que Gerónimo y vos se habían ido solos a cazar. Me explicó que Álvaro los había mandado, y con todo lo que está pasando, eso me pareció un poco raro. Entonces pensé en preguntarle a él porqué los había mandado, fui hasta su oficina y él no estaba, pero en su escritorio vi la dirección de este lugar. Sabía que era una zona un poco desolada. No sé. Algo me olió mal y decidí venir a ver qué pasaba.

—Bueno, Anita, agradecemos tu olfato —dijo Gerónimo—. No sé qué sería ahora de nosotros de no ser por vos.

—¡Esa es mi entrenadora! —dijo Paty aplaudiendo—. Gracias, Anita.

—Fue un enorme placer rescatarlos, chicos —dijo Anita sacando su teléfono del bolsillo—. Ahora tengo que hacer unas llamaditas, ya vengo.

—¡Qué grande, Anita! —dijo Gerónimo—. Si no fuera por ella, estaríamos en el horno.

—Sí, la verdad es que nos salvó la vida —Paty dudó si hablar—. Gerónimo, ¿puedo preguntarte algo un poco personal?

—No, esta vez fui más valiente y no me hice pis encima —respondió él—. Sí, dale, preguntá lo que quieras.

—¿Qué te pasó ahí adentro? —preguntó Paty con cariño—. Porque de repente estabas todo decidido y te desmoronaste.

—Ya sé —dijo él mirando su vaso, avergonzado—. Fue porque pensé en vos en un momento. Me sentí culpable. Me di cuenta que había sido yo el responsable de que vos estuvieras en esa terrible situación. Si algo te hubiera llegado a pasar, nunca me lo hubiera podido perdonar. Si salía siendo Gerónimo, claro.

—Qué bobada, nene —dijo Paty—. Yo entré porque quería. Soy una chica grande y sé lo que hago. Tendría que haber insistido más en que no entráramos. Debería haber sabido que sos un cabeza dura con el instinto errado.

Gerónimo no contestó nada y quedó pensativo mirando su vaso. Paty lo miró y sintió que lo veía por primera vez. Era en realidad un chico increíble. Su bondad no tenía límites, aunque podía ser irónico de más y un poco peleador; su naturaleza era alegre y amistosa. En aquellos momentos Paty lo entendía como nunca antes. Y lo quería como nunca. Él levantó la mirada y ella vio que en sus ojos había culpa, pero también mucho afecto. Sintió como sus dos mentes se contactaban y no había necesidad de decir nada.

—Hablé con Álvaro —dijo Anita sentándose en la mesa—. Quedó de lo más preocupado. Está seguro de que fue una trampa para emboscarlo a él.

—Entonces, ¿cómo fue que terminamos nosotros cayendo en ella? —preguntó Gerónimo.

—Porque él no podía venir. Dice que lo llamó alguien de la casa de compositores, que le dijo que en esta zona había un personaje como para él —dijo Anita—, y como él estaba ocupado, justo los vio y terminaron viniendo ustedes.

—O sea que esto no fue una agresión para cualquiera —analizó Paty—. Esto iba dirigido a él.

—Es gravísimo —dijo Anita preocupada—. Y todos deberíamos cuidarnos las espaldas. Ahora me tengo que ir, voy a pasar a ver a mi amigo de *La legión de compositores*. Álvaro quiere que antes de irse a su casa vayan a la sede para escuchar de ustedes lo que pasó, y ver con sus propios ojos que están bien.

Un ratito después de que Anita se hubiera ido y terminadas las bebidas, ambos chicos se dirigieron a la legión en el auto de Gerónimo. Todo el viaje transcurrió en un pacífico silencio. Pero distó mucho de ser embarazoso. Paty descubrió que nunca se sentía incómoda cuando estaba cerca de Gerónimo. Había algo en él que la hacía sentir segura. A pesar de que su cabeza era un torbellino, Paty se sentía en paz. Era como si su cabeza estuviera agitada, pero su alma tranquila. Le hubiera gustado que aquel viaje en auto con Gerónimo durara muchas horas más.

Pero llegaron muy rápido a la sede. Tal como Anita les había indicado, lo primero que hicieron fue hablar con Álvaro. Fue una conversación de lo más particular, que más que intercambio de ideas fue un monólogo por parte del coordinador. A Paty le dio la sensación de que el hombre desvariaba un poco. Quizás se debía a la impresión de saber que alguien le había tendido una peligrosa trampa

—¿No te pareció que Álvaro estaba un poco raro? —preguntó Gerónimo, una vez que estuvieron en el corredor.

—Sí, parecía que nos estuviera echando la culpa —dijo Paty. Le hubiera gustado pode comentar más, pero Tami los interrumpió.

—Paty, que suerte que te encuentro —dijo la joven legionaria con cara de preocupación—. ¿Podemos hablar un poco más sobre lo que me contaste más temprano?

—Sí, claro —dijo Paty sorprendida—. Pero por mi parte, ya no tengo más que decir.

—Sí, ya lo supuse, pero soy yo la que tiene que pedirte un favor –dijo Tami mirando a Gerónimo.

—Podés hablar delante de él —dijo Paty, entendiendo lo que pasaba por la mente de Tami y que Gerónimo no pensaba moverse de allí –. Ya le conté todo lo que vi.

—Ah, está bien —pero a Paty no se le pasó por alto la expresión de horror que vio en los ojos de la chica—. Vengan, vamos a un lugar donde podamos hablar tranquilos.

Ambos siguieron a Tamara, que los guío hacia la cocina donde los tres se sentaron alrededor de la mesa. La actitud de Tami era muy extraña. Lo más probable era que la situación dentro de la legión fuera mucho más grave de lo que ella o cualquier otro legionario joven se pudieran imaginar. No podía pensar con exactitud qué era lo que se traía Tami entre manos, pero su instinto le decía que era algo peligroso, algo que iba más allá de su comprensión.

—Tengo que pedirles que me ayuden, chicos —dijo Tami, mirándolos con seriedad—. Creo que es tiempo de que desenmascaremos al culpable.

—Tami, no es por ser malo, pero la verdad es que Paty y yo estamos los dos muy cansados —dijo Gerónimo irritado—. Así que te agradecería que fueras al grano.

—Está bien —dijo Tami resignada—. Creo que es muy peligroso y que quizás sea pedirles demasiado.

—Al grano —dijo Gerónimo impaciente, pero Paty pudo ver por su tono de voz que la frase de Tami le había generado mucho interés.

—Lo que voy a hacer es meterme en la casa de Omar —dijo Tami con decisión—. Él juega póker todos los sábados a esta hora. Pero como no soy tonta, no quiero ir sola. Sé que es mucho pedirles…

—Contá conmigo —dijo Gerónimo decidido—. Quiero demostrar que Omar no tiene nada que ver con esto. Pero vos, Paty, sería mejor que te fueras a tu casa.

—¿Eh? Ni loca. No soy la persona más valiente del mundo, pero fui yo la que lo vi —dijo Paty—. Voy con ustedes.

—Entonces vamos —dijo Tami ansiosa.

CAPÍTULO XXXII

El ambiente dentro del auto de Gerónimo era muy tenso: todo lo contrario a la sensación que Paty había tenido cuando iban para la legión. Los tres estaban muy nerviosos. La chica empezaba a cuestionarse si aquella había sido la decisión más sensata. Aquel fue un día agotador, con más emociones de las que estaba acostumbrada a vivir a diario. Pero sentía que resolver ese misterio era parte de su responsabilidad; de forma indirecta ella se había visto envuelta en aquello y no quería hacerse a un lado ahora.

El nerviosismo aumentó cuando llegaron a la puerta de la casa de Omar. Tenía dos plantas y un gran jardín alrededor. Ya estaban allí. Ahora no había vuelta atrás. ¿Qué pasaría si eran descubiertos? Paty se consoló pensando que nada muy terrible.

—¿Qué es lo que buscamos? —le preguntó a Tami una vez que bajaron del auto.

—No lo sé —admitió ella—. Cualquier cosa que parezca incriminatoria.

—¿Y ahora qué hacemos? —preguntó Gerónimo, empezando a dudar de la organización de Tami.

—Yo estuve acá varias veces. Vamos a entrar por el costado, por una ventana que está siempre abierta. Es una que da al estudio de él, que está en la parte de atrás. Ahí es donde vamos a buscar —explicó Tami mientras avanzaban por el costado de la casa, ayudándose con las sombras de los arbustos para ocultarse.

Cuando estaban acercándose, la chaqueta de Tami se desprendió de su bolso y cayó al piso, pero ninguno de los tres lo vio. Las manos de Paty temblaban de forma inevitable. Envidió la frialdad y la calma que Tami tenía al abrir más la ventana para que ellos pudieran entrar. Les

167

hizo señas para que se mantuvieran callados, y con mucha seguridad saltó dentro de la casa. Se aseguró de que no hubiera nadie cerca y los llamó para que la siguieran. Estaban por entrar al estudio cuando Tami se dio cuenta de que le faltaba la chaqueta.

—Vayan revisando ustedes, no perdamos tiempo —dijo Tami—. Voy a buscarla. Ustedes vayan al escritorio.

Sin rechistar, Gerónimo y Paty le obedecieron. La habitación era de tamaño mediano. Una gran biblioteca ocupaba toda la pared del fondo, del lado derecho. En la pared que estaba frente a la ventana, había un gran archivador, y sobre la pared que estaba del lado izquierdo, la puerta que conectaba con el resto de la casa. En el centro, un gran escritorio con dos sillas. Gerónimo empezó a revisar los cajones del archivador con calma. Paty no estaba muy segura de lo que debía hacer.

—Dale, Paty —le insistió Gerónimo—. ¿Qué hacés ahí parada?

—Es que no sé qué hacer —confesó asustada—. ¿Por dónde empiezo? ¿Qué busco?

—Por el escritorio —le sugirió Gerónimo—. Y si ves algo sospechoso, me lo mostrás.

Siguiendo el consejo de Gerónimo, Paty empezó a revisar los cajones del escritorio. Por suerte, ninguno de ellos estaba cerrado con llave. Dentro del primer cajón que abrió encontró una carpeta que tenía cuentas de la casa. Lo dejó allí con todo el cuidado del mundo. Iba a abrir el segundo cajón cuando unas fotos arriba del escritorio llamaron su atención. En la primera estaban los cinco dirigentes juntos. Pero la foto que más le sorprendió fue otra en la que aparecía el dirigente de la Legión de guionistas, Hugo, con quienes podrían ser su esposa e hijos. ¿Qué haría esa foto allí? La tomó y la miró de cerca. Iba a preguntárselo a Gerónimo cuando Tami la interrumpió.

—Tenemos que irnos ya —dijo entrando en el escritorio—. Llegó Omar.

Salieron de la habitación intentando ser lo más sigilosos posible. Paty lo escuchó hablar por teléfono. Salieron por la ventana y fueron con mucho cuidado hasta el auto. Sólo una vez que estuvieron allí, Paty volvió a respirar con normalidad. Lo más extraño de todo fue que cuando ellos estaban yéndose, se cruzaron de frente con el auto de Álvaro, que traía como copiloto al dirigente de la rama de dramaturgos, Guillermo, y a otras tres personas atrás.

—¿Qué hace Álvaro yendo a lo de Omar? —preguntó Gerónimo sorprendido.

—La verdad... no sé —confesó Tami—. Pero fue una suerte que no llegaran antes. No hubiera sido bueno que nos vieran dando vueltas por ahí.

Paty tenía unas ganas inmensas de hablar sobre lo que había pasado. Pero estaba claro que el cansancio general los mantuvo en silencio. Para su sorpresa, Gerónimo la llevó a ella primero a su casa. No tenía idea de dónde vivía ninguno de los dos, pero le hubiera gustado tener al menos un par de cuadras a solas con Gerónimo. Se había quedado con ganas de repetir aquella sensación de paz que había sentido con anterioridad, antes de ir a la legión.

Tranquila era lo menos que podía sentirse en aquel momento. Por alguna extraña razón, no dejaba de pensar en por qué Gerónimo había llevado a Tami después que a ella. ¿Le gustaría? ¿Habrían ido a tomar algo juntos? No: todas aquellas especulaciones eran una tontería. Y además, a ella… ¿qué le importaba? Ellos tenían todo el derecho del mundo a hacer lo que quisieran. No tenían por qué darle explicaciones a nadie. Y a ella, menos que menos. Tenía que dejar de pensar en eso.

De todas formas, mientras daba vueltas en la cama sin poder dormir, a pesar de su cansancio, se dio cuenta de que su mente albergaba un segundo tipo de pensamiento que la mantenía intranquila. Y esa segunda idea era aún más inquietante que la primera. Algo andaba mal. No sabía con exactitud qué, pero presentía que un peligro la acechaba. Estaba inquieta. Se daba cuenta de que había algo que no le cerraba en todo aquel asunto, pero no lograba darse cuenta de qué era. Después de un ratito, el cansancio la venció y se quedó dormida.

CAPÍTULO XXXIII

Su sueño aquella noche distó mucho de ser tranquilo y reparador. Más bien todo lo contrario: cuando se levantó a la mañana siguiente se sentía casi tan cansada como lo había estado en el momento de irse a dormir. No recordaba con exactitud qué era lo que había soñado. La cara de Julián se convertía en la de Gerónimo, y esta en la de Anita, que se volvía Tami y ella en Álvaro para pasar a Norah, luego Omar y Hugo. Nunca le había dado importancia a sus sueños, y a aquel, menos que menos por lo confuso que era.

Por suerte aquella mañana la facultad estuvo de lo más entretenida y no volvió a pensar en la legión ni en los acontecimientos de la noche anterior. Pero por desgracia, eso no se mantuvo una vez que hubo entrado en la legión. A Paty le bastó con dar un paseo dentro de la sede para darse cuenta que estaba pasando algo raro. El hall y los corredores estaban vacíos. No estaba ni la secretaria de Norah ni ningún otro legionario en la vuelta. Pero su instinto le indicaba a Paty que el lugar no estaba tan desierto como parecía.

Lo primero que le llamó la atención fueron las voces que salían del escritorio de Álvaro. Al parecer, allí había mucha gente concentrada. Y por lo visto nadie estaba muy contento. La única voz que Paty reconoció fue la de Álvaro. Si estaba pasando algo interesante en la oficina del coordinador, era muy fácil suponer dónde se encontraba el resto de los legionarios. Respetando el silencio que reinaba en la legión, Paty caminó en puntas de pie y se dirigió a la sala de recreo. Abrió la puerta lo más despacio que pudo. La recibió una ola de chistidos que le recomendaba que se mantuviera callada.

La situación le hubiera parecido muy graciosa y se hubiera reído a carcajadas, de no haber sido por la tensión que había en el ambiente.

La secretaria, una mujer muy seria pero quien al parecer era la que mejor oído tenía, estaba pegada a la puerta que separaba la sala del despacho de Álvaro. Rodeando a la secretaria, estaban dos legionarios de más edad que Paty veía muy seguido en la sede, pero con los que nunca había cruzado palabra. Sentado con ellos estaba Ismael. Un poco más lejos de los otros, muy quieta y callada estaba Anita. Paty fue y se ubicó cerca de su entrenadora.

—Están deliberando a ver qué va a pasar con Omar —dijo Anita antes de que Paty preguntara nada.

—Pero, ¿qué pasó para que llegaran a este punto? —cuchicheo Paty a la vez que los otros le hacían señas para que bajara la voz.

—Ayer de noche, los otros tres jefes y Álvaro en suplencia de Norah decidieron que era hora de tomar medidas drásticas —explicó Anita—. Fueron a buscar a Omar con la intención de llegar a un acuerdo, y lo agarraron con las manos en la masa.

—¿Y eso qué quiere decir? —preguntó Paty.

—Encontraron en su casa uno de los portapersonajes que había desaparecido. Omar lo negó todo. Pero eso, sumado a toda la evidencia que apuntaba a él... —dijo Anita con pena—. No había forma de esconder lo obvio.

—Pero no puede ir preso, ¿no?

—Claro que no —dijo Anita sonriendo con tristeza—. No podemos acusar a alguien de robar algo que a los ojos de la justicia no existe. No, para estos casos tenemos leyes propias.

—¿Cómo por ejemplo? —Paty quería saber más.

—Bueno, en este caso, el primer paso es quitarle su título de dirigente de los compositores. También debe cesar de realizar cualquier tipo de actividad relacionada con la legión. Y se lo controla de cerca mientras es juzgado y evaluado. Dependiendo del carácter del crimen es la pena que se le aplica.

—Qué fea situación —comentó Paty.

—Sí, porque todavía queda más gente por caer —dijo Anita.

—¿Por qué decís eso? —preguntó Paty asombrada. Nunca se le hubiera ocurrido que pudiera haber más de un responsable detrás de aquello.

—Y, está claro... No creo que haya hecho todo esto él solo. Algún cómplice debe haber tenido.

Unos diez minutos después de que Paty entrara a la sala de recreo, la reunión en escritorio de Álvaro se dio por terminada. Anita tenía que hacer unas cosas, pero le dijo a Paty que fuera a preparar un café, así después charlaban un rato. Cuando Paty entró a la cocina, vio que Julián estaba en el patio. Hablaba por teléfono pero gesticulaba como si la persona pudiera verlo. No hacía falta escucharlo para saber que estaba muy enojado. ¿Qué le estaría pasando? Paty lo miró con atención y no pudo evitar que le vinieran a la mente las palabras de Anita con respecto a que era probable que Omar tuviera un cómplice. Pero no quería pensar en eso. A pesar de que ella y Julián se habían distanciado bastante, no quería considerar esa posibilidad.

De forma abrupta, Julián cortó la conversación y se quedó un rato pensativo, mirando el cielo. Y sin previo aviso se dio vuelta y miró hacía la cocina. A Paty casi se le para el corazón. ¿Habría sido muy obvio que lo estaba mirando? Esperaba que no. Por suerte, respondió de forma sensata y lo saludó. Era demasiado tarde para hacerse la tonta. Él le dirigió una sonrisa y se encaminó hacia la cocina. Ni bien él entró, Paty pudo percibir lo tenso que estaba.

—¿Querés un café? —dijo Paty con toda la amabilidad posible.

—Bueno, gracias Paty —dijo él un poco ausente—. Me enteré de lo que les pasó a vos y a Gerónimo. ¿Estás bien?

—Sí, por suerte apareció Anita y todo salió bien —dijo Paty un tanto incómoda por tener que hablar con Julián sobre aquello—. Parece que todas las cosas se están solucionando, ¿no?

—Eso parece —respondió él. Pero Paty se dio cuenta de que dudaba—. Aunque yo no estoy tan convencido de que todo haya terminado.

—¿Vos también creés que tenía un cómplice? —dijo Paty, arrepintiéndose de su indiscreción. No estaba segura de que Anita quisiera que Julián supiera que ella sospechaba que alguien más estaba involucrado en aquello.

—No estoy seguro de nada, Paty —por lo visto era él quien quería reservar sus palabras—. No digo nada ni acuso a nadie. Sólo creo que las pruebas que hay no son suficientes.

Paty quería hacerle un millón de preguntas. Bueno, tal vez no tantas, pero seguro que quería preguntarle qué hacía cerca del barco el otro día y qué pensaba hacer él ahora. No podía saber si era de eso sobre lo que quería hablar, pero estaba más que claro que él quería decirle algo y no se animaba. Y estaba a punto de hacerlo cuando entró Anita en la habitación.

—Sin palabras —dijo Julián, acariciando el brazo de Anita con ternura.

—Lo mismo digo, lo mismo digo —dijo Anita mientras tomaba el café que Paty le había ofrecido.

Se quedaron un rato más los tres juntos, compartiendo el café. Pero era evidente que nadie tenía ganas de hablar aquel día. Después empezaron a llegar otros legionarios y Anita ya no pudo soportar más escuchar cosas terribles sobre aquel hombre a quien tanto respetaba. Paty creyó que cuando volviera a su casa la abandonaría un poco esa sensación de pesadez e inquietud que sentía. Pero estaba muy equivocada. Su mente era como un laberinto. Le daba la impresión de que a cada vuelta encontraría la salida, pero chocaba contra una pared. Había algo que no la dejaba en paz. Un pensamiento, una idea, una sensación.

La imagen más recurrente que le aparecía era la de Julián. Él sabía algo que no decía. Tal vez hasta él fuera responsable en parte de lo que había pasado. La chica también tenía aquella extraña sensación de que no todo estaba resuelto. Y una vez que su razonamiento llegaba hasta ahí, volvía a la imagen de Julián y de ahí a lo que ella solía sentir hacía un tiempo por él. Pero al concentrarse en esa sensación, su mente hacía aparecer de forma misteriosa la imagen de Gerónimo. Casi de forma automática, Paty eliminaba ese pensamiento de su cerebro, allí no estaba la solución al problema.

Librada su mente de Gerónimo y Julián, la imagen que aparecía en ella era la de Omar, aquel personaje de apariencia tan singular, con aquellos anteojos de culo de botella. Y recordaba las fotos que había visto en su casa, de él y los jefes de la legión, y que él ya no sería más uno de ellos. Y ahí volvía a la idea de que algo le faltaba y pensaba en Julián y en si sería él la pieza que faltaba, o si sabría él cual era esa pieza. En sus idas y venidas por su casa, mientras estaba en el salón, casi de forma inconsciente tomó la foto de su familia que había sobre un estante, y la miró sin prestarle atención. Estaba a punto de dejarla otra vez en su lugar, cuando algo le vino a la mente. La pieza que faltaba de repente encajó. Ya sabía lo que andaba mal. Sin dudarlo un segundo, tomó sus cosas y se dirigió a la sede.

CAPÍTULO XXXIV

Al entrar a la sede, aparte de la casera parecía no haber nadie más allí. Todo estaba demasiado tranquilo y Paty no pudo evitar que un escalofrío le recorriera la espalda. Sentía que el corazón le latía demasiado fuerte. Estaba segura de lo que tenía que hacer, pero tenía mucho miedo de que se confirmara su hipótesis. No tenía ni idea de lo que podía significar que lo que ella creía fuera cierto, y eso la ponía todavía más nerviosa. Pero sabía que tenía que hacerlo, por más miedo que le diera; tenía que entrar al despacho de Norah.

Por suerte para Paty, la gente de la legión era confiada y las puertas estaban abiertas. Aunque no hubiera nadie allí, Paty entró con todo el sigilo del mundo, sintiéndose una intrusa. Se acercó al lugar donde tantas veces había visto las cinco fotos de los dirigentes, pero que nunca se había acercado a mirar. Por primera vez lo hizo, y con horror descubrió que lo que pensaba era cierto. Porque debajo de la foto de quien ella había creído todo el tiempo que era Omar, figuraba el nombre de Hugo y viceversa.

La impresión que su descubrimiento le causó, la dejó dura por un momento. ¿Qué quería decir aquello? Había sido Hugo quien había tenido una actitud sospechosa desde el día en que lo había conocido. Era a él a quien había visto en el puerto. No lograba entender qué podía llegar a querer decir aquello, pero sentía que era muy importante. ¿Sería Hugo cómplice de Omar? Tenía que hablar con Anita o Gerónimo. Lo más probable era que ellos tuvieran la respuesta, o por lo menos podrían ayudarla a decidir qué hacer. Estaba saliendo del escritorio cuando Tami la interceptó.

—Paty, te iba a llamar, ¿qué hacías ahí? —preguntó Tami.

—Eh, entré a ver algo —dijo Paty, e iba a contarle todo a Tami cuando ella la interrumpió.

—Paty, necesito que me ayudes —dijo Tami—, creo que Álvaro y Hugo están en grave peligro.

—¿Qué? —exclamó Paty nerviosa—. Tenemos que llamar a la policía, entonces.

—No, la policía no, estas cosas no pueden mezclarse, tiene que quedar todo entre nosotros —dijo Tami, empujando a Paty por el corredor hasta salir de la sede.

—Pero… ¿por qué no le pedimos a Julián, a Gerónimo o a Anita que nos acompañen? —preguntó Paty asustada.

—No te preocupes, van a ayudarnos también dos chicos de la legión de guionistas —dijo Tami, pidiéndole que se subiera a su auto—. Ya traté de hablar con Anita y los otros. Nadie me respondió. Y yo también tengo miedo.

La situación era demasiado rara. Aquello no terminaba de tener sentido para Paty. Tami estaba muy nerviosa, y era lógico que lo estuviera si creía que Álvaro y Hugo estaban en peligro. Pero al parecer había algo más, un dejo de culpa o algo parecido. No conocía mucho a Tami, pero le parecía que su actitud no era normal, ni para alguien que estuviera nervioso. Parecía estar peor que nerviosa.

Lo más raro era que Julián tenía que saber algo de aquello, si él también había visto a Hugo en el puerto aquel día. Entonces él sabía más de lo que decía. ¿O sería que él también era parte de todo aquello? ¿Estarían Hugo, Omar y Julián juntos en eso? ¿O serían Hugo y Omar, y Julián sólo estaba espiándolos? Tampoco lograba imaginarse en qué tipo de peligro podían llegar a estar Álvaro y Hugo. Había intentado preguntarle a Tami, pero ella evadía sus preguntas. Cuanto más preguntaba Paty sobre lo que estaba ocurriendo allí, más miedo sentía. Tal vez había hecho mal en acompañar a Tamara. Ella era muy inexperta, no tenía ni idea de un montón de cosas sobre la legión. Mientras más se acercaban a su destino, más se convencía Paty de que no tendría que haber ido.

Su miedo casi rozaba el pánico cuando vio que Tami se metía en calles sombrías. Aquella era una zona de la ciudad a la que su mamá y el resto del mundo recomendaban no ir. La mayor parte de las casas estaban abandonadas u ocupadas, y sus habitantes no tenían la mejor reputación. Paty pensó varias veces en decirle a Tami que siguiera sin ella, pero tampoco quería andar caminando por ahí sola. Al parecer, la única opción que le quedaba era hacer de tripas corazón y seguir adelante.

Después de internarse un poco más en aquella oscura región, llegaron a destino. La casa frente a la que Tami estacionó el auto era tan terrorífica como el resto del lugar. Tenía tres pisos y estaba semidestruida. Unos árboles marchitos a duras penas se sostenían en el patio. Paty pensó que nunca antes en su vida había entrado a un lugar tan feo. La sola idea de meterse en esa casa le ponía los pelos de punta. Pero Tami parecía al borde de un ataque de nervios, le insistía en que la siguiera y se apurara. La puerta estaba sin llave y Tami la abrió, a la misma vez que daba tres golpes en ella. Todo aquello estaba poniendo a Paty muy nerviosa. ¿Qué hacía allí? ¿A quién podría proteger ella en una situación de peligro?

—Tami, ¿dónde están los otros chicos? —preguntó Paty, negándose a dar un paso más.

—Están arriba, nos están esperando, vamos —le respondió.

—¡Creo que tengo derecho a saber que hago acá! ¿No? —gritó Paty enfadada. En ese momento escuchó un ruido a sus espaldas, pero antes de que tuviera oportunidad de darse vuelta, algo le golpeó con fuerza en la cabeza y el mundo se volvió negro.

CAPÍTULO XXXV

La realidad volvió a ella como una marea de voces y un fuerte dolor de cabeza. Se dijo que debía mantenerse lo más quieta posible y por nada del mundo abrir los ojos. Con lentitud empezó a cobrar conciencia de su cuerpo. Algo le hacía presión alrededor de las manos y piernas. Era obvio que estaba atada a una silla. Llevaba muy poco tiempo dentro de la legión y ya se había comido dos fuertes golpes en la cabeza. Así, no habría neurona que aguantara, pensó con un humor un poco fuera de lugar. A pesar de que el dolor de cabeza seguía siendo tan intenso como cuando recobró la conciencia, por lo menos podía entender un poco más lo que estaba pasando a su alrededor. Una voz masculina hablaba. Haciendo un esfuerzo, se dio cuenta de que era Álvaro quien estaba ahí. Se quedó quieta e intentó escuchar con mucha atención. La voz de alguien que Paty no conocía la sobresaltó y casi la hace exponerse.

—No entiendo a dónde querés llegar con esto —dijo la voz del desconocido –. No veo cómo podés llevar esto adelante y salir impune.

—Omar, siempre fallaste en apreciar la belleza de ciertas cosas —dijo Álvaro con desprecio—. Creo que por eso te merecés una pequeña explicación.

—Álvaro, no hay necesidad —dijo otra voz extraña—. Terminemos con esto de una vez.

—Claro que hay necesidad, Hugo, por supuesto que sí —dijo Álvaro un poco enfadado—. Él tiene que entender nuestra genialidad. Además él preguntó.

La cabeza de Paty cada vez daba más vueltas y ya no tanto de dolor, sino más bien por la confusión. Omar, Álvaro, Hugo... ¿qué rol jugaba cada uno de ellos en la maraña de acontecimientos y crímenes?

177

En un principio, Omar se había proyectado como el culpable, luego ella había descubierto que él no era quien ella creía. Y ahora, al parecer, era Hugo el verdadero culpable. ¿Y era Álvaro su cómplice? ¿Eran todos culpables? ¿Todos inocentes? Y a todo esto, ¿dónde estaba Tamara?

—Por favor, Álvaro —dijo Tami en un tono lloroso—. Esto ya es bastante horrible de por sí. Terminemos de una buena vez.

Buenísimo. Había caído en una trampa. Qué boba soy, pensó Patricia.

—Tamara, por favor, no hagas tanto drama —dijo Álvaro enojado—. Disfrutemos de este momento. Quiero que Omar sepa de la obra de arte que nosotros creamos. Empezando por lo obvio, Omar, ya te habrás dado cuenta de que todo nos salió de maravilla, hasta creo que vos mismo te inculpaste solo; no tuviste mucha suerte. O nosotros demasiada. Sé que se te había muerto un pariente en el exterior y que heredaste algo, y eso nos vino bárbaro para que pensaran que te estaban pagando de afuera. Lo más increíble fue la equivocación de la nueva legionaria, que te confundió con Hugo y despistó a un pueblo.

—Y después ustedes se encargaron de hundirme del todo —dijo Omar con tristeza.

—Sí, eso lo hizo la pequeña Tami, aquí con ayuda de Paty y Gerónimo —dijo Álvaro riendo de forma macabra.

—Tamara, ¿fuiste vos quién implantó aquellas cosas en casa? Qué triste —dijo Omar muy serio.

Paty abrió un poco los ojos. Presentía que nadie la estaba mirando. La habitación estaba conectada con un balcón, y mientras la mayoría de los otros estaban cerca del ventanal que a él comunicaba, ella estaba más cerca de la puerta que daba al corredor, en un rincón oscuro. Eso le permitió ver cómo estaban distribuidos. Omar estaba también atado a una silla; Tamara parecía querer irse de allí cuanto antes. Hugo estaba contra una pared apoyado de brazos cruzados y Álvaro caminaba por toda la habitación.

—Y esto no pasaría a mayores, íbamos a expulsarte de la legión, nada más —dijo Álvaro parándose frente a Omar—. Pero por desgracia, vos intentaste escaparte, y bueno, muchas cosas horribles ocurrieron en tu intento de huida.

—Álvaro, esto no es un juego —dijo Omar nervioso—. ¿Qué pensás hacer?

—Lo siento mucho, Omar, no fue culpa mía que tu cómplice te haya ayudado a escapar —dijo Álvaro con ironía—. No fue decisión mía que quisieras darte a la fuga.

—¿Y qué tiene que ver con esto esta pobre chica que ni siquiera conozco? —Paty cerró los ojos e intentó mantenerse lo más quieta posible—. ¿Y por qué estamos acá?

—Bueno, la pequeña Paty. Siempre rondando la sede, útil para encubrir cualquier crimen. Con Gerónimo fueron los cómplices perfectos a quienes Tami podría echarles la culpa si la atrapaban. Pensé que con el episodio del galpón, Gerónimo y ella iban a quedar tan trastornados que nunca más volverían a la legión. Anita arruinó eso. Así que hubo un pequeño cambio de planes —dijo Álvaro, y Paty sintió cómo todos los ojos se posaban en ella—. Ella se convirtió en tu cómplice. Sí, ya sé que ni se conocen. Pero ahí cae la ironía. Nos sirve porque cuando ella entró a la legión, la cosa justo se puso peor. Por eso aprovechamos: dos pájaros de un tiro. El lugar, sí, ya sé que no es lo más lujoso que hay en el mundo. Por eso ella te trajo a escondidas a acá, porque es el lugar perfecto, nunca nadie se imaginaría que se esconderían aquí.

—Un plan brillante, Álvaro —dijo Omar—. ¿Y ahora qué sigue? ¿Nos vas a matar a todos?

—Sí y no. Eso sería poco original, Omar. Y vos sabés que todos nosotros somos creativos —Álvaro sacó una pistola de su bolsillo. Paty temió lo peor. No sabía cuánto tiempo podría estar quieta—. Pero no, el primero que va a asesinar a alguien acá sos vos. Como nosotros te descubrimos, y juntos, con Hugo y Tami vinimos a buscarte, a vos no te quedó más remedio que defenderte, y lo hiciste.

Se escuchó una detonación de bala y Paty no pudo fingir más que dormía. Por entre medio de sus cabellos que aún le caían sobre la cara, vio a Hugo tirado en el piso. Con un balazo en el medio de su frente. Álvaro jugaba con el arma en sus manos y Omar estaba muy pálido, casi parecía muerto también. Tamara gritó y se arrodilló junto al muerto. Estaba al borde de la histeria.

—¡Álvaro! Eso no fue lo que hablamos… ¿Qué te pasa? —le reprochó Tamara.

—Tami, por favor, sabés bien que no hay lugar para un tercero —dijo Álvaro dando vueltas por la habitación—. Estaba claro que él tenía que morir. Más para nosotros, mi amor.

—No era necesario que muriera, no era necesario… —dijo Tamara yendo hasta él y golpeándolo en el pecho—. Él se hubiera quedado callado, no iba a hablar, estoy segura. Estaba tan metido en esto como nosotros.

—Tami, nena linda, todo esto es por vos, para darte lo mejor, aquello con lo que siempre soñaste —dijo Álvaro mientras la abrazaba con amor.

Ellos continuaron discutiendo, Tamara lloraba histérica y él la abrazaba diciendo que todo estaría bien. Ahora que Paty estaba más consciente, comenzó a darse cuenta del peligro real en el que se encontraba. Trataba de pensar una forma de salir de allí, pero nada se le venía a la cabeza. Todavía no estaba del todo lúcida, y aunque lo hubiera estado, nunca fue experta en escapismo. Un sudor frío le corrió por la espalda al observar el cuerpo de Hugo sin vida. Miró a Omar, pero este estaba tan aturdido como ella, y parecía ser incapaz de sacar los ojos del cuerpo sin vida, temiendo lo peor.

Los oídos le zumbaban. Las voces le llegaban como un eco lejano, y a duras penas podía escuchar lo que decían. Fue un verdadero milagro percibir un nuevo sonido que venía de su derecha, desde el corredor. En un primer momento no entendía nada, y estaba segura de estar soñando. Pero después de mirar otra vez hacia el lugar de donde provenía aquel ruido, vio que, pegado contra el piso y agazapado contra la pared, estaba Gerónimo que le hacía señas para que mantuviera la calma.

El alivio que sintió Paty en aquel momento fue indescriptible, pero por desgracia duró poco. Se escuchó un nuevo ruido, y esta vez ella no fue la única que lo escuchó. Álvaro y Tamara se miraron desconcertados. El ruido no provenía de donde estaba Gerónimo, pero Paty temió que tal vez fuera de algún otro legionario que había venido al rescate. De golpe, de la nada, apareció Julián apuntando a Álvaro con una pistola. Pero la situación estaba lejos de resolverse. Casi sin pensarlo, Álvaro se pegó a Omar y apunto su arma a la cabeza de este.

—Julián, es cuestión de matemáticas. Mi pistola está más cerca, te aseguro que la bala va a demorar menos en llegar a destino —dijo Álvaro con crueldad.

La situación se había vuelto peor que antes. A Paty le costaba respirar y sentía que iba a desmayarse en cualquier momento. De repente sintió en sus manos las de otra persona que luchaba por cortar sus ataduras. Luego siguió con las ataduras de sus pies. Cuando fue a pararse, Paty se hubiera caído al piso de no ser por Gerónimo que la sostenía con fuerza. Con todo el sigilo posible, ambos se deslizaron al lugar donde Gerónimo había estado escondido con anterioridad. Una vez allí, Paty abrazó al muchacho.

—¿Qué vamos a hacer? —preguntó nerviosa—. Tengo miedo.

—Tranquila Paty, ya estamos acá, todo va a salir bien —dijo Gerónimo acariciando la cara de Paty—. No estamos solos. Ahora vamos.

—¿Qué? —dijo Paty—. No podemos irnos, no podemos dejar a Julián y a Omar.

—No vamos a dejarlos, pero exponiéndote, lo único que hacés es poner a Julián en peligro —Gerónimo comenzó a tirar de ella para que lo siguiera—. Vamos.

La idea de moverse no terminaba de convencer a Paty. No podía irse de allí. Si le pasaba algo a Julián, ella se sentiría en parte responsable. Gerónimo le seguía insistiendo, pero al final comprendió que Paty no se movería de allí, y que si seguían discutiendo, corrían riesgo de que Álvaro los viera. Por más terrible que fuera la situación, a ambos no les quedaba más remedio, por el momento, que quedarse congelados donde estaban.

—En verdad no entiendo qué pretendés hacer —le dijo Julián a Álvaro—. Somos muchos los que sabemos que fueron Hugo y vos los responsables de la desaparición de los personajes. Tenemos pruebas. ¿Qué vas a hacer? ¿Matarnos a todos?

—¿Pruebas? —dijo Álvaro—. ¿Qué pienso hacer? Por el momento sí, pienso deshacerme de todos. Y con tus famosas pruebas, voy a hacer lo que vine haciendo todo este tiempo. Desviarlas para que parezca que el culpable es otro.

—No va a ser tan fácil que te salgas con la tuya —dijo Julián.

—Ah, ¿no? ¡Mirame! —Álvaro movió su pistola para apuntar a Julián.

A continuación fue todo un torbellino de confusión. Álvaro resguardado detrás de Omar pretendía disparar a Julián, confiando en que este no dispararía por miedo de herir a Omar. Y quizás le hubiera dado, de no haber olvidado un factor vital: Tamara. Esta había llegado a la conclusión de que las cosas se habían salido de control y de que Álvaro ya no estaba en su sano juicio.

El ruido de un disparo heló el corazón de Paty. No podía ver lo que ocurría, porque Tamara le tapaba la visión. Al parecer, Álvaro estaba forcejeando con la chica por la pistola. Después de unos segundos, el hombre logró deshacerse de ella, pegándole un fuerte golpe con la culata que la dejó tirada en el piso, inconsciente. El arma salió volando por el balcón, hacia abajo. Aquella hubiera sido la oportunidad de Julián, la chance de salvarse, pero se distrajo viendo qué había ocurrido con Omar y Tamara.

Antes de que Julián se hubiera dado cuenta de que Álvaro estaba desarmado, este se tiró sobre el joven y comenzaron a forcejear por el arma de Julián. Paty y Gerónimo se miraron por un segundo sin saber qué hacer. Antes de que tuvieran tiempo de reaccionar se volvió a escuchar un disparo. Miraron hacia el balcón y vieron a Álvaro y a Julián apoyados sobre la semidestruida baranda. En aquel momento, el material podrido cedió y Álvaro cayó. El sonido que hizo su cuerpo al caer desde el segundo piso les anunció, antes de saberlo, que no había sobrevivido a la caída.

Paty suspiró aliviada. Todo había terminado y la gente que le importaba había salido ilesa. Bueno, en verdad casi todos, porque cuando se acercaron a Omar vieron que la bala de Álvaro le había dado en el hombro. Lo ayudaron a desatarse y se aseguraron de que estuviera bien. Gerónimo fue a ver cómo estaba Tamara, que seguía tirada en el piso desmayada, cuando Paty se dio cuenta de que Julián no se había movido desde el momento en que Álvaro se cayó por el balcón.

Paty se acercó con lentitud. Un charco de sangre había comenzado a formarse a los pies de Julián. La joven apenas le tocó la espalda y el muchacho se cayó hacía atrás, respirando con dificultad, mortalmente herido. Paty lo tenía en sus brazos, abrazándolo, y lo miraba sin poder dar crédito a lo que veía. Él estaba muriendo y ella no podía hacer nada, ni decir nada. Fueron unos segundo que a Paty le parecieron una eternidad. Vio frente a sus ojos todo lo que había vivido con él, todas sus dudas, sus sentimientos. Quería gritar, quería hacer algo, pero no podía. Cuando comenzó a llorar, Julián ya había dejado de respirar.

CAPÍTULO XXXVI

Los acontecimientos que siguieron después fueron una película borrosa para Paty. Recordando, se sorprendió de la organización. De cómo todo se había llevado a cabo en perfecto orden. De cómo habían venido a llevarse a Omar y a Tamara en una ambulancia, y habían recogido los cuerpos sin vida de Álvaro, Hugo y Julián. Su mente estaba desmoronada, aturdida. Sí recordaba que Gerónimo había estado junto a ella gran parte del tiempo. Y que Anita había estado allí y que ambos la habían acompañado hasta que estuvo lo suficientemente tranquila como para volver a su casa.

Sin importarle que su madre le preguntara un millón de veces qué le pasaba, ni nada de nada, al día siguiente Paty se negó a salir de la cama. Había llorado todo lo que sus ojos le permitieron. Ahora ya no tenía más lágrimas. Por momentos no podía creer lo que había pasado. Se negaba a aceptar que Julián estuviera muerto.

Quería volver el tiempo atrás. La mataba la impotencia de saber que no podía cambiar nada. Nunca más volvería a hablar con él. Jamás en su vida volvería a bailar en sus brazos. Ya no podría escuchar su voz. Durante toda la tarde estuvo repasando en círculo lo mismo: desde la noche en que se habían conocido, cada cosa que habían vivido juntos, hasta el momento en que había muerto. Anita y Gerónimo la llamaron varias veces, pero ella no quería hablar con nadie. No era por desmoronarse, ni nada. Tenía que sentir ese dolor, debía estar triste; sólo de esa forma podría algún día superarlo. No era dramatizar, ni nada. Ella necesitaba hacer el duelo en paz.

—Hay una carta para vos —dijo su madre, entrando a la habitación con mucho sigilo—. Se ve que la dejaron ayer. No tiene sello, ni nada.

—Dejala por ahí, mamá —dijo Paty sin levantarse siquiera.

—Te la dejo arriba del escritorio —dijo su madre—. Es de un tal Julián.

El corazón de Paty dejó de latir por un segundo y la sangre se le heló. Él le había dejado la carta antes de que ocurriera la terrible desgracia. ¿Por qué razón le escribiría? ¿Qué tendría para decirle? Se sentó en la cama y miró el sobre. Quería saber qué era lo que Julián pensaba, quería conocer cuáles habían sido sus sentimientos antes de morir. Pero lo cierto era que tenía miedo de leerla. Temía que sus palabra ahora ya no tuvieran sentido.

De todas formas la tentación de leer algo que había sido escrito por él era demasiado fuerte. La posibilidad de entender de una vez tantas cosas que habían sido un misterio hasta entonces era muy grande como para dejarla pasar. Entendía que abrir ese sobre podía ser una experiencia muy dolorosa. Aunque no podía imaginar llegar a sentir más dolor que el que ya sentía. Decidió que lo mejor era leerla.

Cuando terminó, Paty se dio cuenta de que era la mejor decisión que podía haber tomado. En aquellas hojas Julián relataba todo aquello en lo que Paty había estado pensando, pero desde su punto de vista. Explicaba la sensación que había sentido al conocerla y cómo había sido para él la vivencia de la amistad que crecía entre ellos. Le explicaba que si bien no la amaba, la quería más allá de lo que parecía. Según él todo se había dado en el peor momento posible. Él tenía que mantenerse cerca de Tamara porque sospechaba que ella andaba en algo raro, y por eso tampoco podía acercarse más a Paty. Decía que si bien no era amor lo que sentía por ella en aquel momento, presentía que era sólo cuestión de oportunidad hasta que eso ocurriera.

La razón por la que él había escrito aquella carta, en vez de decírselo en persona, era porque una vez que se resolviera todo el conflicto dentro de la legión, Julián tenía intenciones de irse lejos por un tiempo. Creía que todo quedaría muy raro por allí cuando se descubriera al culpable, y aprovecharía para hacer un viaje, que no sabía cuánto duraría. Terminaba diciendo que siempre sería su amigo, y que si el destino se los permitía, tal vez hasta otra cosa. No quería irse sin que ella supiera cuánto la quería y que si lo necesitaba, siempre podría contar con él.

Leer aquellas palabras fue de lo más extraño para Paty. Era como ver una fracción de su vida desde los ojos de otra persona. Por más raro que pareciera, aquello le dio una claridad que hasta ahora había desconocido. Lo que Julián decía en su carta era muy cierto. Ellos jamás se habían amado. Descubrir eso no alivianaba nada su pena. Paty había perdido a un gran amigo, y ante todo, a la persona que la había conectado con la legión. Pero también se dio cuenta de que había estado lejos de haber perdido al amor de su vida. Y para ser sincera consigo misma, tenía que reconocer que estaba en desacuerdo con Julián. Nunca se hubieran amado. A él le había faltado coraje para estar con ella. Para confiarle toda la verdad. Y Paty no había estado dispuesta a salir a buscarla. Una vez que terminó de leer la carta seguía sintiéndose muy triste, pero se había sacado un peso de encima.

Ahora que estaba más calmada decidió llamar a Anita. Le explicó lo de la carta, no le contó todo, pero le comentó que aquello la había ayudado a sentirse muchísimo mejor. Su exentrenadora le dijo que al día siguiente sería el funeral de Julián, y que si se sentía preparada, irían juntas. No era una idea que entusiasmara mucho a Paty, pero por un lado sabía que era lo correcto, y también creía que despedirse de él sería lo mejor. Así que aceptó la propuesta de Anita y arreglaron la hora en que pasaría a buscarla.

Aquella noche durmió más tranquila. Soñó en varios momentos con Julián, pero no eran sueños negativos. Se levantó con buen ánimo. Se sintió un poco culpable. Le parecía cruel que una simple carta y una buena noche de sueño la hubieran aliviado de aquella forma. Pero en algún momento iba a tener que empezar a sanar y seguir adelante con su vida. Lo primero que hizo al levantarse fue entrar a ducharse.

Nunca imaginó la desagradable sorpresa que la esperaba, una vez que salió del baño. Allí, sentada sobre la cama, con una expresión de furia que Paty jamás le había visto, estaba su madre. Lo peor de la escena era que en sus manos tenía el arco y las flechas.

CAPÍTULO XXXVII

Por regla general, Paty siempre escondía su *kit* de cazadora con mucho cuidado, pero con toda la agitación de la otra noche, había olvidado guardar sus instrumentos. Su madre la miraba muy enojada y Patricia comprendió que se había dado cuenta de todo. La chica no tenía muy claro qué había pasado antes con su padre, ni cuánto sabía su madre acerca de la legión, pero por su expresión, no tenía un muy buen concepto de lo que Paty y los otros hacían.

—Mamá, ¿estás bien? —preguntó Paty intentando tantear el territorio.

—¿Cómo te atrevés a preguntarme una cosa así, si sabés a la perfección que no lo estoy? —gritó su madre enfurecida—. No puedo creerlo de vos, Patricia, te juro que no puedo creerlo.

—¿Qué es lo que no podés creer, mamá? —preguntó Paty frustrada—. No entiendo por qué es tan terrible que siga los pasos de mi padre.

—Es tan terrible —dijo su madre poniéndose bien cerca de Paty y mirándola enojada—, porque vos sos mi hija, y no quiero que termines de la forma horrible en la que terminó él.

Y sin decirle más ni darle tiempo a reclamar, su madre dejó la habitación cerrando la puerta con llave tras de sí. Paty golpeó la puerta con fuerza, gritó, pataleó y lloró. Su madre no dio señas de darse por entendida de la angustia de su hija, ni de su necesidad de salir de allí. No podía creer lo que estaba pasando. Había previsto que si alguna vez su madre llegaba a saber sobre la legión, se enfadaría, pero nunca se imaginó que su enojo llegaría hasta el punto de encerrarla. Marcos estaba en el trabajo y no había más nadie en la casa quien pudiera ayudarla.

Por suerte para Paty, su madre se había olvidado de sacarle el teléfono, así que al borde de un ataque de histeria la chica llamó a Anita y le explicó todo lo que había pasado. La joven estaba desesperada. El funeral de Julián era en unas horas y no quería faltar. Anita la tranquilizó como pudo y dijo que no se preocupara, que ella se haría cargo de que saliera de allí esa misma tarde. De todas formas, sin menospreciar a Anita, Paty no estaba segura de que ella pudiera hacer algo. Conocía demasiado bien a su madre como para hacerse ilusiones.

Al ratito se dio cuenta de que había subestimado a su entrenadora. Desde su ventana vio que Norah llegaba a su casa. Eso le dio algo de esperanza: si alguien podía llegar a sacarla de allí, esa persona era, sin lugar a dudas, la jefa. Paty escuchó un murmullo que obviamente correspondía a la discusión entre su madre y la mujer más importante de la legión. Para su sorpresa, pocos minutos después apareció su mamá con los ojos llorosos, y sin mirarla le dijo que bajara con ella a la sala. Cuando vio a Norah cara a cara, la sensación de alivio y gratitud casi hacen que se desmaye. Abrazó con fuerza a la mujer, quien también parecía bastante emocionada.

—Bueno, Carla —dijo Norah, mirando a la mamá de Paty una vez que se sentaron en los sillones—. Creo que ya es hora de que usted sepa una gran cantidad de cosas que hasta ahora prefirió ignorar. ¿Está dispuesta?

—Supongo que no me queda más remedio —dijo la mujer con tranquilidad.

—Vamos, Carla, ya lo hablamos —dijo Norah con suavidad—. ¿O va a tener a Paty encerrada de por vida?

—No —dijo Carla secamente.

Durante la siguiente hora Norah le contó todo el funcionamiento de la legión a la madre de Paty. Le explicó qué eran los personajes de una forma que nadie podría haberlo hecho. La jefa sabía que era más fácil aceptar la existencia de ellos para quienes los ven, pero mucho más difícil para quienes no pueden hacerlo. Norah dejaba que de a ratos fuese Paty quien explicara algunas cosas, para que su madre viera el entusiasmo que ella sentía por la legión. La mujer se relajó, muy poco, pero algo. Hizo algunas preguntas que dieron a entender que estaba empezando a aceptar la realidad.

—Bueno —dijo Norah poniéndose aún más seria—. Ahora vamos al tema que más nos importa. Tu papá, Paty.

—¿Es necesario? —preguntó Carla volviendo a ponerse tensa.

—No sólo es muy importante y necesario para Paty, sino para usted misma —dijo Norah tomándole la mano a la mamá de la chica—. Creo que va a ayudarle a hacer un poco las paces con lo que pasó.

—Está bien —dijo Carla resignada—. Estoy dispuesta a intentarlo.

—Muy bien —comentó Norah—. ¿Por qué no empezamos por contarle a Paty cómo fue su vivencia de las cosas?

Al borde del llanto, pero manteniendo la compostura, la madre de Paty le explicó cómo fue vivir aquel triste pasado con su padre. Le narró cómo ella pensó que su padre tenía otra mujer. Le parecía escuchar siempre el eco de un nombre, pero no tenía pruebas reales ni nada tangible. Pero siendo como era, una mujer tan práctica, decidió seguirlo. Se sorprendió mucho al descubrir que su marido sí la engañaba. No tenía una aventura, pero le mentía cuando decía que iba a juntarse con sus amigos o a alguna reunión de trabajo. Lo que hacía, en verdad, era ir a sentarse en una plaza, solo.

Una vez que descubrió que su marido no la engañaba con otra mujer, Carla trató de entender qué era lo que le ocurría. Otro día, revisando entre sus cosas, encontró el arco y las flechas de su marido. Era extraño que tuviera aquellas armas adentro de su casa. No podía encontrar una razón lógica por la que su esposo debía tener aquellos elementos. El misterio parecía crecer, y Carla, en lugar de encontrar soluciones, se cruzaba con nuevas interrogantes. Una nueva idea comenzó a forjarse en su cabeza. Lo más probable era que su marido estuviera involucrado en algún tipo de actividad ilícita, o fuera miembro de alguna secta. Quería enfrentar a su esposo y preguntarle, pero por aquel entonces ya era demasiado tarde. El padre de Paty estaba consumido, alejado.

Un día todo cambio; él volvió a casa, contento, entero, parecía una persona nueva. La madre de Paty no entendía nada, pero estaba feliz de tener a su marido de vuelta. Tan contento estaba que no quería arruinarlo preguntándole sobre las armas, así que lo dejó pasar. Lo malo fue que la felicidad le duró poco. Pronto el hombre comenzó a delirar, a decir cosas sin sentido. A comportarse como un loco. Carla se sintió desfallecer otra vez. Aquello era más de lo que podía soportar. Estaba a punto de tomar medidas extremas, cuando los acontecimientos dieron un giro inesperado.

Ahora entendía que aquellos hombres que habían venido a hablar con su marido eran legionarios, y lo que en verdad pretendían era ayudarlo. Por mucho tiempo había creído que eran hombres de alguna secta peligrosa, y sospechaba que el padre de Paty había hecho algo terrible. Las armas reforzaban la teoría de que su marido andaba en algo muy malo.

Más tarde, cuando el padre de Patricia se pegó un tiro, dejándola a ella y a la bebé solas, sus sospechas parecieron confirmarse.

Nunca pudo comprobar quiénes eran que hostigaban a su marido, y con la beba chica, tenía miedo de averiguar más de la cuenta. La única certeza que tenía era que debía alejar lo más posible a Paty del pasado de su padre. No sabía muy bien por qué, pero llegó a avergonzarse de su difunto esposo.

—Paty, sé que entender todo esto junto es pedirte demasiado —dijo Norah mirándola con aprecio—. Lo que te contó tu madre es todo cierto, sólo que ella, por desgracia, no tenía toda la información. Pero me imagino que estás preparada para conocer toda la verdad.

—Claro que sí —dijo Paty con convicción—. Tengo derecho a saber qué pasó con mi papá.

—Lo cierto es que a mí también me gustaría saber qué pasó con él —dijo la mamá de Paty.

Con mucha paciencia y dulzura Norah les explicó lo que había ocurrido en aquel entonces. El padre de Paty había sido cazador, al igual que su hija. Era muy buen legionario, y todo el mundo le tenía mucho aprecio. Pero le ocurrió lo que todo legionario teme: se enamoró de un personaje. Como él era un cazador experimentado, y las épocas eran otras, salía a cazar solo. En ese entonces él estaba a cargo de evitar que un personaje poseyera a una joven mujer a la que andaba merodeando.

Aún vivía quien había entrenado a su padre, y a este comenzó a parecerle sospechoso que Daniel, el papá de Paty, no hubiera podido cazar al personaje después de un cierto período de tiempo. Empezó a ver que su entrenado no estaba del todo bien. Antes, se desesperaba por salir a cazar y quería estar siempre en la búsqueda de nuevos personajes. Y ahora parecía ser que la legión ya no tenía la misma importancia para él. Roberto, quien lo había entrenado, se preocupó, sí, en un primer momento, pero por la razón equivocada. Él había visto a otros hombres antes distraerse de esa manera. Creía que el papá de Paty se había enamorado de la mujer que debía proteger. Sabía, más allá de que no aprobaba la infidelidad, que de ser ese el caso, no era asunto suyo. De todas formas, para quedarse tranquilo, le pidió a otro legionario más joven y de plena confianza que siguiera al papá de Paty y averiguara lo que estaba pasando antes de enfrentarlo.

Las noticias que trajo su espía eran lo peor que se podía esperar; lo que en secreto más había temido. El joven legionario lo había seguido y había descubierto que Daniel se sentaba en el banco de una plaza, solo, durante horas, hablando con el aire. Pero los dos legionarios sabían. Estaba claro que Daniel tenía una relación con un personaje. El joven apenas había alcanzado a verla, pero le pareció que era una joven hermosa.

Roberto no esperó más, las pruebas eran demasiado contundentes para dejarlas pasar. Tenía que tomar cartas en el asunto. Así fue como bajo sus órdenes, llegaron los legionarios a la casa de Paty y su mamá. Querían enfrentarlo, evitar que ocurriera lo peor. El reporte que le llevaron sus espías esa vez fue trágico. Nunca había visto a un legionario en aquel estado. Sólo lo había escuchado por cuentos. Era una tragedia. Roberto no pudo soportar aquello. Comprendió con rapidez que su entrenado había sido poseído por aquel personaje. Por primera vez en su vida sintió que la situación lo superaba, que lo que estaba ocurriendo ameritaba medidas extremas; que debido al afecto que sentía por Daniel no era capaz de llevar a cabo.

Nuevos legionarios llegaron a intentar ayudarlo a librarse de ese personaje, que por momentos lo hacía feliz. Nadie pudo hacer nada para evitar la catástrofe que venía gestándose hace tiempo. Ni Roberto, ni Carla, ni ningún legionario pudo ayudar a Daniel. Lo más cruel fue que él llegó a darse cuenta de lo que había ocurrido. Él tomó conciencia de que había sido poseído por el personaje. No pudiendo vivir más con aquel tormento y vergüenza, se mató.

Paty escuchó con pena toda la historia. Comprendía ahora porque no le habían querido contar todo aquello antes: no querían que ella temiera tener la misma suerte que su padre. Su madre parecía estar digiriendo todo sorprendentemente bien. Ya no lloraba más. Y se le veía más tranquila, más de lo que parecía haber estado en mucho tiempo. Tal vez entender todo aquello la ayudara a superar una parte de su vida que siempre la había incomodado.

—Ahora voy a pedirle que me permita llevarme a su hija un rato —dijo Norah después de haberle dado un tiempo de silencio—. Sé que no va a ser fácil para usted asimilar todo lo que averiguó esta tarde. Pero este es un momento muy duro para Paty y para muchos de nosotros. Uno de los jóvenes de la legión ha fallecido y creo que Paty debería tener la oportunidad de despedirse.

—Está bien, está bien —dijo Carla abrazando a Paty—. Hay cosas que todavía no logro comprender. Pero supongo que me llevará más tiempo que una tarde. Tenemos mucho que hablar vos y yo, bebé. Ahora andá y despedite de tu amigo.

—Gracias mamá —dijo Paty abrazándola.

—Gracias, Carla, por entender —dijo Norah mientras se dirigían hacía la puerta—. Y quiero que sepa que estoy dispuesta a aclararle cualquier duda, en cualquier momento.

—Es una posibilidad que tendré en cuenta —dijo Carla acompañándolas a la puerta—. Realmente siento mucho lo que pasó con el muchacho. Me gustaría conocer más a tus amigos Paty.

—Gracias mamá —dijo Paty con tristeza—. Ya es muy tarde para Julián, pero te puedo presentar a Gerónimo.

—Voy a estar encantada.

Anita las llevó a ella y a Norah hasta el cementerio. Ninguna de las tres dijo nada en todo el trayecto. Estaban todas sumergidas en sus propios pensamientos. Paty pensó que con seguridad Anita estaría arrepintiéndose de no haber sido más paciente con Julián. Norah estaba muy intranquila, que no era de extrañar, ya que los acontecimientos de los últimos días no habían sido en absoluto alegres para ningún miembro de la legión. Más allá de la persona de Julián, a Paty le dio la sensación de que aquella tarde los legionarios estaban despidiéndose de mucho más que de él. También se despedían de Álvaro y de Hugo, pero eso sería en otro funeral; por respeto a la memoria de Julián y a su familia no harían velorios juntos.

Pero más allá de ellos tres, algo había muerto dentro de la legión. La confianza había sido traicionada. Era horrible pensar que Hugo y Álvaro los habían engañado a todos de aquella forma tan cruel. Paty era consciente de que para ella no sería tan terrible como para el resto: ella era nueva, no había tenido el tiempo suficiente para llegar a adaptarse y encariñarse con la legión como era antes. Todos los legionarios confiaban en Norah y en los jefes de las otras ramas. Sabían que ellos se apoyaban entre sí, y que Norah tenía plena confianza en Álvaro. Ya nada parecería tan sólido como antes.

CAPÍTULO XXXVIII

El funeral de Julián se llevó acabo en un bello cementerio que estaba en las afueras de la ciudad. El lugar estaba muy cuidado y prolijo, lleno de flores. Eso, sumado al espectacular día soleado, hizo que Paty se sintiera todavía más deprimida de lo que ya estaba. Un día gris hubiera acompañado mejor su estado de ánimo. Estaban todos vestidos de negro, muy prolijos y deprimentes, y parecían por completo fuera de lugar. Paty nunca había visto a la familia de Julián, pero no hizo falta que nadie le dijera quiénes eran para darse cuenta. Su madre lloraba con intensidad y sin ningún disimulo. Paty lloraba también, pero no quería que todos la vieran. Por momentos no se escuchaba ni un murmullo, hasta el llanto de la madre de Julián parecía estar en volumen bajo.

El ambiente era tan triste que Paty comenzó a sentirse mareada e incapaz de mantenerse serena y no llorar. Cuando pensó que estaba al borde del colapso, vio que Gerónimo llegaba junto con su familia. Al ver la cara del joven que se acercaba hacia ella, sintió como si en sus pulmones entrara una bocanada de aire fresco. No es que se sintiera más cómoda ni nada parecido, pero sí un poco menos sola. Sin embargo, cuando lo tuvo parado frente a ella, no pudo evitar que se le escapara un largo sollozo. Por suerte para ella, Norah y Anita estaban distraídas. Gerónimo tomó la cabeza de Paty entre sus manos y la acercó a la suya.

—Todo está bien, linda; esto es horrible —dijo Gerónimo —. Pero las cosas van a mejorar.

—Ya sé —dijo Paty llorando, y abrazó a Gerónimo—. Ya sé.

A la hora indicada en que comenzaría el funeral, todos los presentes se pararon alrededor de donde quedaría enterrado el cajón. Paty no recordaba haberse sentido tan mal nunca antes en su vida. No había conocido tanto a Julián, pero a pesar del poco tiempo que habían compartido, había tenido una gran importancia en su vida. De no haber sido por él, quizás ella nunca se hubiera convertido en parte de la legión. Su único consuelo era saber que allí, junto a ella, todavía estaban Anita, Ismael, Norah y Gerónimo. Sin importar que Julián ya no estuviera a su lado físicamente, conocerlo había cambiado su vida de una forma tan drástica, que sentía que una parte de él estaría siempre presente.

El funeral se desarrolló con toda tranquilidad. Aquel era un evento cerrado para miembros de la legión. En otros casos, las familias realizaban dos funerales: uno para el resto de la gente que no conocía a los legionarios, y otro cerrado para ellos. En aquel caso no había sido necesario, porque toda la vida de Julián giraba en torno a la legión. Sobre el cajón había una gran bandera verde con el emblema de la legión de narradores. Un cura dijo unas palabras en su honor y Norah pidió una oportunidad para hablar, una vez que el cajón estuvo enterrado. Paty no olvidaría jamás aquellas palabras. Norah hablaba con pena, pero también con un poco de enojo.

La legión es un gran grupo compuesto en general por grandes personas. Personas que comparten algo: un ideal común, de lucha. Sería maravilloso que todo el mundo creciera como la legión, que todos fuéramos para un mismo lado. No ser todos iguales, pero sí respetar las mismas normas. Como lamentablemente aprendimos hace poco, y con gran pena, hay personas a las que no les interesa respetar lo mismo que a nosotros. Y a causa de esas personas es que hoy estamos enterrando a nuestro querido Julián. Él fue un pilar muy fuerte dentro de la legión, y siempre seguirá vivo en nuestra memoria. Fue un magnífico legionario y este año se había convertido también en un gran entrenador. Hubiera tenido un gran futuro dentro de la legión. Esta tristísima ocasión nos lleva a reflexionar entre nosotros, así como en la vida misma, que hay y siempre va a haber enlatadores de personajes, legionarios mediocres y malintencionados. Pero nosotros estamos aquí para oponernos a ellos. Y para demostrar que así como están ellos, estamos nosotros, gente como yo, como Julián, que amamos el arte más allá de nuestras propias vida —dijo Norah emocionada—. Pero más allá de nosotros, están los personajes, y nuestro deber es cazarlos. Porque siempre habrá grandes historias que narrar, y son ellas las que al final del día hacen que todo nuestro esfuerzo valga la pena.

La tarde había llegado a su fin. Cuando todos empezaron a irse, Paty se sintió muy mal. Miró la tumba de Julián y aquello se volvió real por primera vez. Él nunca volvería.

—¿Vas a estar bien? —dijo Anita abrazándola con ternura.

—Sí; ahora no, pero sé que voy a estar bien —dijo Paty—. Él fue muy importante para mí, ¿sabés? Pero no en el sentido que vos y yo creíamos. Julián fue mi guía. Si de algo me arrepiento es de no haberle agradecido nunca que me haya traído a la legión. ¿Vos cómo estás?

—No te preocupes por eso, nena —dijo Anita con ternura—. Esas cosas se agradecen con acciones, no con palabras. Y vos lo hiciste a tu forma, tomándote esto en serio, intentando siempre superarte. Él estaba orgulloso de vos. Esa puede ser la mayor gratificación. A mí me hubiera gustado haber sido un poco más paciente con él.

—Estoy segura de que él sabía que lo querías, aunque fuera a tu propio modo.

Una vez en su casa, Paty durmió una larga siesta. Cuando se levantó, tuvo la oportunidad de charlar con su madre como nunca antes lo había hecho. Le contó cómo había conocido a Julián, del entrenamiento, e incluso le mostró algunas fotos de la graduación. De todas formas, hubo algunos detalles que se ahorró. Estaba muy contenta de poder abrirse tanto con su madre, pero sabía que no podía abusar mucho y que era mejor ir dándole la información de a pequeñas cantidades. Todavía le costaba creer el hecho de estar contándole tantas cosas.

La semana siguiente a la muerte de Julián fue muy tranquila para Paty con respecto a la legión. Sabía que no era así para Norah y el resto de los dirigentes, que debían ocuparse de muchas cosas. Pero la mayoría de los legionarios tenían órdenes de mantenerse alejados por un tiempito; una semana lejos de la sede y sus actividades. A ninguno de ellos le venía mal la posibilidad de ponerse a reflexionar un poco, y a Paty le sirvió más que nada para pensar, sobre todo lo que había descubierto sobre su padre. Ahora tendría la posibilidad de leer sus cuentos y conocerlo mejor. Lo que había aprendido de él la había dejado un poco triste. No era tan terrible como lo que pudo llegar a imaginar en un momento, pero era muy feo pensar en todo lo que había podido llegar a sufrir en sus últimos días de vida. No podía esperar a leer los cuentos que él había escrito. Pero antes de eso había algo que Paty quería hacer.

CAPÍTULO XXXIX

Así fue como una semana después de la muerte de Julián, Paty volvió al cementerio. Pero no al bonito y colorido donde estaba enterrado el joven legionario, sino a uno más pequeño, apartado y venido a menos, donde descansaba su padre. El clima de aquel día acompañaba mucho más su espíritu. Era un día gris y húmedo, aunque no tanto como para sofocarse. Y llevando su primer cuento, a eso de las cinco de la tarde, fue que Paty visitó la tumba de su padre por primera vez. A su madre, a pesar de todos los avances hechos en la última semana, no le había hecho nada de gracia dejarla ir, pero Paty estaba decidida. Y allí estaba.

Era muy raro estar parada frente a la tumba de alguien que casi no había conocido, y no sabía muy bien qué hacer. No se decidía a hablar en voz alta. Ella no era muy creyente, y nunca le había dado mucha trascendencia al hecho de que su padre pudiera verla o escucharla desde el más allá. Pero por aquella tarde decidió darle una tregua a su escepticismo y creer que tal vez él sí estuviera oyéndola, y pudiera comprender, donde quiera que estuviera, lo que a ella estaba pasándole. Dejando un poco de lado su timidez y lo rara que se sentía en aquel momento, habló.

Es tan raro estar haciendo esto, papá. Es hasta extraño decirte papá. No sé casi nada sobre quién eras, como vos no tuviste la posibilidad de conocer nada de mí. Lo bueno es que por fin voy a tener la oportunidad de saber más acerca de quién fuiste. Quizás sea muy tarde para vos, pero no para mí. Espero algún día llegar a sentirme identificada contigo y que me ayudes, desde donde estés, a ser mejor legionaria — Paty sacó de su bolso el papel enrollado que había traído—. Acá está mi primera obra. No es gran cosa, pero por algo hay que empezar. Lo más probable es que esto no cambie nada para vos, pero para mí va a ser bueno poder hablar contigo, aunque no me escuches. De ahora en más, voy a venir a verte cada vez que pueda, papá.

Durante los meses siguientes a los acontecimientos terribles, la sede estuvo muy agitada y casi todos los legionarios se sentían desorientados. La falta de Álvaro dentro de la Legión de escritores se hizo notar, y mucho. A Norah y el consejo que tomaba ese tipo de decisiones, les costó elegir a la persona que lo reemplazaría. Pero el tiempo empezó a curar las heridas y las cosas comenzaron a volver a su curso natural. La ausencia de Julián pesaba muchísimo sobre Paty, Gerónimo, Ismael y hasta sobre Anita. Pero ellos también iban adaptándose, y se volvieron todavía más unidos. La familia de Tamara estaba muy avergonzada por la participación de su hija en todo aquello. La pobre estaba enferma, y por una decisión general, no podría volver a acercarse a la legión por diez años. Después se vería.

Ahora que Julián ya no estaba más, y cuanto más cercana era Paty de Gerónimo, más se daba cuenta de lo imprescindible que él era en su vida. Se pasaban la mayor parte del tiempo juntos en la sede o saliendo a cazar. Incluso Norah les encomendó la tarea de organizar un poco una habitación de depósito de la sede, que era un caos. La tarea era pesada, pero junto a Gerónimo se hacía muy fácil. Y siempre existían recreos.

—Si no le das con el cepillito, es obvio que no te va a salir la mugre que tenés abajo de las uñas —dijo Gerónimo sacudiendo la mano derecha de Paty mientras se preparaban un café en la cocina en uno de sus recreos—. ¡Mirá las mías! Perfectas.

—¡Sos flor de vivo! Primero: no me diste tiempo de lavármelas bien. Segundo: hiciste que yo metiera la mano en esa bola de mugre diciendo que tus manos eran demasiado grandes —rezongó Paty acercándose a él que la tenía abrazada de la cintura.

—No sabés hacer otra cosa que quejarte —dijo él acercando su cara a la de Paty, y estaba a punto de besarla cuando Norah entró a la habitación.

Se separaron al instante. El corazón de Paty parecía una bomba de tiempo. No había sido una sorpresa absoluta, pero Gerónimo en verdad había estado a punto de besarla. No podía negar que estaría esperando aquello desde hacía tiempo, pero en aquel momento la había agarrado de sorpresa. Y Norah los había pescado *infraganti*. ¿Qué iba a pensar de ellos dos? Aprovechando su tiempo libre para besarse en la cocina de la sede… Paty no podía más de vergüenza. Pero Gerónimo saludó a la jefa con toda desfachatez, como si nada hubiera estado pasando. En ese momento, Paty se dio cuenta de que Norah ni se había percatado de la presencia de los dos.

—¿Norah? —dijo la chica sorprendida—. ¿Cómo estás?

—Ah, Paty —dijo Norah bajando un poco a tierra—. Muy bien, gracias linda.

—¿Estás segura? —preguntó Gerónimo mientras Norah salía de la cocina sin responderle. Los dos jóvenes legionarios intercambiaron miradas cómplices y la siguieron a su despacho.

—No te creemos —dijo Gerónimo sentándose junto a Paty y frente a Norah—. Podés confiar en nosotros.

—Estoy bien, querido —dijo Norah dudando.

—¿Segura Norah? —preguntó Paty con cariño.

—No, la verdad es que no estoy segura —dijo Norah con mucha tristeza—. Todas estas tragedias horribles que ocurrieron bajo mis propias narices… No hay un solo día en que no me sienta responsable. Por la triste muerte de Julián, por los legionarios decepcionados, por los personajes desaparecidos.

Norah, nadie podría haber previsto lo que iba a pasar —dijo Gerónimo con simpatía.

—Claro que podríamos haberlo previsto —dijo Norah—. Tendríamos que haber sospechado de Hugo desde un primer momento. No sé por qué no tuvimos en cuenta lo que pasó antes.

—¿A qué te referís, Norah? —le preguntó Paty sorprendida.

—Un tiempo antes de que los personajes empezaran a desaparecer —dijo Norah suspirando— nos juntamos los cinco dirigentes. Omar había recibido una propuesta muy tentadora del exterior. Nosotros teníamos exceso de personajes y a ellos les hacían falta. Omar creía que podía ser una buena posibilidad. Enseguida el jefe de los dramaturgos, Guillermo, la de las artes plásticas, Genoveva, y yo, estuvimos en desacuerdo. Hugo dudó antes de decir que no, pensándolo bien supongo que fue sólo para quedar bien. Ahora me doy cuenta de que tendría que haber puesto más atención a los acontecimientos de aquel entonces.

—Era natural que sospecharan de Omar y no de Hugo. Además, no había pruebas que apuntaran a él —dijo Gerónimo—. No podían hacer más nada.

—Ah, pero sí hicimos, y sólo llevó a la catástrofe. Tomé las medidas erradas. Sospechaba de Álvaro y de Hugo, y por eso mandé a Julián a investigar. Y terminó muerto —confesó Norah—. No era la forma de proceder.

—Norah, la situación fue horrible. Si hay algo que es seguro, es que no fue culpa de nadie —dijo Gerónimo—. Nadie podía haber evitado la desgracia. Julián era una persona responsable que hizo lo que tenía que hacer. Y fue por sus acciones que las cosas no salieron peor. Más gente podría haber terminado muerta de no haber sido por él.

Paty escuchaba todo lo que hablaban Norah y Gerónimo, sin intervenir. Mucho de lo que había ocurrido en el pasado tenía más sentido ahora. Era por orden de Norah que Julián había actuado de forma tan sospechosa. Y era por eso también que él había buscado tanto a Tamara. Pobre Norah, era lógico que ella se sintiera responsable. Pero Gerónimo tenía razón: todo eso había terminado ahora y no tenía sentido que siguieran echándose la culpa.

—Muchas gracias, chicos —dijo Norah más tranquila—. Me hizo muy bien hablar con ustedes.

—No es nada, Norah, cuando quieras —dijo Gerónimo.

Los nuevos legionarios salieron, y como era tarde decidieron abandonar la jornada de trabajo por aquel día. El sol estaba bajando ya, pero como hacía un día maravilloso, Gerónimo se ofreció a acompañar a Paty caminando hasta su casa. La chica se sentía nerviosa cuando empezaron a caminar. No sabía qué iba a pasar entre los dos. Se preguntaba ansiosa si el chico tendría ganas de besarla. Al parecer, no; estaba muy entusiasmado hablando de la legión y de lo mucho que los dos habían crecido. Cuando Gerónimo lo decía, era casi imposible que Paty no reflexionara también en lo mucho que él y ella misma habían cambiado. Seguro que era imposible evaluar lo que habían madurado. Pensaba que había descubierto un montón de cosas con las que jamás había soñado encontrarse. Había conocido gente maravillosa, como Norah, Ismael, Julián, Anita y Gerónimo. Gerónimo…

Su vida ya nunca sería la misma. Había llenado un inmenso vacío al descubrir la verdad de su padre. Aunque nuevas inquietudes habían surgido al saberse una legionaria. Un mundo nuevo se había abierto ante ella. Pasaron ante la placita en la que Paty y Julián hablaron por primera vez, y ella sintió una necesidad casi física de ir a sentarse allí, donde había comenzado su camino para convertirse en legionaria.

—Acá fue donde hablé con Julián —dijo Paty cuando Gerónimo se sentó junto a ella.

—Se puede decir que este banco te cambió la vida —dijo Gerónimo sonriendo.

—Podría decirse, sí —Paty miró a Gerónimo seriamente—. Nuestras vidas nunca van a ser lo que eran, ¿no?

—Por suerte, no —dijo él—. Ahora vamos, que se hace tarde.

Paty comenzó a ponerse de pie, un poco desilusionada; no quería irse todavía. Gerónimo la tomó de la mano, y cuando estaba ayudándola a pararse, un perro gigantesco casi se les viene encima, y le hubiera caminado por arriba a Paty de no ser por Gerónimo que la corrió justo a tiempo. Pero en el forcejeo, ambos terminaron tirados en el pasto, destornillándose de la risa. Él se acostó a su lado, y cuando pudo superar el ataque de risa, corrió los cabellos de la cara de ella y la besó.

—Lo único que pido es que no se vuelva costumbre esto de terminar en el piso cada vez que estoy contigo —dijo Paty.

—No puedo darte ninguna garantía.

Todavía riendo, los dos se pararon y fueron caminado hasta la casa de Paty. Sin lugar a dudas, aquellos eran un día y un año que Patricia nunca olvidaría.